Bae Myeongeun

LA MISTERIOSA CLINICA DI MEDICINA ORIENTALE

Traduzione di Giulia Macrì

ROMANZO

SALANI EDITORE

Titolo dell'originale coreano:
수상한 한의원

ISBN 978-88-310-2374-0

IL LIBRAIO.IT
il sito di chi ama leggere

dal 1862

Gruppo editoriale Mauri Spagnol, Milano
www.salani.it

In Corea, la traslitterazione dei nomi coreani dall'hangŭl, l'alfabeto coreano, al nostro alfabeto romano, segue un sistema che è stato adattato sulla base della fonetica della lingua inglese (per esempio il suono u tradotto come oo, o la nostra ŏ aperta tradotta come eo). Tuttavia, nel tradurre i nomi di persona in questo romanzo, si è scelto di non seguire sempre fedelmente questo sistema, al fine di dare al lettore italiano una pronuncia dei nomi che fosse fedele a quella coreana ma anche più vicina alla nostra fonetica. Per quanto riguarda i riferimenti topografici invece, per i nomi delle strade, dei ponti, delle città, o delle università, si è scelto di utilizzare sempre la traslitterazione ufficiale utilizzata anche in Corea, in modo da permettere ai lettori di ritrovare facilmente i luoghi descritti nel romanzo.

Personaggi

Kim Seungbeom, 33 anni

Dopo essere stato licenziato dal Jeil, un'importante clinica di medicina orientale di Seoul, si trasferisce nel paese di Uhwa (favola, allegoria), intenzionato a guadagnare un bel gruzzolo prima di tornare nella capitale. Per quanto sia un medico molto competente, la gentilezza non è il suo forte. È particolarmente scontroso nei confronti di alcuni tipi di pazienti.

Go Sujeong, 68 anni

Originaria di Uhwa, gestisce un'erboristeria orientale sin dalla giovane età. Ottima ascoltatrice, presta sempre attenzione alle storie dei suoi clienti, siano essi abitanti del paese o fantasmi. Attende con fervore l'arrivo di qualcuno.

Yoon Gongsil, 68 anni

Fantasma di una vecchia amica di Sujeong, passa il suo tempo all'erboristeria. Nonostante mangi incessantemente, non riesce mai a saziarsi. Grande impicciona, adora chiacchierare. Quando Seungbeom arriva in paese, intravede l'opportunità di usarlo per realizzare i propri desideri.

Lee Jeongmi, 33 anni

Infermiera di talento, ha seguito Seungbeom a Uhwa. È paziente, gentile e disponibile. S'impegna attivamente per il successo della clinica, anche quando Seungbeom si perde a fare altro.

Jang Yeongho, 74 anni

Abitante di Uhwa, una volta al giorno fa il giro del paese portando con sé l'urna delle ceneri di sua moglie. Non va d'accordo con Sujeong.

Song Giyun, 33 anni

Vicedirettore e medico del Jeil, acerrimo nemico di Seungbeom. Ha raggiunto la sua posizione principalmente grazie ai soldi e al supporto dei genitori, più che per le sue abilità.

Prologo

Gli avevano soffiato il posto di vicedirettore. Appena lesse il nome di quello stronzo sullo schermo del computer, Seungbeom strinse i denti, furioso. Sopprimendo la voglia di urlare, si sfregò il viso, bollente di rabbia. Un fischio acuto gli ronzò nelle orecchie, il solito campanello d'allarme che si presentava ogni volta che era troppo stressato. Fece un respiro profondo.

'È uno scherzo. Non può essere'.

Convinto di aver avuto un'allucinazione, guardò di nuovo il monitor. Si strofinò gli occhi, inforcò gli occhiali, ma il risultato non cambiava: quel maledetto nome brillava più vivido che mai. Con la mente annebbiata dalla rabbia, ripensò agli avvenimenti di qualche giorno prima.

Entrato nel lussuoso ristorante di sushi, Seungbeom aprì la porta scorrevole di una stanzetta privata rivelando una tavola imbandita dei piatti più costosi del locale. Il nodo alla cravatta era troppo stretto, ma quel leggero fastidio gli offriva la tensione necessaria per mantenere una postura composta. Per essere sicuro di non tardare, era arrivato con una decina di minuti di anticipo e rimase sorpreso nel trovare Kim Jintae, il direttore dell'ospedale di medicina orientale Jeil dove lavorava, già seduto. Non solo aveva ordinato senza curarsi dei gusti degli altri invitati, ma aveva anche iniziato a mangiare per conto suo. Con un sorriso forzato, Seungbeom si sedette sul lato opposto osservandolo attentamente.

Il direttore afferrò con le bacchette un pezzo di ventresca di dentice selvatico prima di tuffarlo nella salsa di soia in cui aveva sciolto un po' di wasabi. La bocca spalancata accolse il pesce, che sparì nei meandri umidi e tenebrosi delle sue fauci. I denti bianchi masticarono la tenera carne, rigirandosela sulla lingua prima di spingerla in fondo alla gola e deglutirla. Le bacchette pescarono altro cibo dai piattini che ricoprivano la tavola e solo dopo che quei bocconi furono ridotti in poltiglia e inghiottiti, Jintae rivolse lo sguardo al nuovo arrivato. Seungbeom colse l'occasione e gli porse una valigetta nera.

«Un umile simbolo del mio rispetto».

Gli occhi sporgenti del direttore lo scrutarono. Quando finalmente comprese il significato di quelle parole, Jintae esclamò: «A-ha!» prima di scoppiare in una risata. Pensando che fosse un segnale positivo, Seungbeom raddrizzò le spalle, fiero. Il direttore si passò un tovagliolo sulle labbra unte prima di alzarsi e guardarlo dall'alto in basso.

«So bene che stai dando un contributo straordinario all'ospedale. Il fatturato è nettamente migliorato da quando lavori per noi».

Seungbeom abbassò il capo, commosso da quelle parole.

«La ringrazio per averlo notato».

«Be', accetto volentieri questo... *regalino*! Assaggia il sashimi. Oggi è incredibile».

L'uomo indossò la giacca e raccolse la valigetta. Mentre Seungbeom si alzava per salutarlo, Jintae se ne andò, lasciandolo solo. La porta scorrevole si chiuse con un rumore secco.

Qualcosa dentro di lui si ruppe. Seungbeom si alzò e uscì dallo studio. L'infermiera Lee Jeongmi, che stava conversando con un paziente, gli corse dietro, stranita.

«Dottor Kim, dove sta andando? Ha un paziente».

«Ora non posso».

«In che senso, non può?»

Seungbeom si liberò dalla presa della ragazza e si diresse verso l'ascensore a passi decisi, lasciando Jeongmi sbigottita. Premette il pulsante per l'ultimo piano e incrociò le braccia. L'ascensore saliva con una lentezza esasperante. Innervosito, gettò un'occhiataccia al numero dei piani, che sembrava non cambiare mai, e sbuffò. Ripensò a ogni parola e azione del direttore la sera del ristorante.

Altro che segnale positivo, Jintae si era preso gioco di lui. Certo che Seungbeom contribuiva al fatturato dell'ospedale, soprattutto se i soldi che avrebbero dovuto aiutarlo a diventare vicedirettore finivano nelle tasche di Jintae! Aveva praticamente svuotato il suo conto in banca per quella mazzetta, e lui lo ripagava in questo modo? Si era pure ingozzato del sashimi più costoso, lasciandogli il conto da pagare.

«Maledetto ingordo!»

Lo spazio angusto dell'ascensore riecheggiava dei suoi passi mentre marciava avanti e indietro. Finalmente le porte si aprirono. Seungbeom attraversò il lungo corridoio bianco che portava all'ufficio del direttore. Appena lo vide, la segretaria scattò in piedi, presa alla sprovvista. Lui la ignorò e spalancò la porta.

«Dottor Kim, aspetti!» urlò seguendolo. «C'è il vicedirettore!»

Seduti sul divano, Jintae e Song Giyun, sul viso l'espressione di un militare che stia per essere investito dei più alti onori, si voltarono a guardare Seungbeom che irrompeva furioso nella stanza.

«Vicedirettore dei miei stivali».

Il titolo gli spettava di diritto, e Giyun glielo aveva sottratto. E con quali credenziali? Quel cretino aveva fatto 'carriera' (se così si poteva definire) solo grazie alla sua famiglia. Poteva immaginare l'enormità della somma che avevano offerto al direttore! In confronto, la sua valigetta appariva ridicola. Gli venne la nausea.

«Che diavolo credi di fare?» sbottò sconcertato Giyun, alzandosi. Seungbeom lo ignorò e si piazzò di fronte a Jintae.

«Non è stato proprio lei a dire che è grazie a *me* che il fatturato è migliorato? Da quello che vedo, non sembra pensarlo davvero!»

Lanciò uno sguardo furioso a Giyun, il quale trasalì e, sentendosi chiamato in causa, si schiarì la voce prima di mettersi a urlare: «Come ti permetti anche solo di paragonarti a me? Non tutti sono dei buffoni manipolatori come te! Io appartengo a una classe diversa dalla tua, hai capito?»

«Che uno si pulisca il culo con il giornale o con la carta igienica, sempre merda è!»

«Sei davvero disgustoso» borbottò Giyun con le mani sui fianchi.

«Dottor Kim». La voce di Jintae, che era rimasto a osservare in silenzio, arrivò in un sibilo. «È vero che il fatturato è aumentato, ma è solo perché prescrivi medicinali costosi. Tutto qui. Molti pazienti si lamentano del tuo atteggiamento distaccato e scontroso, e questo danneggia l'ospedale. Dovresti sapere che abbiamo una pessima reputazione».

«E io che credevo che essere un medico professionale e competente fosse abbastanza!»

«Lo è, se non t'interessa che i pazienti tornino. Se non mostri loro empatia, se ne vanno a cercare qualcun altro che li metta a loro agio. Guarda il dottor Song. A differenza tua, ascolta i suoi pazienti e s'impegna a offrire loro un servizio di qualità. La sua gentilezza è il motivo per cui l'immagine dell'ospedale sta migliorando, ed è per questo che è stato eletto medico del mese. È solo una facciata, ma i pazienti lo adorano».

Jintae sollevò la tazza di tè e se la portò alle labbra con aria di superiorità. Ne prese un sorso, commentò che si era raffreddato e ordinò alla segretaria, in piedi dietro Seungbeom, di prepararne dell'altro. Nel frattempo, Giyun se ne stava seduto lì a gongolare per le lodi ricevute, la sua espressione tronfia uno smacco per il collega.

«Un egoista come te non può capire» ridacchiò.

Il viso di Seungbeom s'infiammò. Dopo tutto quello che aveva fatto per l'ospedale, non poteva credere alle sue orecchie. Che umiliazione essere paragonato a uno come Song Giyun.

«Vivremo pure in una società individualista, ma certe cose non cambiano» riprese il direttore. «Non sei in grado di empatizzare con i pazienti, non hai soldi né provieni da una famiglia facoltosa. Come credi di potermi impressionare?»

Seungbeom scosse la testa, in un tentativo di trattenere la rabbia, ma quelle parole vanificarono i suoi sforzi, e si ritrovò a urlare insulti.

«Quest'idiota è un'incompetente bravo solo a leccare il culo! Poteva dirmelo che voleva lui nel ruolo di vicedirettore, almeno non avrei sprecato i miei soldi».

Se davvero avesse voluto umiliarlo per bene, avrebbe

dovuto rifiutare la mazzetta da subito. Non poteva fargliela passare liscia. Aveva accumulato quei soldi con fatica, addirittura attingendo ai fondi per la cauzione di casa sua.

Infuriato, Giyun lo spintonò.

«Ripeti un po'! Credi davvero di essere un gran medico? Egocentrico che non sei altro! Il mondo è pieno di gente più brava di te. Cosa diavolo ti hanno insegnato i tuoi genitori? Ah, giusto, non lo puoi sapere. Ti hanno abbandonato».

Fino a quel momento, si era ripromesso di farsi restituire i soldi e tornare a fare il suo lavoro, aspettando che arrivasse un'altra opportunità, ma quando quell'idiota menzionò i suoi genitori, Seungbeom gli tirò un pugno in faccia.

Qualcuno urlò. Non era sicuro se fosse stato Giyun, riverso sul pavimento, o una parte recondita di sé che si era improvvisamente risvegliata.

A ogni modo, una cosa era certa: 'Cazzo, sono finito'.

*

«Ehi, hai sentito del dottor Kim? A quanto pare ha fatto a cazzotti con il vicedirettore!»

Le voci riguardo alla crisi di nervi di Seungbeom si diffusero alla velocità della luce tra il personale, soprattutto dopo che fu resa pubblica sulla chat di gruppo dell'ospedale. Davanti ai loro caffè post pranzo, infermieri e infermiere non parlavano d'altro, e man mano che la storia passava di bocca in bocca, si arricchiva di dettagli.

«Lo sapevo che prima o poi il dottor Kim sarebbe scoppiato. È ossessionato dal successo».

«È ovvio che l'ha fatto per gelosia» rispose un'infermiera. «Al dottor Song non manca niente. È bello, ricco di famiglia e così gentile! Il dottor Kim deve aver perso la testa quando ha scoperto che gli ha soffiato il posto di vicedirettore. Tutti sanno che puntava a quella posizione. Dove spera di arrivare con quel caratteraccio? E il dottor Song, poverino, spero non si sia rovinato il suo bel viso!»

Finita la sua filippica, qualcuno andò a sbatterle contro, facendole rovesciare sulla divisa l'ice americano che teneva in mano. La ragazza tirò un urlo e Jeongmi si voltò, sorpresa.

«Oh, scusa! Ero di fretta e non ti ho vista. Davvero, mi dispiace». Con dei fazzoletti, tamponò la divisa della collega, ma non fece altro che allargare la macchia. L'infermiera aggrottò le sopracciglia e spinse via la mano.

«L'hai fatto apposta».

«No, certo che no! Piuttosto, hai un cambio? Se vuoi ti presto una delle mie divise, tanto dubito che mi serviranno ancora a lungo».

«Ma che cavolo stai dicendo? Ne faccio a meno, grazie tante».

«Be', allora io vado, ho da fare. Scusa ancora!»

«Ehi!»

Jeongmi si allontanò con un sorrisone, ignorando la collega che la chiamava seccata. Un'altra infermiera lì di fianco fermò l'amica.

«Lasciala perdere, quella è culo e camicia con Seungbeom. Si dice che chi va con lo zoppo impara a zoppicare, e anche lei è una che non le manda a dire... L'ha sicuramente fatto apposta. Vieni, ti presto un cambio».

Capitolo 1
Un nuovo inizio

Sotto i raggi tiepidi del primo sole primaverile, il paesaggio portava ancora i segni dell'inverno, salvo qualche timido germoglio che cominciava a spuntare sui rami spogli. Una Mercedes correva sull'autostrada al seguito di un camion dei traslochi pieno fino all'orlo. Le otto corsie diventarono quattro e infine due. Seungbeom si allentò il nodo della cravatta, lo sguardo fisso sul camion. Appena si era lasciato dietro il panorama familiare di grattacieli e strade affollate di macchine della capitale, si era sentito soffocare. Da un lato si estendevano le montagne, mentre dall'altro si alternavano campi e risaie punteggiati da qualche casetta sperduta. Per il resto, il nulla. Preso da un senso di vertigine, aprì il finestrino. La brezza rinfrescò l'abitacolo, portandosi via l'aria stantia.

'Circondata da montagne e torrenti di acqua cristallina, Uhwa è il paese perfetto dove vivere!'

La voce ridente di un uomo incontrato anni prima gli risuonò nelle orecchie. Seungbeom sentì nuovamente la testa pulsare e chiuse il finestrino. Taegyeong, seduto accanto a lui sul sedile del passeggero, gli lanciò un'occhiata e accese l'aria condizionata.

«Siamo solo a primavera, ma fa già caldo. Non trovi, Jeongmi?»

L'uomo si rivolse di proposito all'infermiera sul sedile

posteriore, ma non ricevette risposta. Taegyeong si girò: Jeongmi, il volto piegato verso il basso, si era addormentata. Quando avevano imboccato l'autostrada, la ragazza si era mostrata entusiasta, dicendo che si sentiva come se stessero andando a fare una gita fuoriporta. Si era anche premurata di informare i suoi compagni di viaggio riguardo a quali stazioni di servizio offrissero il cibo migliore, facendogli promettere che si sarebbero fermati. Con lei fuori gioco però, nell'auto calò un silenzio imbarazzante, interrotto solo dai sospiri di Seungbeom. Taegyeong tirò fuori il telefono in cerca di una distrazione. Nonostante si fosse licenziato dall'ospedale Jeil, per abitudine controllò la chat di gruppo del personale: aveva una miriade di messaggi non letti. Qualcuno aveva postato un articolo di giornale, suscitando reazioni di fuoco. Spinto dalla curiosità, Taegyeong cliccò sul link e per poco non gli venne un colpo. Seungbeom se ne accorse immediatamente, e lanciò un'occhiata al cellulare.

SCANDALO IN RINOMATO OSPEDALE
DI MEDICINA ORIENTALE
SPECIALIZZATO IN ONCOLOGIA: MEDICO PAGA
TANGENTE PER DIVENTARE VICEDIRETTORE.

Le lettere in maiuscolo sembrarono uscire dallo schermo e danzargli davanti agli occhi. Un clacson prolungato lo riportò alla realtà. Aveva oltrepassato la linea centrale e una macchina stava arrivando dalla direzione opposta. Taegyeong gridò, e Seungbeom sterzò appena in tempo. Il veicolo oscillò brevemente mentre si reimmetteva nella giusta corsia, accostando ai margini della strada dopo qualche secondo.

Terrorizzato da quella guida spericolata, Taegyeong

strizzò gli occhi e si mise a recitare il Padre nostro, interrotto da imprecazioni e lamenti.

Jeongmi, svegliata dal trambusto, colpì Taegyeong sulla spalla e lo intimò di fare silenzio. Poi domandò a Seungbeom: «Che succede?»

Invece di rispondere, lui afferrò il telefono e glielo mostrò.

SCANDALO IN RINOMATO OSPEDALE
DI MEDICINA ORIENTALE
SPECIALIZZATO IN ONCOLOGIA: MEDICO PAGA
TANGENTE PER DIVENTARE VICEDIRETTORE.

Mentre Seungbeom scorreva l'articolo, serrò le labbra di fronte alla foto pixellata del medico menzionato: chiunque avrebbe potuto riconoscerlo. Jeongmi, piegata in avanti per leggere, sospirò.

«Così facendo, si sono assicurati che tu non possa mai più lavorare in questo settore... Dico io, la colpa non è mica solo tua! Il direttore quei soldi se li è presi di buon grado o sbaglio? La vita si fonda sul dare e ricevere. Un tipo che prende e basta come lui deve condurre un'esistenza davvero deprimente! Certo che potevano usare una foto decente invece di questa orribile fototessera».

La voce dell'infermiera gli arrivava ovattata.

«Che stronzo» mormorò ancora Jeongmi. Questa volta fu Taegyeong a spingerla per farla smettere di parlare e la ragazza tornò a sedersi composta sul suo sedile.

L'aria condizionata che soffiava dalle bocchette fece tremare Seungbeom. La spense con un clic del pulsante. Attraverso lo specchietto retrovisore, rivolse uno sguardo cupo a Jeongmi prima di rimettere in moto.

Per cinque anni era stata la sua infermiera al Jeil. Non

aveva mai mancato di fargli notare quanto fosse scontroso, ma anche lei non aveva un caratterino tanto facile, schietta e tagliente com'era. Tuttavia, possedeva un forte senso di giustizia e quando Seungbeom le aveva riferito le parole del direttore, si era infuriata più di lui, affermando che un medico doveva essere bravo nel suo lavoro, al diavolo le smancerie. A ben vedere, si era anche prodigata in svariati insulti nei suoi confronti – «È vero che sei maleducato, egoista e avido, però...» – ma Seungbeom sapeva che non c'era cattiveria dietro le sue parole.

Quando le aveva annunciato che si sarebbe trasferito in una piccola cittadina, lei aveva subito deciso di andare con lui. A condizione che le assicurasse uno stipendio adeguato, ovviamente. E lui si sarebbe svenato pur di averla con sé, perché la sua presenza lo faceva sentire imbattibile, ed era sicuro che con un'infermiera capace come lei tutto sarebbe stato più semplice. Anche quando era riuscita a convincere Yoon Taegyeong, un talentuoso assistente infermiere, a seguirli con la promessa di un aumento di stipendio e vitto e alloggio pagati, Seungbeom si era ripromesso di assecondarla. E adesso era il momento di ascoltare i suoi stessi consigli.

L'abitacolo cadde di nuovo nel silenzio. Taegyeong, esausto, chiuse gli occhi. Lo sguardo fisso davanti a sé, Seungbeom ripensò improvvisamente a Giyun.

Perché diavolo si era messo a blaterare dei suoi genitori? Era vero che il suo brutto carattere era dovuto al loro divorzio, ma sentirselo dire da quel mammone gli aveva fatto ribollire il sangue. La gente come Giyun, nata da famiglie di ricconi, aveva la strada verso il futuro spianata al contrario di Seungbeom, che aveva dovuto affrontare una serie infinita di sofferenze e avversità.

I suoi genitori avevano divorziato quando lui era ancora un bambino, ed era stata la nonna a occuparsi di lui. Prima della separazione, suo padre usciva di casa all'alba per tornare a notte fonda, più simile a un coinquilino di passaggio che a un genitore, e litigava sempre con sua madre a causa dei soldi. Quando lei lo aveva finalmente lasciato, aveva conosciuto un americano benestante ed era emigrata con lui, abbandonando il figlio. Ogni tanto Seungbeom rivedeva immagini di sua madre che lo abbracciava, che gli sussurrava che nessun bambino al mondo era bello quanto lui, ma era talmente piccolo da non essere sicuro se fossero ricordi reali o un prodotto della sua fantasia.

Da bambino, accompagnava spesso sua nonna in una clinica di medicina orientale. Era un posto meraviglioso, situato in un *hanok* tradizionale che si apriva su un ampio cortile interno. Possedeva una bellezza quasi luminosa, e Seungbeom si ritrovava a pensare che, se avesse vissuto in un posto di tale magnificenza, sua madre non l'avrebbe mai abbandonato. Fu per questo che decise di studiare Medicina orientale, superando i test che gli permisero di essere accettato all'università di sua scelta. Studiò con diligenza, convinto che avrebbe guadagnato milioni. Fatta eccezione per la graduatoria di ammissione, mantenne sempre il primo posto come miglior studente per ogni esame, ma una volta laureato, scoprì che in quel campo ciò che importava erano i soldi e le raccomandazioni. Aveva trascorso gli anni all'università convinto che avrebbe iniziato a guadagnare non appena avesse trovato un lavoro, ma era stato ingenuo. Non aveva idea di come girasse il mondo. Se ne rese conto vedendo i suoi compagni ereditare le cliniche dei genitori, oppure trovare lavoro in prestigiosi ospedali grazie all'aiuto di amici influenti, mentre lui riuscì a malapena a farsi assumere in una clinica nella periferia di Seoul. Essere il primo della classe non serviva nel mondo reale. Gli mancavano i soldi per aprire uno studio tutto suo e gli amici che potessero raccomandarlo nei grandi ospedali.

Si rifiutò di rimanere bloccato ai gradini più bassi della scala sociale. Doveva scalarla, trovare un luogo che gli desse ricchezza e speranza. Proprio come gli aveva detto Jeongmi una volta, non si era fermato davanti a nulla pur di entrare al Jeil. Per gonfiare il suo curriculum, non aveva esitato a prescrivere terapie e farmaci costosi anche quando non ce n'era un reale bisogno. Ogni volta che riusciva a mettere da parte un po' di soldi, invitava fuori a cena i medici del Jeil e spendeva piccole fortune in regali e liquori pregiati. Se nessuno lo avesse aiutato, poco importava: si sarebbe creato da solo la sua fortuna.

Finalmente fu assunto al Jeil. Dopo qualche anno, aveva ricevuto una promozione, accrescendo la sua reputazione. Se aveva passato quei soldi sottobanco al direttore era solo perché voleva guadagnare di più. Invece quel vecchio bastardo non solo aveva nominato un altro, ma l'aveva anche licenziato! Strinse le mani sul volante, che scricchiolò.

'Gliela farò vedere io. Tornerò a Seoul solo una volta diventato ricco e famoso!'

Partiti all'alba, arrivarono a Uhwa, nella provincia di Jeolla, a mezzogiorno. Nel centro città, se così si poteva chiamare, la palazzina più alta contava a malapena tre piani, lasciando che il cielo azzurro pallido si estendesse infinito sopra di loro. Una quiete surreale riempiva le strade a una corsia. Seungbeom parcheggiò dietro al camion dei traslochi, fermo di fronte a uno degli edifici di costruzione più recente, con un ferramenta al piano terra. Indolenzita dal lungo viaggio, Jeongmi scese dall'auto e si stiracchiò, mentre Taegyeong si affrettò ad aiutare a scaricare i bagagli.

Seungbeom alzò lo sguardo per osservare la nuova insegna affissa al primo piano, splendente sotto il sole di mezzogiorno. Sullo sfondo bianco, scritto in caratteri austeri, si leggeva SEUNGBEOM HANUIWON. Aveva chiesto un prestito in banca per il massimo importo consentito e, una volta ottenuto, si era potuto permettere di aprire il suo studio. A Seoul, le cliniche di medicina orientale abbondavano, ma a Uhwa ancora non ce n'erano. Aveva intenzione di sfruttare il fatto di essere l'unico specialista in paese per spillare soldi agli anziani e diventare un medico rinomato. A quel punto, avrebbe preso baracca e burattini e sarebbe tornato a Seoul per aprire un ospedale di medicina orientale più grande e migliore accanto al Jeil. Gli avrebbe sottratto i pazienti fino a diventare il centro di medicina orientale numero uno al mondo!

Guardandosi nello specchietto retrovisore, Seungbeom si ravviò i capelli, respirò a fondo e strinse il nodo allentato della cravatta. Poi aggiustò il completo di marca sgualcito dal viaggio.

'Forza!' si disse.

Volevano empatia da lui? Ebbene, gliel'avrebbe data. Se ci riusciva quel rammollito di Giyun, per lui sarebbe stato un gioco da ragazzi. E con le sue eccellenti capacità di medico, il successo sarebbe arrivato in un lampo. Determinato a iniziare questa nuova avventura, Seungbeom scese dall'auto. Chiusa la portiera, si stava giusto rassettando la giacca quando, d'improvviso, una secchiata d'acqua lo inzuppò da capo a piedi.

*

Quella giornata aveva qualcosa di diverso dal solito. All'alba, come d'abitudine, Sujeong si svegliò nella stanzetta sul retro dell'erboristeria orientale che gestiva. Accese la luce, si legò i capelli grigi in una coda e indossò un *hanbok* moderno, che coprì con un cappotto. Si diresse verso la porta scorrevole in legno dell'ingresso, sbloccando il lucchetto prima di uscire. A quell'ora del mattino, la nebbia era talmente fitta che non si vedeva a un palmo dal naso, l'aria satura dell'odore di terra bagnata. Si avvicinò a un lampione la cui luce pallida rischiarava a malapena il grigio della foschia mattutina, e ci girò attorno apparentemente in cerca di qualcosa, o qualcuno. Fece un respiro profondo nel tentativo di alleviare quel senso di angoscia con cui si era svegliata e buttò fuori l'aria, che si condensò in una nuvoletta bianca prima di disperdersi in cielo. Continuò la sua camminata verso il lampione dall'altra parte della strada. Per sicurezza, si spinse più lontano, fino alla riva del fiume, al limite del paese. Era impossibile scorgere l'acqua attraverso la bruma densa, ma poteva sentirne chiaramente lo sciabordio. L'inquietudine non dava segni di volerla abbandonare. Avrebbe voluto mettersi a urlare.

Invece Sujeong girò sui tacchi e percorse la strada a ritroso.

Di ritorno all'erboristeria, si tolse il cappotto e lo lasciò cadere sul divanetto arancione, prima di spalancare tutte le finestre e le porte. L'aria pesante di umidità spazzò via l'odore intenso delle erbe medicinali. Pulì ogni angolo del negozio, i nervi ancora a fior di pelle mentre spolverava con un panno la cornice del suo certificato di erborista. Tanto era tutta fatica sprecata: per quanto pulisse, le polveri di polline e resina finivano sempre per sporcare di nuovo. Lanciò lo straccio per terra e andò in cucina a prepararsi la colazione.

La mattinata trascorse tranquilla. Essendo la stagione di trapianto del riso, aveva meno clienti del solito. In un momento di particolare quiete, Gongsil, rimasta seduta sul divano fino ad allora, accese la tv: dopo poco si stava già sganasciando dalle risate. Sujeong aggrottò le sopracciglia di fronte a quei modi sguaiati. Ai piedi di Gongsil c'era una montagnetta di briciole di gallette di riso soffiato.

«Apprezzerei un po' di attenzione quando mangi, che ne dici?»

Ignorando le lamentele dell'amica, Gongsil s'infilò in bocca un'altra galletta, lo sguardo incollato allo schermo. La battuta di un presentatore la fece di nuovo scoppiare a ridere.

«Tanto vale che ti trasferisci dentro quello stupido aggeggio». Sujeong scosse la testa, poi andò a recuperare la scopa che aveva appoggiato in un angolo. Superato il divano per aprire la finestra, notò che fuori c'era un insolito trambusto. Dall'altra parte della strada, infatti, un gruppetto di uomini robusti stava svuotando un camion dei traslochi pieno di macchinari. Sujeong si sporse per vedere meglio: al primo piano dell'edificio di fronte, l'insegna SEUNGBEOM HANUIWON le restituì lo sguardo. Un macigno le si piazzò nello stomaco.

Gongsil la raggiunse, trascinando le ciabatte. La sua testa di capelli ricci seguì lo sguardo dell'amica e anche lei osservò mentre gli uomini sollevavano uno dei macchinari e lo issavano su per le strette scale dell'edificio.

«Per una che potrebbe schiattare domani, ti fai troppi problemi» sbuffò Gongsil, infastidita.

Certe volte Sujeong le dava proprio sui nervi.

'Sciocca testarda' pensò fra sé e sé.

Sujeong aveva problemi cronici di stomaco, ma li aveva sempre ignorati. Solo una volta aveva preso un digestivo. Quando però il dolore era diventato insopportabile, era andata a farsi vedere da un dottore, che l'aveva spedita in un grande ospedale universitario di Seoul, dove aveva scoperto di avere un cancro in fase terminale. Le cellule tumorali si stavano diffondendo velocemente, e così le avevano consigliato la chemioterapia per cercare di arginarle, ma Sujeong aveva rifiutato. Aveva poi informato Gongsil come se fosse una cosa da nulla, lasciandola senza parole. Era o non era un'erborista?! Vendeva medicinali a persone malate, maledizione! Passava la vita intimando ai suoi clienti di prendersi cura della loro salute e assumere regolarmente le erbe e i tonici che gli prescriveva, ma evidentemente le sue stesse regole non la riguardavano. Come dice il proverbio, il calzolaio ha sempre le scarpe rotte. Ridicolo.

Con un fruscio, le dita ossute di Gongsil rovistarono nel sacchetto di gallette che teneva sottobraccio. Ne spezzò una a metà e se la mise in bocca prima di tornare alla sua postazione. Si lasciò cadere pesantemente sul vecchio divano, sollevando una nuvola di polvere.

«Ho sentito dire che viene da Seoul, un medico di successo a quanto pare. Non sei contenta? Se non altro quando non ci sarà più l'erboristeria, la gente potrà andare da lui» disse Gongsil mentre si dimenava per trovare una posizione comoda. Sotto di lei, il divano scricchiolava a ogni movimento.

«Suppongo di sì».

Poco interessata a quello che aveva da dire la sua amica, Sujeong riprese a spazzare. Passò la scopa sotto i piedi di Gongsil, raccogliendo le briciole. Decise di riprendere a spolverare, lavoro che aveva abbandonato a metà quella mattina. Riempì d'acqua una bacinella e, strizzando di tanto in tanto il panno, lo passò sulle mensole e sul bancone. Dopo tutto quel tempo chinata a strofinare, ginocchia e schiena le dolevano. Con un gemito, si rialzò per portare la bacinella fuori. Mentre usciva, lanciò un'occhiata ai piedi di Gongsil, dove si era già riformato un mucchietto di briciole.

«Piantala di ingozzarti, accidenti!»

«Sei stata tu a dirmi di mangiare quanto mi pareva!» urlò di rimando Gongsil.

«Un po' di rispetto per chi si sta spaccando la schiena a pulire, no? Ma figurati, continua pure!» sbottò Sujeong gettando l'acqua sporca in strada.

In quell'istante…

«Ah, è gelata!» gridò un uomo.

Sujeong si accorse solo allora di aver svuotato la bacinella senza guardare: di fronte a lei Seungbeom, appena sceso dall'auto, la fissava, fradicio. Presa alla sprovvista, lasciò cadere la bacinella.

«*Aigo*! Che guaio! Mi dispiace tanto, non l'ho vista…»

Corse verso di lui e iniziò a tamponargli gli abiti con l'asciugamano che aveva al collo, ma Seungbeom la respinse bruscamente. Il suo viso era una maschera di rabbia.

«Chi diavolo getta dell'acqua in mezzo alla strada?» Alzando un braccio, Seungbeom annusò la manica bagnata. Si ritrasse subito, disgustato. «Che schifo!»

Imbarazzata, Sujeong cercò nuovamente di asciugarlo. «È vero che ci ho lavato lo straccio, ma non dovrebbe puzzare così tanto…»

«Cosa? Questa è acqua *sporca*?» tuonò l'uomo, facendole spalancare la bocca per lo spavento. Il viso di Seungbeom era bordeaux, le vene sul collo che sporgevano. «Dovrebbe esserci un tappeto rosso ad aspettarmi, altro che della lurida acqua!»

Sujeong non capiva il motivo di quella collera. Perché trattare a quel modo una persona che si stava scusando? Che prepotente! Incuriositi dal fracasso, i proprietari dei negozi vicini – un ferramenta, un fruttivendolo, una lavanderia e una gioielleria – uscirono a controllare.

«Signora Go, tutto a posto?»

Il gruppetto raggiunse Sujeong, subito seguito da Jeongmi e Taegyeong, che fino a quel momento erano stati impegnati a sistemare i bagagli nella clinica. L'infermiera rimase scioccata nel vedere Seungbeom urlare addosso a una signora che avrà avuto l'età di sua nonna.

«Calmati! Andiamo a finire di sistemare lo studio, su» gli disse afferrandolo per il braccio.

Sujeong non credette alle sue orecchie. I suoi occhi saettarono dall'insegna della nuova clinica all'uomo.

Ebbene, questo imbecille era il famoso medico venuto da Seoul! Un tappeto rosso?! Solo a guardarlo era ovvio che fosse un viscido arrogante dal pessimo carattere. Si prospettava proprio un futuro luminoso per la clinica!

Mise una mano sul fianco e con l'altra puntò il dito davanti al viso di Seungbeom.

«È solo un po' d'acqua sporca, non c'è motivo di prendersela con una povera vecchia! Fammi avere il conto della lavanderia e siamo a posto».

A quelle parole, il proprietario della lavanderia le si avvicinò all'orecchio e, fra risolini nervosi, sussurrò: «Signora Go, quello è un completo di marca. Costa un sacco di soldi».

Il viso di Sujeong s'indurì, ma un attimo dopo si allontanò dall'uomo e fece spallucce.

«Mandami il conto!» sbraitò prima di puntare nuovamente il dito contro Seungbeom.

*

Di ritorno in clinica, Jeongmi si sedette su una sedia ingombra di bagagli in quella che sarebbe diventata la sala d'attesa.

«Maledizione».

Lanciò un'occhiataccia a Seungbeom, che stava entrando in quel momento sfilandosi giacca e cravatta. Gettò entrambe sul pavimento. Indeciso se togliersi anche la camicia fradicia, si accorse dello sguardo tagliente di Jeongmi.

«Che c'è?»

«Sei impazzito? Pensavo fossi venuto qui per guadagnare! È già un miracolo che con il carattere che ti ritrovi tu riesca a fare buona impressione, ma se ti metti anche a litigare... E con la nonnetta del palazzo di fronte, poi! Vuoi diventare ricco o no?»

«È stata quella vecchia a buttarmi addosso l'acqua dei panni sporchi! Mi sembra più che normale arrabbiarmi».

«Pensa a cosa dirà la gente!» urlò Jeongmi.

«Scoraggeranno tutti a venire alla clinica, dicendo che il direttore è una persona orribile. Wow, che bello. Torneremo a Seoul in un batter d'occhio» disse Taegyeong passando tra i due, un foglio in mano. «Non abbiamo nemmeno aperto e hai già fatto casino. Vorrei ricordarti che è stato il tuo caratteraccio a farti perdere contro Song Giyun».

«*Perdere*? E chi avrebbe perso? Sono stato io a picchiarlo!»

«E per questo ti hanno licenziato!» sbottò Jeongmi, zittendolo. Con un sospiro si sciolse i capelli. «Ci hai trascinato in questo buco di paese per cosa? Come minimo dovresti imparare dai tuoi errori e cercare d'imitare Giyun, almeno un po'. Devi scusarti con la signora».

«E perché mai?»

«Se preferisci mandare tutto all'aria, prego».

Di nuovo, Seungbeom non seppe come ribattere. Si sentiva tra l'incudine e il martello. Frustrato, si passò una mano sul viso. Non gliene andava mai bene una.

Capitolo 2
L'erboristeria Sujeong

Qualche giorno più tardi, Taegyeong era in piedi nella sala d'attesa. Con lo sguardo, scandagliò il pavimento in marmo bianco e la superfice liscia del divano in pelle, alla ricerca della fonte del rumore che rompeva il silenzio assordante della stanza. Finalmente, un ronzio riecheggiò alle sue spalle, e Taegyeong si voltò.

«Eccoti!»

Sventolando un giornale arrotolato per aria, si scagliò contro una mosca, che prontamente svolazzò verso una lampada al neon. Indifferente alla luce accecante, s'infilò in una fessura dove il giornale non sarebbe potuto arrivare. Taegyeong la osservò impotente: non dava segni di voler uscire. Vedendolo in quello stato, Jeongmi sospirò dalla reception, senza staccare gli occhi dal telefono.

«Se ti annoi, vai a distribuire un po' di volantini».

Taegyeong guardò la torre di fogli impilati sul bancone.

«Sono ancora traumatizzato dalla freddezza con cui i vicini hanno accolto il nostro regalo di benvenuto. Non credo riuscirò a dimenticare».

«Oh, per l'amor del cielo». Jeongmi lanciò uno sguardo truce verso la porta dell'ufficio di Seungbeom, chiusa ermeticamente. Nonostante gli avesse intimato di andare a scusarsi con la signora dell'erboristeria, a diversi giorni dall'apertura ancora non l'aveva fatto. L'unico motivo per cui aveva attraversato la strada era stato per farsi dare i soldi della lavanderia.

Se lei stessa trovava quel comportamento deplorevole, figuriamoci cosa ne pensavano i proprietari dei negozi vicini. Immaginava le voci che giravano, e infatti, proprio come aveva previsto, eccolo lì il risultato: la clinica era ancora vuota.

«Incredibile che non ci sia nemmeno un paziente» commentò Taegyeong.

«Magari finalmente impara a... Ma cosa dico, non impara un bel niente quello lì, guarda che fine ha fatto dopo il casino al Jeil». Jeongmi storse le labbra, contrariata.

Taegyeong si appoggiò con un braccio alla reception, poi con cautela domandò: «Mi chiedevo... Io sono venuto perché mi è stato promesso un buono stipendio, ma tu come mai hai seguito il dottor Kim? Non è che siete, insomma, una coppia o robe del genere?»

Era davvero curioso. Avrebbe voluto chiederglielo da subito, quando lei gli aveva proposto il lavoro, ma aveva evitato per non sembrare maleducato. Ora che il destino della clinica sembrava avere una data di scadenza ben precisa, gli era sembrata l'occasione giusta. Senza contare che prendeva due piccioni con una fava, visto che avrebbe potuto capire quali fossero le intenzioni di lei. Tuttavia, appena vide il volto di Jeongmi contrarsi, si pentì di aver aperto bocca.

«Ma come ti permetti? Ti sembro matta? O forse quello matto sei tu. Come ti viene in mente di fare una domanda del genere?»

Preso alla sprovvista da quell'eruzione di insulti, Taegyeong alzò le mani in segno di resa. Infuriata, Jeongmi scattò in piedi, e lui, per puro spirito di sopravvivenza, afferrò una manciata di volantini. Voleva svicolarsi il più in fretta possibile da quella situazione.

«Vado a distribuirne un po'».

Proprio mentre stava per precipitarsi verso la porta, questa si aprì dall'esterno, facendo riverberare il suono cristallino delle campanelle che vi erano appese. Un istante dopo, Seungbeom uscì dall'ufficio con un gran fracasso. Cercava di nasconderlo, ma era evidente che l'assenza di pazienti lo aveva innervosito. S'affrettò alla reception, fermandosi accanto a Jeongmi. Anche Taegyeong corse al loro fianco. Una donna di mezz'età varcò la soglia, e il trio unì le mani e si prodigò in un profondo inchino.

«Benvenuta! Grazie per aver scelto la nostra clinica. Si accomodi» disse Seungbeom con un ampio sorriso. A giudicare dai suoi modi affettati e innaturali, doveva essersi ricordato del consiglio di Jeongmi di provare a imitare Giyun. Esagerò un po', preparandosi ad accompagnare la nuova arrivata nel suo studio con un gesto da vero gentiluomo, ma la donna si bloccò.

«È questa l'erboristeria Sujeong?»

«No signora, questa è la clinica Seungbeom Hanuiwon» la corresse Jeongmi. L'espressione della donna s'indurì.

«Sono venuta apposta perché mi hanno detto che la proprietaria è brava... Scusate, ho sbagliato».

Seungbeom si affrettò a sventolare le mani per rassicurarla. Quella donna non sapeva con chi stesse parlando!

«Non si preoccupi. Deve sapere che ho lavorato in un rinomato ospedale di Seoul, ero anche piuttosto popolare tra i pazienti! Se lascia che le controlli il polso, capirò subito di cosa ha bisogno e...»

«Mi scusi» lo interruppe bruscamente la donna, e uscì di corsa, senza lasciargli il tempo di replicare.

Jeongmi tornò a sedersi alla reception, abbattuta. Taegyeong rimise i volantini sul bancone e la seguì, sul viso un'espressione delusa. Seungbeom, dal canto suo, fissava umiliato il pavimento. Un ronzio riecheggiò nella stanza. Lo sentiva da giorni, e credeva fosse il suo solito acufene, ma si accorse che una mosca gli stava volteggiando attorno ai piedi. Seungbeom strinse i denti e si diresse alla finestra.

Di fronte vide il vecchio edificio fatiscente a un piano. Sull'insegna sbiadita si leggeva ERBORISTERIA SUJEONG. La donna che era scappata poco prima s'infilò nel negozio, la cui porta era aperta. Poco dopo, una coppia di anziani uscì salutando cordialmente, subito sostituita da altri clienti in cerca di rimedi per i loro malori. Un continuo afflusso di persone, il che significava un continuo afflusso di soldi. Soldi che sarebbero stati suoi, se solo quell'erboristeria non fosse esistita. Seungbeom si passò una mano sulla pancia: l'invidia gli dava bruciori di stomaco. Proprio allora, le luci della clinica si spensero con un rumore secco. Come una secchiata d'acqua sul fuoco, quel blackout improvviso estinse la sua rabbia. Un sospiro di rassegnazione gli sfuggì dalle labbra.

«Oh? È saltata la corrente. Chiamo qualcuno?» chiese Jeongmi, che non aspettò nemmeno la risposta prima di sollevare la cornetta del telefono. Seungbeom la fermò.

«Lascia stare, dovremmo pagarlo».

Si tolse camice e cravatta e, mentre borbottava che quella giornata era stata un disastro, cercò la cassetta degli attrezzi.

«Aspetta, ti aiuto».

Taegyeong accese la torcia del telefono, illuminando

il quadro elettrico. Seungbeom prese un cacciavite a croce, con cui armeggiò qua e là, poi alzò e abbassò l'interruttore. Taegyeong lo guardò scettico.

«Sicuro di sapere cosa stai facendo?»

«Certo. C'è un contatto difettoso, guarda qui». Seungbeom indicò un filo che si era staccato da chissà dove. «Basta sistemare questo. Vedi? Non serve chiamare un elettricista».

«Ah, okay».

Seungbeom gettò il cacciavite nella cassetta e afferrò il cavo con le dita. Sentì una leggera scossa sui polpastrelli, poi, di colpo, una scarica elettrica lo attraversò.

«AH!»

«Direttore!»

Tremante, Seungbeom rimbalzò e stramazzò a terra con un tonfo. Nella caduta, batté la testa sullo spigolo di una vetrinetta. Jeongmi, che stava guardando un video su YouTube, corse spaventata al suo fianco. Taegyeong non aveva fatto in tempo ad afferrarlo e ora, in ginocchio accanto al dottore, lo chiamava con apprensione.

«Perché non risponde?!»

«Credo sia stato fulminato!»

Il corpo di Seungbeom si afflosciò sul pavimento, e Taegyeong chiamò il 119.

«Dottor Kim! Oh, mio Dio, è morto! Non si muove. Deve andare in ospedale… Forza, aiutami a tirarlo su!»

In preda al panico, Jeongmi provò a sollevarlo, ma Taegyeong la fermò con un sussulto.

«È pericoloso!»

In quel momento, gli occhi di Seungbeom si spalancarono.

«Non posso morire così!» urlò, sollevando il busto in modo innaturale. I due infermieri si aggrapparono l'uno all'altra, spaventati da quel comportamento bizzarro. Quando le spalle di Seungbeom cominciarono a vibrare, Jeongmi e Taegyeong si allontanarono di qualche passo. Gli occhi iniettati di sangue, il dottore fissò l'erboristeria. La rabbia di poco prima lo infiammò nuovamente.

'Non posso morire così! Devo scoprire quali segreti nasconde quella vecchia'.

«Tutto bene? Non hai dolori?» gli chiese Jeongmi, rannicchiata dietro a Taegyeong.

«Ti sembra che stia bene?» rispose il collega. «Ha un aspetto terribile...»

Seungbeom scattò in piedi e si lanciò verso l'uscita. I due provarono a fermarlo, ma rinunciarono dopo poco.

*

Arrivata la sera, i lampioni illuminavano la strada buia e deserta, i negozi svuotati dei clienti della giornata. Solo l'erboristeria aveva ancora le luci accese, un bagliore aranciato che filtrava dalle finestre. Seungbeom attraversò la strada. Determinato fino a quel momento, giunto sull'uscio esitò. Sbirciò oltre il vetro opaco: l'erboristeria era vuota e silenziosa.

Non sapeva esattamente cosa dire, così si schiarì la voce e varcò la soglia. Appena entrato, fu accolto dall'odore delle erbe medicinali. L'intenso profumo della cannella gli ricordò di quando, mano nella mano con sua nonna, la seguiva alla clinica orientale del loro quartiere, incredibilmente simile al posto in cui si trovava ora. Oltrepassò il vecchio divano e si fermò di fronte a una teca di vetro, al cui interno erano esposte tisane per la concentrazione, digestivi, sciroppi per la tosse e decongestionanti, rimedi per la calvizie. Le erbe e i decotti erano avvolti in fogli di carta o riposti in semplici sacchetti di plastica, su cui la proprietaria aveva annotato i nomi in una grafia disordinata, testimonianza del suo carattere. Superata la teca, notò alcuni armadietti aperti. Ne approfittò per controllare se ci fossero medicinali speciali, ma erano gli stessi che teneva anche lui in clinica.

«... No, non può».

La voce di Sujeong lo raggiunse dall'ufficio. A quanto pare, era con un cliente. Seungbeom provò a origliare, ma non riuscì a distinguere nient'altro. D'improvviso, si chiese come conducesse i colloqui con i suoi pazienti. Che avesse le capacità oratorie dei più esperti truffatori? O forse era un'adulatrice come Giyun, che fingeva di empatizzare con loro? Seungbeom scrutò i dintorni per assicurarsi di essere solo e si avvicinò in punta di piedi all'ufficio.

Una finestrella collegava il negozio alla stanza. Si sporse quel tanto che bastava per spiarne l'interno. Rispetto alla sala principale, le luci dell'ufficio erano più soffuse. Una scrivania prendeva quasi tutto lo spazio. Seduta di fronte a Sujeong, intenta a spiegare chissà cosa, c'era una donna dai capelli lunghi. Le loro voci gli arrivavano attutite. Sperando d'intercettare qualcosa, posò l'orecchio contro il vetro.

«Per caso ha visto qualcuno di simile? Oppure un bambino con la lingua lunga?»

'Cos'ha detto?'

Seungbeom inclinò la testa, non riuscendo a captare le parole di Sujeong. Premette l'orecchio più forte, ma il telaio scricchiolò. La cliente si voltò di scatto.

Era sicuro che i loro sguardi si fossero incrociati, ma dovette ricredersi. Il viso pallido era ricoperto di sangue viscoso, e là dove avrebbero dovuto esserci i suoi occhi, c'erano due buchi neri, come se qualcuno glieli avesse cavati via. La donna girò la testa a destra e a sinistra, poi scivolò giù dalla sedia fino a poggiare le braccia a terra. Con le mani appiccicose si trascinò sul pavimento verso l'intruso.

Boccheggiando, Seungbeom indietreggiò a fatica. Spalancò gli occhi per l'orrore: non c'erano gambe sotto la gonna infangata. Si voltò per darsi alla fuga, ma la donna lo raggiunse, afferrandolo per la caviglia con le mani insanguinate. Un brivido freddo gli risalì la schiena, fino alla punta dei capelli. Terrorizzato, Seungbeom cercò di scrollarsi di dosso quelle dita appiccicose, ma la mano ossuta strinse la presa, impedendogli di muoversi. Le orbite vuote della donna erano fisse su di lui. Spalancò la bocca priva di lingua con un risucchio agghiacciante.

«AAAAAAH!»

Seungbeom non avrebbe saputo dire se urlò prima o dopo aver chiuso gli occhi.

*

Quando riaprì le palpebre, Seungbeom si ritrovò faccia a faccia con il viso pallido della donna.

«Gaaah…»

Il rantolo della creatura sembrava provenire dalle sue orbite vuote. Seungbeom spalancò la bocca e urlò più forte che poteva. Quel grido, bloccato nelle profondità della sua pancia, si liberò come un torrente in piena.

*

«Aaah!»

Seungbeom si svegliò di colpo, dimenandosi nel tentativo di scrollarsi di dosso le dita della donna, ma quando si accorse che poteva muovere le gambe senza costrizioni, si guardò attorno. Non sapeva dove fosse.

Nonostante fosse una notte di primavera, faceva ancora freddo. Una lingua di vapore bianco si allungava da un bollitore sul caminetto, e di fronte al fuoco scoppiettante c'era una coperta, su cui lui era disteso. L'aria profumava di erbe medicinali: si trovava nell'erboristeria. Cercando di ricordarsi come fosse finito lì, gli tornò in mente il fantasma che aveva visto poco prima di svenire. Rabbrividendo, si sfregò le braccia per calmarsi, convincendosi che fosse stato solo un sogno, o forse una visione provocata dalla scossa elettrica.

«Oh, il giovane dottore si è svegliato!»

Una donna sulla settantina entrò nella stanza, lieta di vederlo cosciente. In mano teneva un cesto di patate bollite. Seungbeom non sapeva bene cosa dire, considerato che si era intrufolato nel negozio come un ladro, intenzionato a scoprire le tecniche segrete dell'erborista.

Nonostante la testa ingombra di pensieri, optò per un piccolo sorriso. Gongsil, in piedi davanti a quell'uomo che la osservava inebetito, posò la patata che stava mangiando e, d'improvviso, iniziò a fare ginnastica. Camminò avanti e indietro, poi, al ritmo di 'Un-due, un-due' si mise a fare degli squat. Seungbeom la fissò perplesso, chiedendosi se avesse la testa a posto. A ogni modo, la sua priorità era evitare di finire in questura, così s'inginocchiò e si rivolse alla donna con tono rispettoso, inventandosi una scusa.

«Ecco, io... Capisco possa sembrare sospetto, ma la verità è che sono venuto perché ho preso una scossa, e ho bisogno di qualche medicina. Non avevo alcuna intenzione di spiare».

Gongsil batté le mani.

«Ma allora è vero! Riesci sul serio a vedermi!»

«Mi scusi?» Seungbeom sbatté le palpebre senza capire.

«Ah, intendo che...» Detto questo, Gongsil si sollevò la maglia rivelando una ferita che spiccava contro la pelle pallida del ventre. Sogghignando, cominciò a togliere i punti neri che la chiudevano. I due lembi di carne si aprirono, e i pezzi della patata che aveva mangiato poco prima cascarono a terra. Gongsil guardava incuriosita l'uomo davanti a sé, un pochino preoccupata che gli occhi di Seungbeom, strabuzzati all'inverosimile, potessero schizzargli fuori dalle orbite da un momento all'altro.

«Be', comunque, piacere di conoscerti, mi chiamo Yoon Gongsil. Ma senti, da quand'è che riesci a vedere i morti?»

La donna si avvicinò e gli porse la mano, ma Seungbeom balzò in piedi e, con un urlo, corse fuori dall'erboristeria.

Mentre fuggiva per le strade buie, continuava a guardarsi alle spalle, convinto che il fantasma sarebbe apparso da un momento all'altro con le braccia tese, pronto a inseguirlo. A quel pensiero, un brivido gli corse lungo la schiena.

«AAAH!»

Gridò con tutto il fiato che aveva in corpo, correndo così veloce che avrebbe potuto battere il record dei cento metri in dieci secondi. Alcuni cani si misero ad abbaiare. Arrivato alla sua nuova abitazione, poco lontana dalla clinica, si precipitò dentro e chiuse la porta a chiave. Una volta al sicuro, bussò freneticamente alle stanze dei suoi coinquilini. Jeongmi e Taegyeong uscirono in soggiorno. Finché non avessero trovato una sistemazione per ciascuno, avevano deciso di convivere.

I due, irritati, si sedettero sul divano e ascoltarono il resoconto confuso di Seungbeom. Scosso e spaventato, faticava a riprendere fiato; dopotutto, l'ultima volta che aveva corso così era stato più di dieci anni fa.

«Non sto scherzando! Quella donna mi ha afferrato per la caviglia, e... Oddio, aveva le mani gelide. Quando mi sono risvegliato, una vecchia – una certa Yoon Gongsil – era lì che mi fissava mangiando patate. Poi di punto in bianco mi ha chiesto se la vedessi, e io non capivo, ma lei si è alzata la maglia e ha cominciato a strapparsi i punti sulla pancia, e dalla ferita hanno iniziato a cadere pezzi di patata... È un fantasma, giuro! Mi ha pure chiesto da quanto tempo vedessi i morti!»

Mentre Seungbeom spiegava cosa gli era successo gesticolando come un pazzo, gli altri due lo guardavano impassibili. Dopo aver scambiato uno sguardo con Jeongmi, seduta a braccia conserte, Taegyeong domandò: «Hai bevuto?»

«Forse è colpa dello stress» commentò Jeongmi, impietosita.

Seungbeom agitò le mani in segno di protesta. Vedendo che nessuno gli credeva, gridò: «No, no! L'ho visto con i miei occhi!»

«Magari fosse vero! Potremmo filmarlo e metterlo su YouTube. Sai che successo?» disse Jeongmi esaltata.

Chissà se, una volta diventato ricco, Seungbeom si sarebbe finalmente accorto di lei. Aveva una cotta per lui da cinque anni ma, per quanto avesse fatto di tutto per farglielo capire, quello sciocco non pensava ad altro che ai soldi. Orgogliosa com'era, però, si sarebbe tagliata un braccio piuttosto che rivelare quei sentimenti, motivo per cui aveva negato tutto quando Taegyeong glielo aveva domandato.

«I fantasmi non esistono» dichiarò quest'ultimo, mettendo fine ai loro sogni di gloria.

«Che ne sai tu? Mia madre ci ha sempre creduto» ribatté Jeongmi.

«Be', mia madre invece dice che sono stupidaggini. Gestisce un ristorante a Dongdaemun, e ogni notte c'è un tizio che si mette a urinare lì davanti. Diceva sempre che, se i fantasmi esistessero, dovrebbero liberarsi dei miserabili come lui, e invece non è mai successo. Mi sembra ovvio che abbia ragione lei».

Seungbeom si sedette sul divano e si prese il viso tra le mani. Era d'accordo con Jeongmi: i fantasmi esistevano. Quella notte non era stata la prima volta che ne aveva visto uno. Tutto era cominciato quando da bambino i suoi genitori avevano divorziato. All'inizio credeva fossero persone reali, ma a un certo punto avevano iniziato a perseguitarlo, provocandogli crisi epilettiche. La nonna, pensando che fosse debole di costituzione, lo portò alla clinica di medicina orientale del loro quartiere e da quel momento smise di vedere fantasmi. Seungbeom ebbe un'illuminazione.

'Potrebbe davvero essere lo stress che m'indebolisce! Magari mi basta prendere qualche erba medicinale'.

*

Il giorno dopo, appena arrivato in clinica, Seungbeom afferrò una pallina di *gongjindan* e la ingoiò.

«Perfetto!» commentò Jeongmi passandogli di fianco. «Non abbiamo pazienti e il direttore mangia i medicinali che dovremmo vendere».

«Non possiamo continuare così».

«Finalmente l'hai capito».

«Cominciamo facendoci pubblicità su Internet. Taegyeong! Smettila di perdere tempo su YouTube e mettiti a condividere il nostro sito su blog e social media. E scrivi qualche recensione».

Jeongmi lo guardò scettica. «Credi davvero che basterà?»

«Ovvio che no. La verità è che tutto si risolve con il denaro! Fidati di me».

Seungbeom si batté il petto con il pugno, fiducioso. Mentre lo osservava alzare il naso con aria d'importanza, Jeongmi ebbe una brutta sensazione. Per quanto fosse un ottimo dottore, Seungbeom non era mai stato gentile con i pazienti. Se non altro prima sapeva almeno mantenere le apparenze, ma da quando erano arrivati a Uhwa, era diventato ancora più suscettibile del solito. Negava la realtà della situazione, e Jeongmi si agitava ogni volta che lo vedeva elaborare un piano.

Chissà quale altro guaio avrebbe combinato…

Capitolo 3
Il bambino di fronte al ferramenta

Un giorno, Seungbeom fece visita al ferramenta che si trovava al piano terra nell'edificio della clinica.

«Salve».

«Benvenuto» lo salutò il proprietario. Circondato da una miriade di oggetti accatastati alla bell'e meglio, stava sistemando il magazzino. Quando si voltò e riconobbe Seungbeom, l'uomo, con la corporatura massiccia di un orso, si gonfiò ancora di più. Le braccia incrociate, lo fissava con un brutto cipiglio, e così Seungbeom prese un articolo qualsiasi dagli scaffali. Si accorse troppo tardi che si trattava di una maniglia antincendio. Non gli serviva, ma dopotutto il motivo per cui era venuto era un altro.

«Prendo questa».

«Novemila won».

«Posso pagare con la carta?»

Seungbeom tirò fuori la carta dal portafoglio. L'uomo gliela strappò di mano e la passò nel lettore senza degnarlo di uno sguardo. Attento a non fare passi falsi, Seungbeom provò a tirare fuori il discorso.

«Sa, sono nuovo in paese e non so bene come funzioni ma… Mi chiedevo, chi è che comanda qui?»

«Comanda?»

«Sì, sa, una persona che abbia una certa influenza».

«So benissimo cosa significa 'comandare'. Quello che non capisco è perché le interessi».

«Volevo presentarmi, prima di tutto, e non mi dispiacerebbe chiedere il suo parere riguardo ai... *problemi* che ho avuto all'arrivo».

Restituendogli la carta, il proprietario lo squadrò da capo a piedi, sospettoso.

«I suoi *problemi* si risolvono andando a scusarsi con la signora Go».

«Certo, non mancherò. È solo che, dopo un litigio di queste dimensioni, vorrei parlare con chi di dovere per ricevere un po' d'aiuto. Dopotutto, rimarrò qui a lungo».

Il proprietario spostò lo sguardo da Seungbeom alla strada, dove stava passando un anziano.

«È fortunato. Mi segua».

Con un'agilità inaspettata, riuscì a districarsi tra la montagna di oggetti. Seungbeom si affrettò a prendere la sua maniglia e gli corse dietro. Fuori dal negozio, l'uomo indicò la schiena dell'anziano sul marciapiede opposto.

Magro come un chiodo, il completo consunto che indossava era talmente largo che svolazzava nell'aria a ogni passo. La cintura che aveva in vita penzolava lunga, lasciando intendere che da giovane doveva essere stato molto più in carne. Sottobraccio portava un vaso, il cui coperchio teneva saldamente nell'altra mano.

«È lui la persona di cui ha bisogno. Jang Yeongho, vive a Ipdong. Tempo fa, tutto il terreno a est di Uhwa, compreso Ipdong e i villaggi circostanti, apparteneva a lui. Ora i figli hanno un negozio a Seoul e lui ha venduto quasi tutto, ma è ancora tenuto in grande considerazione qui, grazie al suo buon carattere. Ogni giorno fa il giro del paese con quel vaso».

«Cos'ha di speciale?»

«Mh? È l'urna della moglie».

«Come, scusi?»

Aspettandosi quella reazione, il proprietario rise dell'espressione sorpresa di Seungbeom.

«Immagino sia bizzarro per lei, dottore. Quando la moglie era in vita, il signor Jang le ha dato solo dispiaceri, non è stato un buon marito. Alla sua morte, i rimorsi hanno avuto la meglio, per questo ora se ne va in giro così. A quanto pare, la moglie desiderava andare al mercato più di ogni cosa, ma lui glielo impediva. A sentire la signora Go, il vecchio Jang si vedeva di nascosto con la proprietaria della caffetteria all'incrocio. Aveva la coscienza sporca, eh già… Eppure, a vederlo adesso, devoto com'è alle loro passeggiate, non si direbbe, vero?»

'E che senso ha ora che è morta? È solo un modo per non sentirsi in colpa' pensò Seungbeom. In quel momento, il signor Jang passò di fronte all'erboristeria e sputò per terra. Seungbeom lanciò un'occhiata al ferramenta, il quale trasalì.

«È una brava persona, ma non va d'accordo con la signora Go. Era molto amica della moglie» disse l'uomo come per scusarsi, grattandosi la testa. Poi aggiunse, cambiando discorso: «Ah! Ho saputo che c'è stato un blackout alla clinica. Mi chiami la prossima volta, non si metta ad armeggiare con cose che non le competono. Ha rischiato grosso!»

«E lei come lo sa?»

«Chi pensa l'abbia riparato?»

Che razza di pettegoli, i suoi due infermieri!

«Vuole che le installi pure quella?» chiese il proprietario indicando la maniglia.

«No, grazie, dovrei farcela».

«Non vorrei che si facesse male…»

Con un sorriso, Seungbeom interruppe la conversazione. Non immaginava che quell'uomo fosse un tale ficcanaso. Si congedò senza troppi fronzoli e si avviò verso le scale. Poco prima di entrare nell'androne, Seungbeom andò a sbattere contro un ragazzino apparso all'improvviso, facendolo cadere per terra. Spaventato, il bambino si coprì il viso.

«Qualcuno... aiuto...»

Non capendo bene cos'avesse detto, Seungbeom inclinò la testa.

«Cosa? Devi fare attenzione».

Il bambino lo guardò. Non sembrava ferito.

«Un uomo non piange per una caduta. Si sforza per rialzarsi senza l'aiuto di nessuno».

A quelle parole, il bambino si scrollò la polvere di dosso e si mise in piedi. Seungbeom annuì soddisfatto.

«Vai fuori a giocare. Se vuoi venire qui invece, devi portare i tuoi genitori. Okay?»

Non aspettò risposta prima di entrare in clinica. Felice di vederlo, Jeongmi scattò in piedi da dietro la scrivania e lo affiancò per mostrargli il cellulare, ma lui si scostò. Non aveva molta voglia di rivivere ciò che era successo in auto.

«Che c'è questa volta?» sbottò.

«Non c'è bisogno di essere così scontrosi. I commenti online lasciano il tempo che trovano, pensavo di organizzare un evento promozionale».

«Un evento?»

«Quest'agenzia organizza eventi d'inaugurazione. Palloncini, animatori che si occupano di promuovere il locale, clown addirittura. Possiamo approfittarne e distribuire i nostri volantini. Se vogliamo che la clinica prenda piede, dobbiamo essere più attivi» spiegò Jeongmi entusiasta. Non aveva tutti i torti.

«Ti lascio carta bianca».

«Posso davvero fare come mi pare?»

Seungbeom sventolò la mano in segno di assenso e s'infilò nel suo ufficio. Prima di chiudersi la porta alle spalle, si premurò di sottolineare: «Ma niente di troppo costoso».

«Va bene» rispose Jeongmi, gli occhi fissi sullo schermo. Era un po' preoccupato da quello che avrebbe tirato fuori, ma Seungbeom aveva altro a cui pensare.

*

Il giorno dell'evento, le strade brulicavano di persone. All'ingresso della clinica l'agenzia aveva allestito un arco decorato con palloncini, e due ragazze ballavano a ritmo della musica proveniente dall'impianto stereo. Un clown in bilico sui trampoli di fronte al suo pubblico annodava e arrotolava lunghi palloncini, trasformandoli in un batter d'occhi in cagnolini. I bambini, entusiasti, gli si affollarono attorno. Il clown, svelto, si mise subito all'opera e ne consegnò uno ciascuno.

Seungbeom uscì dalla clinica vestito di tutto punto, una valigetta pesante in mano. Jeongmi, intenta a distribuire volantini, gli si affiancò appena lo vide.

«Abbiamo un sacco da fare, dove te ne vai?»

«Ho un'importante questione da sbrigare, torno tra poco».

«Proprio oggi?» chiese Jeongmi, indicando con occhi sbarrati la folla che li circondava, come a dire 'Non ci vedi?'

Seungbeom fece spallucce. «Non avevo idea che l'evento fosse oggi».

«Te l'ho detto un milione di volte!»

Non era stato per niente facile riuscire a ottenere il numero del signor Jang, e quando finalmente aveva fissato un appuntamento, sfortuna aveva voluto che fosse lo stesso giorno dell'inaugurazione. Una parte di lui avrebbe voluto posticipare l'incontro, ma sapeva che non bisognava lasciar passare un'occasione quando si presentava. Soprattutto se riguardava il suo futuro. Seungbeom diede una pacca sulla spalla a Jeongmi.

«So che l'evento è importante, ma lo è anche il mio appuntamento. Sono sicuro che capisci. Ci vediamo più tardi».

«Dove diavolo vai?! Seungbeom!»

Lui la ignorò e superò il clown. Dopo pochi passi, però, tornò indietro e gli strappò di mano un palloncino rosso dalla forma indistinguibile.

«Vanno distribuiti equamente. Non vedi quel ragazzino? Ne sta aspettando uno da dieci minuti» borbottò allungando il palloncino al bambino che aveva incontrato qualche giorno prima. Forse perché era più basso degli altri, il clown sembrava non essersi accorto di lui. Quando il bambino incrociò lo sguardo di Seungbeom, si coprì nuovamente gli occhi. Seungbeom sbuffò e gli afferrò la manina, aiutandolo a prendere il palloncino. Lo aveva visto spesso che girovagava nei pressi del ferramenta, e così aveva dedotto fosse il figlio del proprietario. Considerando che il padre lo aveva aiutato, fare un favore al ragazzino non gli pesava.

Il clown e gli altri bambini lo guardarono straniti. Non potevano certo essersi offesi per una buona azione!

«Prego, prego, continui pure. Ragazzi, fra un attimo ne avrete uno anche voi» si giustificò comunque, poi riprese a camminare. Dietro di lui, il palloncino rimase sospeso a mezz'aria per un secondo, prima di volare via sospinto dal vento.

Capitolo 4
Il signor Jang

«Ho sentito che c'è stata una bella lite fra lei e la proprietaria dell'erboristeria» disse il signor Jang leccandosi le labbra dopo essersi scolato una bottiglietta di *Bacchus*. Seungbeom gli aveva portato un'intera scatola di quegli energy drink, e l'anziano ne stappò subito un altro. Nel frattempo, Seungbeom si diede un'occhiata attorno. Si trovavano nel soggiorno di una vecchia casa di mattoni a un piano, e oltre al divano in pelle consunta su cui era accomodato il signor Jang, c'erano solo un televisore e una credenza piena di bottiglie di liquori fatti in casa. In cucina, nonostante le luci spente, s'intravedevano pile di piatti sporchi e cibo avanzato, mentre attraverso la porta socchiusa della camera da letto scorse le coperte spiegazzate su cui il signor Jang doveva aver riposato fino a poco prima del suo arrivo. Un odore acre riempiva l'aria, ma Seungbeom fece buon viso a cattivo gioco.

«Quindi la notizia è arrivata fino a lei?»

«In un paesino tranquillo come il nostro, cose del genere non capitano spesso. Inoltre, qui ci conosciamo tutti: mi basta una telefonata per sapere tutto quello che le succede, dottore. Volendo, potrei scoprire anche il colore della sua biancheria». Il vecchio Jang se la rise, mostrando i pochi denti che gli rimanevano.

«Addirittura?» rispose Seungbeom unendosi alla risata, anche se gli vennero i brividi. Qualcosa gli diceva che non era solo una battuta.

Dopo essersi scolato un'altra bottiglietta di *Bacchus*, il signor Jang chiese: «A ogni modo, a cosa devo la sua visita?»

«Ho bisogno della sua opinione sulla questione. Un momento di irritabilità ha creato un brutto malinteso. So bene che è colpa mia, in nessun caso si dovrebbe mancar di rispetto agli anziani. Per questo ho pensato di chiedere il suo aiuto».

Il vecchio Jang sprofondò nello schienale, le braccia incrociate. Il divano scricchiolava a ogni suo movimento.

«Mi è stato detto che è molto rispettato grazie alla sua bontà d'animo» continuò Seungbeom, « mi rendo conto che è sgarbato da parte mia presentarmi da lei e chiederle un favore del genere, così, di punto in bianco. Ma lei è la mia unica speranza».

Estrasse una busta di carta dalla valigetta che aveva portato con sé e la fece scivolare sul tavolo. Gli occhi ingrigiti del vecchio fissarono la busta: dall'apertura s'intravedeva una mazzetta di banconote giallastre.

«Mi sono fatto prendere dalla fretta e temo di aver arrecato disturbo».

«Per niente, non si preoccupi». L'anziano prese la busta. Soddisfatto del peso sostanzioso, il suo tono si ammorbidì. Diede una sbirciata all'interno, poi scoppiò in una grassa risata. «Non c'era bisogno di scomodarsi così».

Se Jeongmi fosse stata lì, si sarebbe lanciata su Seungbeom come una leonessa furiosa, ricordandogli che comprare pazienti era illegale e gli sarebbe potuto valere la licenza di medico. Tuttavia, osservando la luce di bramosia che brillava negli occhi dell'anziano, Seungbeom capì che non c'era motivo di preoccuparsi. I suoi soldi avevano fallito una volta, ma non sarebbe successo di nuovo.

«A dire il vero, nemmeno io vado molto d'accordo con la signora Go. Insomma, la capisco. Per quanto lei sia stato impulsivo, sono certo che il caratterino di quella donnaccia non abbia aiutato. Posso immaginare come sia andata... La sua presunzione esaspererebbe chiunque!»

Seungbeom annuì veementemente. Quante persone lo avevano accusato di essere stato maleducato nei confronti dell'erborista? Se solo si fossero messi nei suoi panni, avrebbero sicuramente capito perché aveva reagito a quel modo. E invece di ricevere delle scuse da Sujeong, ne aveva dovuto subire pure l'arroganza. Seungbeom non riusciva davvero a comprendere perché tutti ce l'avessero solo con lui, e ora che finalmente aveva incontrato qualcuno che lo capiva, un'immensa gratitudine gli sgorgò dal profondo del cuore.

«Caro dottor Kim, ammetto che non è molto educato aprire una clinica orientale a pochi passi da un'erboristeria che si occupa più o meno delle stesse cose, ma dopotutto parliamo di livelli completamente differenti. Lei ha lavorato per un famoso ospedale di Seoul, perbacco! Non si preoccupi. Basteranno un paio di telefonate da parte mia e il malinteso svanirà in un battibaleno. È stato un errore in buona fede, e la gente deve riconoscerlo. Ed è anche ora che i miei concittadini abbiano una buona clinica a cui rivolgersi per i loro malori!»

«Oh, grazie mille, davvero. Lei è proprio una brava persona».

«Si figuri, anzi, grazie a lei per essere venuto fin qui. Ah, che sbadato! Non le ho nemmeno offerto un bicchier d'acqua. Abbia pazienza. Alla mia età, queste minuzie passano di mente». Il signor Jang raddrizzò la schiena ricurva.

«Non si scomodi. Sarà meglio che vada adesso».

«Non posso lasciarla andare a mani vuote. Aspetti un attimo. Vado a prenderle una delle creazioni delle mie ragazze».

«Scusi?»

Le braccia penzolanti lungo i fianchi, il signor Jang s'incamminò verso la cucina. Insicuro sul da farsi, Seungbeom prima si alzò per seguirlo, poi si risedette, e infine iniziò a gironzolare per il soggiorno. Guardò senza grande interesse i liquori alle erbe nella credenza. Riconobbe radici di *deodeok*, ginseng e… Wow, addirittura liquore di serpente? Quando lavorava al Jeil, un paziente gliene aveva regalata una bottiglia per ringraziarlo, elogiandone le qualità benefiche per il fegato, la circolazione e la prevenzione all'invecchiamento. Ma Seungbeom non ne era convinto e l'aveva buttato via. Scosse la testa e spostò lo sguardo più in basso, dove nel bel mezzo dello scaffale scorse un vaso dall'aria conosciuta.

'Ah, è l'urna della moglie con cui il signor Jang passeggia per il paese'.

Di fianco al vaso blu pallido sedeva una vecchia fotografia. Sembrava stata scattata durante un viaggio di gruppo. La donna al centro aveva un che di familiare. Strinse gli occhi nel tentativo di capire chi fosse, ma l'immagine era troppo sbiadita.

«La prima e l'ultima foto di famiglia che abbiamo fatto».

Sorpreso, Seungbeom si voltò e si rese conto che l'anziano era tornato e gli porgeva un sacchetto nero.

«Delle belle uova blu! Direttamente dalle mie preziose galline».

«La ringrazio».

Mentre lui prendeva il sacchetto, il signor Jang allungò una mano per accarezzare l'urna.

«La mia povera moglie ha sofferto molto quando si è trasferita qui dopo il matrimonio. Purtroppo, la mia famiglia voleva a tutti i costi un maschio, ma lei ha dato alla luce tre femmine e ha dovuto sopportare i rimproveri di mia madre. Anche se quando finalmente è nato nostro figlio le hanno mostrato un po' di rispetto, era un bambino debole e mia moglie ne ha patito molto. Io, invece, sempre fuori per lavoro, non le davo mai una mano... Dev'essersi sentita intrappolata, povera anima».

«Immagino di sì». 'Ho già visto quella faccia... ma dove?'

«È morta in un incidente. Solo allora mi sono reso conto che avrei dovuto trattarla meglio. Quando ho visto il suo corpo smunto durante la vestizione funebre, mi si è spezzato il cuore. Per questo da allora porto l'urna ovunque vada: è come averla accanto. Quella povera donna aveva occhi solo per me; sono sicuro che anche da morta sia lo stesso. Mi manca così tanto... Chissà, magari riuscirò a rivederla un giorno».

«Certo, la capisco» annuì Seungbeom. Non riuscì a fare a meno di pensare che tutti quei riguardi nei confronti della moglie morta fossero inutili. E che egoista credere che lo spirito della donna lo seguisse tutt'ora. Lo sguardo dell'anziano era fisso su di lui. Temendo che potesse carpire i suoi pensieri, Seungbeom si affrettò a dire qualcosa.

«Non sta a me giudicare, ma mi sembrate un marito devoto».

Il volto del signor Jang s'illuminò, le labbra distese in un ampio sorriso, gli occhi piegati in due mezze lune. Quelle parole dovevano avergli fatto davvero piacere.

«Bene, è proprio il caso che vada. Non vedo l'ora di gustarmi queste uova!»

«Vada, vada, e stia tranquillo. Conti su di me». Il vecchio Jang lo salutò agitando la mano secca come un ramo.

Mentre si allontanava, il sacchetto di plastica nera frusciava tra le dita di Seungbeom. La questione sembrava risolta. A giudicare da come era cambiato l'atteggiamento del signor Jang appena ricevuta la busta con i soldi, Seungbeom aveva la certezza che questa volta avrebbe ricevuto la giusta ricompensa per la sua, chiamiamola così, generosità. Lasciatosi alle spalle il cancello scrostato della villetta, camminò seguendo il muro di cinta. Proprio allora, una donna gli si parò di fronte.

«Che ci fai qui?»

Spaventato, il sacchetto gli cadde di mano. Era la donna della foto, il fantasma con la ferita sulla pancia che aveva incontrato nell'erboristeria di Sujeong!

«Ti ho chiesto che ci fai qui!» urlò Gongsil.

Non aveva visto altri fantasmi dopo aver preso la *gongjindan*, e così era convinto che la medicina avesse fatto effetto e fosse guarito.

'Forse avrei dovuto prenderne di più. Sono ancora debole... Che sia per questo che la vedo ancora?'

Seungbeom non voleva accettare la realtà. Terrorizzato, raccolse il sacchetto e si mise a correre alla velocità della luce. Dietro di lui, la donna lo rincorse.

«Lasciami in pace!»

Il volto livido e deformato, il fantasma lo fissava con sguardo assassino. Cosa diavolo aveva fatto di male per meritarsi questo?! Mentre fuggiva, provò a recitare stralci di preghiere quasi dimenticate e a disegnare una croce in aria, ma la donna continuava a seguirlo minacciosa.

*

Nel suo studio, Seungbeom sollevò la camicia del proprietario della lavanderia, seduto ricurvo davanti a lui, e osservò le vesciche che infiammavano la schiena. Quando provò a passarci un dito guantato, l'uomo sussultò.

«Credo proprio che le sia venuto il fuoco di Sant'Antonio. Da quanto tempo sente dolore?»

«Una settimana, più o meno. Ho sentito una fitta mentre stavo sistemando la biancheria, poi è andata peggiorando e ora mi fa male a ogni movimento. Pensavo mi fosse venuto il colpo della strega...»

Seungbeom abbassò la camicia e tornò a sedersi alla scrivania.

«Le conviene andare in ospedale se vuole che passi in fretta».

«Già che sono qui, non potrebbe trattarlo con l'agopuntura?»

«L'agopuntura aiuta a rafforzare il sistema immunitario e attenua un po' il dolore, ma è un processo più lungo. Dal momento che è qui, intanto facciamo una seduta, poi però vada subito in ospedale».

Chiamò Jeongmi, che accompagnò l'uomo nella stanza dell'agopuntura. Quando se ne furono andati, Seungbeom sospirò. Nonostante l'evento pubblicitario e l'aiuto del signor Jang, non avevano ancora abbastanza pazienti. Anzi, erano così pochi che gli spiaceva aver speso tutti quei soldi per l'inaugurazione e per comprarsi il favore del vecchio. E come se non bastasse, vedeva ancora i fantasmi. Quella Gongsil si piazzava di fronte alla clinica in segno di protesta, e se ne andava solo quando arrivava qualcuno mandato dal signor Jang, infastidita. Lungi dall'abituarsi a quella vista terrificante, ogni volta che la intravedeva, Seungbeom sussultava per lo spavento.

A ogni modo, non poteva continuare a sperperare soldi così. Aveva le rate del prestito di cui preoccuparsi, e con il poco che guadagnava ora riusciva a malapena a coprire gli stipendi di Jeongmi e Taegyeong. Per fortuna, quel pomeriggio un suo vecchio paziente del Jeil, Park Seokjong, sarebbe venuto apposta da Seoul. In segno di ringraziamento, Seungbeom si era ripromesso di trattarlo con i guanti, meglio di quanto avrebbe mai potuto fare quello smidollato di Giyun.

«Perché si affollano tutti lì?» domandò Jeongmi mentre sorseggiava il suo caffè in piedi davanti alla finestra, dopo aver annaffiato una pianta (comprata a sue spese).

Seungbeom l'affiancò: un capannello di persone era ammassato di fronte all'erboristeria, ma non fu quello a fargli strabuzzare gli occhi.

In coda alla folla, scorse il fantasma di un uomo. Le braccia allargate si allungavano sempre di più, circondando la gente riunita. Una signora stava per cadere, ma l'arto ondeggiante del fantasma le sfiorò la spalla, e la donna saltò sul marciapiede, colta alla sprovvista da quel tocco invisibile. A Seungbeom tornò in mente la mano gelata che gli aveva cinto la caviglia qualche giorno prima. La signora si mescolò tra la folla e sparì oltre la porta dell'erboristeria.

Proprio allora squillò il telefono della clinica.

«Seungbeom Hanuiwon, mi dica» rispose Taegyeong, che era rimasto seduto alla reception senza null'altro da fare se non sfogliare distrattamente un libro. Dopo aver scambiato un paio di parole con l'interlocutore, chiamò Seungbeom e gli passò il cordless: «È il paziente che viene da Seoul».

Ancora in piedi davanti alla finestra, prese la telefonata. La voce di un uomo di mezz'età gli rimbombò nelle orecchie.

«È lontano dallo svincolo autostradale? Sto seguendo il navigatore, ma mi dice che manca ancora molto».

«Non dovrebbe essere troppo lontano. Ha preso l'uscita laterale, vero? Non deve imboccare il sottopasso, mi raccomando».

«Sì. Ah! Dovrei quasi essere in centro. Trovo subito la clinica?»

Attraverso la cornetta sentiva il ticchettio della freccia per girare. Seungbeom si sporse leggermente dalla finestra e guardò a destra, dove vide una berlina bianca che scivolava lentamente sulla strada. Man mano che l'auto si avvicinava riconobbe il suo vecchio paziente.

«Credo di averla vista! La clinica si trova al primo piano. Sto agitando la mano, mi vede?» Seungbeom sventolò un braccio in direzione del veicolo, e quando Seokjong finalmente lo notò rispose al saluto. Un sorriso affabile si aprì sul volto di Seungbeom, ma proprio allora, scorse una donna seduta sul sedile del passeggero. I capelli lunghi le scendevano dritti ai lati del viso inespressivo finché, posando lo sguardo sul dottore, un sorriso asimmetrico le contorse i lineamenti. Un altro fantasma! Seungbeom sobbalzò per la sorpresa e perse l'equilibrio, quasi rischiando di cadere dalla finestra.

«Attenzione!» esclamò Jeongmi afferrandolo appena in tempo.

Nel frattempo, la donna deviò la macchina facendola fermare di fronte all'erboristeria. Con un'espressione assente sul viso, Seokjong lasciò cadere il telefono, scese e invece di dirigersi verso la clinica, s'incamminò verso il negozio di Sujeong.

«Seokjong!»

Trafelato, Seungbeom si precipitò in strada e, districandosi tra la folla di clienti che riempiva l'erboristeria, scorse il suo paziente.

«Signor Park! Seokjong!»

Quando Seungbeom lo afferrò per il braccio, l'uomo trasalì.

«Oh, dottor Kim! Ma... Come sono finito qui?» Si guardò attorno, spaesato.

«Deve aver seguito la gente. Questa è un'erboristeria, la clinica è dall'altra parte della strada».

«Ah... Be', sarà meglio che ce ne andiamo».

«Da questa parte».

In piedi dietro a Seokjong, lo spettro della donna lo fissava furiosa. Nello stesso momento, anche Gongsil, seduta di fronte alla televisione, si accorse del dottore.

Una volta raggiunta la clinica, una risatina imbarazzata scosse Seokjong.

«Mi chiedo come ho fatto a confondermi così! Mi spiace averle arrecato disturbo, dottore. Chissà, magari un fantasma si è impossessato di me».

«Non si preoccupi, è normale sentirsi disorientati in un luogo che non si conosce. Venga, venga. Le ho preparato un ottimo tè di *omija*».

Dietro all'uomo, Seungbeom si bloccò, un pensiero gli ronzava in testa: 'E se davvero i fantasmi spingessero le persone dentro l'erboristeria?'

«Dottore» lo chiamò all'improvviso la voce di Gongsil, che li aveva seguiti. Seungbeom trasalì e fece per scappare, ma la donna lo fermò: «Posso aiutarti!»

Incuriosito suo malgrado, si girò a guardarla, ma quando Gongsil si avvicinò, non poté fare a meno di indietreggiare.

«Un fantasma ogni dieci persone!»

L'urlo della donna lo lasciò di stucco. Cosa diavolo voleva dire? Il suo sguardo si posò sull'erboristeria che brulicava di clienti.

«Quando Sujeong cura un fantasma, questo la ripaga portando con sé dieci persone».

«Quindi gli spiriti possono effettivamente possedere le persone e fargli fare quello che vogliono?»

«Certamente. E ora ti sto aiutando, o sbaglio? Quindi, se non ti dispiace, gradirei che invece di scappare potessimo discutere seriamente di una possibile collaborazione». Gongsil alzò le mani per rassicurare Seungbeom e si avvicinò a lui. «Capisco che tu sia spaventato, è naturale. Insomma, guardami! Non è esattamente il mio look migliore. Però toglimi una curiosità: sei sempre stato in grado di vedere i fantasmi? Te lo chiedo perché hai un dono. Non solo ci vedi, ma puoi anche parlare con noi!»

«Un dono? No, questa è una maledizione in piena regola. È iniziata quand'ero piccolo, ma dopo aver preso alcune medicine prescritte da una clinica orientale non mi è più successo. Questa volta invece non è servito a niente... Che non sia più un bravo medico?» borbottò fra sé Seungbeom, indietreggiando ancora un po'.

Gongsil roteò gli occhi. Come se delle medicine potessero curare un'abilità di quel tipo.

«Quando hai ripreso a vedere i fantasmi?»

A quella domanda Seungbeom ripensò al giorno del blackout e della scossa elettrica. Era stato allora che aveva visto la donna senza gambe e l'addome squarciato di Gongsil.

«Da quando ho incontrato lei».

Gongsil incrociò le braccia. Forse era stata l'influenza di Sujeong a risvegliare le abilità dormienti del dottore. Un po' come succede a una persona comune che a forza di stare accanto a una *mudang* risente di quella connessione spirituale e inizia a percepire la presenza degli spiriti.

«Come sai, anche Sujeong ha il tuo dono. Il fatto che tu lo abbia ritrovato è un volere del cielo. Non è incredibile che a Uhwa esistano due persone che condividono la stessa abilità? Forse è per questo che il nome del paese significa 'fiaba'!» disse Gongsil battendo le mani entusiasta, ma Seungbeom aggrottò le sopracciglia.

«Cosa vorrebbe dire?»

La donna schioccò la lingua in segno di disapprovazione.

«Tu credi che sia una maledizione, ma t'invito a ripensarci. Sujeong utilizza il suo dono perché la sua attività prosperi, e tu vorresti sprecare questo talento ignorandolo? Sciocco. A meno che tu non ti diverta a lavorare in una clinica vuota... Ma immagino che non ti dispiacerebbe guadagnare qualcosina, caro il mio dottore».

«Quindi vuole aiutarmi?»

«Certo! Posso presentarti dei fantasmi. Farò in modo che i clienti dell'erboristeria vengano da te. Ovviamente ti chiederò qualcosa in cambio».

Gongsil si avvicinò, un sorriso perfido che le piegava le labbra. Spinto dal prospetto dei soldi, Seungbeom ignorò il brivido di paura che lo scosse e tentò di raddrizzare le gambe tremanti. Deglutì a fatica. Era così che ci si sentiva a fare un piatto con il diavolo?

«Cosa vuole?»

Una brezza gelida sollevò i semi di tarassaco dal terreno, che danzarono nell'aria come polvere bianca.

*

«Spero che il viaggio da Seoul non sia stato troppo faticoso» salutò Seungbeom entrando nello studio, dove il suo paziente, il signor Park, lo aspettava bevendo una tazza di tè. Si scambiarono una stretta di mano.

«Per niente. Dopotutto, lei è il mio medico di fiducia. Quando lavorava a Seoul, è stato di grande aiuto alla mia famiglia».

«A proposito, come va la paralisi facciale di sua moglie? Non può capire quanto mi rincresca non essere riuscito a seguirla fino alla fine, tutto a causa di quello spiacevole incidente».

«È molto migliorata. Il labbro non è più sollevato e il volto ha recuperato sensibilità. Sono venuto oggi proprio per le sue medicine, e qualcosa per me. Non trovo nessun'altra clinica che mi piaccia. Dottore... Ah, mi scusi, adesso è direttore! Ho dovuto faticare per scoprire dove si fosse trasferito, sa?» disse l'uomo con una risata bonaria.

Durante il suo periodo al Jeil, il signor Park era stato in cura da Seungbeom per tre anni. Non era facile trovare la giusta clinica orientale, perché doveva esserci un certo *feeling* tra medico e paziente. Per questo molto spesso la gente provava diversi studi e se c'era anche solo un minimo dettaglio che non gradiva, se ne andava alla ricerca di un luogo più adatto alle proprie esigenze. Una volta che si instaurava un rapporto di fiducia, molto spesso il paziente raccomandava il proprio medico a parenti, amici e conoscenti, o addirittura se li portava appresso. In primavera e autunno volevano ricostituenti, e appena si ammalavano, venivano alla ricerca di trattamenti. Per Seungbeom, pazienti come Park Seokjong erano un'attesissima pioggia di denaro che rimpolpava l'arido terreno del suo conto bancario.

'Un fantasma ogni dieci persone!'

Di colpo, gli tornarono in mente le parole di Gongsil. Se curare un solo fantasma avrebbe portato alla clinica dieci persone, doveva ammettere che era una proposta piuttosto allettante. La calcolatrice nella sua testa si mise all'opera, ma si bloccò quando il viso della donna gli riaffiorò alla memoria. Seungbeom dissimulò il suo disagio schiarendosi la voce.

Tornato in sé, posò le dita sul polso del signor Park per sentirne il battito.

«Dal momento che si è scomodato a venire fin qui, le offrirò il miglior trattamento possibile. Tempo fa mi diceva che sentiva un formicolio alla nuca, come va ultimamente?»

Capitolo 5
Un'offerta da rifiutare

Seduto al computer, Taegyeong stava scorrendo gli annunci di lavoro.

«È inutile» lo apostrofò Jeongmi.

«Non dire così. Ci sono aziende che assumono, con un buono stipendio e benefit. Invece di lamentarti, dovresti cercare anche tu. Non puoi rimanere qui solo per amicizia, questa clinica potrebbe chiudere da un momento all'altro, e non avresti nemmeno diritto alla liquidazione. Vuoi che dia un'occhiata anche per te?»

Jeongmi sospirò, mise il cellulare sulla scrivania e, con il mento poggiato su una mano, gli rivolse uno sguardo che lasciava intendere quanto lo trovasse patetico.

«A inizio anno sono andata da una famosa *mudang*. Uno spirito si era appena impossessato di lei, così i suoi poteri erano al massimo».

Taegyeong staccò gli occhi dal computer e la fissò con la stessa espressione impietosita.

«Credi a queste cose?»

«Be', ci ha preso in pieno! Ha pure predetto che ogni uomo che avrei incontrato sarebbe stato uno sfigato e mi sarei ritrovata a rimediare ai loro casini».

«Lo sapevo, tu e il dottor Kim avete una tresca. Mi sento sfruttato» si lamentò Taegyeong sbattendo la mano sulla scrivania. Jeongmi gli tirò uno scappellotto, e lui urlò di dolore.

«Ti ho già spiegato che non c'è niente fra di noi. Pure il dottor Kim ha messo le cose in chiaro. Comunque! La *mudang* ha visto nel mio futuro una persona legata agli elementi del legno e dell'oro, e mi ha spiegato che se la seguo vivrò una vita di ricchezza e prosperità. Legno e oro,* Taegyeong! Mi sembra ovvio che si riferisse al dottor Kim. Quindi, non fare l'idiota e sii paziente».

«Ti ha davvero detto così?»

«Fidati! Sono le parole esatte della *mudang*» annuì vigorosamente Jeongmi.

Di fronte a quella sicurezza, era impossibile non crederle, soprattutto perché il viso della ragazza ispirava fiducia, anche secondo le regole della fisiognomica. Taegyeong era un credulone, tanto che sua madre gli aveva ripetuto fino alla nausea di non farsi influenzare dagli altri, ma la tentazione di seguire le parole di Jeongmi era troppo grande. Tra l'altro, si ricordava di aver sentito che gli sciamani che avevano appena ricevuto il loro dono erano straordinariamente precisi nelle loro predizioni. Si massaggiò la nuca, ancora dolorante, e dopo aver gettato un ultimo sguardo agli annunci di lavoro, chiuse la pagina.

In quel momento, la porta della clinica si aprì con uno scampanellio ed entrò Seungbeom.

«Benvenuto, prego! Venga da questa parte».

Convinti che ci fosse un paziente con lui, Jeongmi e Taegyeong scattarono in piedi, le mani congiunte sullo stomaco, pronti ad accoglierlo con un profondo inchino. La porta però si richiuse dietro Seungbeom senza che nessun altro lo seguisse. Straniti dalla frenesia con cui era entrato, lo osservarono mentre parlava fissando il

* Oro o metallo rappresenta stabilità, struttura, e talvolta anche ricchezza o successo. Il legno simboleggia crescita, creatività e vitalità. (*N.d.T.*)

vuoto. Poco dopo, aprì e richiuse la porta del suo ufficio con aria cerimoniosa, simile a un mimo nel bel mezzo di una performance. Oltre la porta chiusa, i due infermieri lo sentivano ridere e parlare da solo. Si scambiarono un'occhiata.

«Oddio, è impazzito». Jeongmi si mise le mani nei capelli.

«Vedrai che abbiamo frainteso noi» si affrettò a negare Taegyeong. Solo pochi minuti fa aveva deciso di credere alle parole della sua collega, e ora... La situazione era talmente assurda che non gli veniva neppure da ridere.

I mormorii sommessi di Seungbeom filtravano dalla porta dell'ufficio.

«Prego, mi dica qual è il problema».

In una missione alla 007, Seungbeom era riuscito a soffiare un paziente fantasma all'erboristeria, senza farsi beccare né da Sujeong né da Gongsil. Certo sarebbe stata una bugia dire che non fosse intimorito da quello spettro seduto alla scrivania nel suo studio. L'uomo era terrificante: aveva gli occhi sporgenti e la pelle intorno alle labbra a brandelli, segno, forse, di un attacco spietato da parte di una belva assetata di sangue. Seungbeom, cercando di distrarsi, incrociò le dita delle mani tremanti per calmarsi. Ignaro, o forse semplicemente indifferente all'agitazione del dottore, il fantasma iniziò a spiegare, ma le parole erano a malapena comprensibili attraverso i pochi denti che gli erano rimasti.

«Hoglio che la haccia hagare a chel hastardo che mi ha ucciho».

E cosa poteva fare Seungbeom a riguardo? Lui curava dolori fisici, mica poteva andarsene in giro a vendicare fantasmi. La sua era una clinica, non un commissariato di polizia. Superato lo shock iniziale, si schiarì la voce un paio di volte e con calma rispose:

«Temo ci sia stato un errore. Posso praticarle una seduta di agopuntura, oppure prescriverle delle erbe medicinali. Ha qualche dolore particolare?»

Fosse stato, be', *vivo*, avrebbe potuto fare una diagnosi prendendogli il polso, ma in questo caso...

«Se huole curarmi, dehe liberarmi dal mio *han*, aiutarmi a suherare il rancore» insisté il fantasma con la sua brutta pronuncia. «O ameno è così che ha l'erborista. Pensaho hosse lo stesso chi».

«Ma quello che chiede lei non è una cura!» Seungbeom alzò la voce, irritato.

Che idiozie! Liberare un fantasma dal suo *han*? Ma quando mai! Forse lo spirito si stava prendendo gioco di lui, credendolo uno sciocco.

«Se continua con queste stupidate, se ne vada. La mia clinica cura i malati, non si occupa di dissolvere rancori».

Seungbeom si alzò per mandarlo via, ma il fantasma si accigliò e, con una pronuncia improvvisamente perfetta, gridò:

«Non vuoi ascoltarmi? Sei proprio come tutti gli altri umani!»

Improvvisamente, le luci della clinica sfarfallarono. Un'aura nera avvolse lo spettro, il volto livido e minaccioso. Solo allora Seungbeom si rese conto di aver fatto un grave errore.

«N-non faccia così, si calmi, per favore...»

Il fantasma si gonfiò fino a riempire l'intera stanza, un ringhio basso e animalesco che riverberò sulle pareti facendole tremare. Incastrato sotto il mento dell'uomo, Seungbeom non riusciva a muoversi. La pelle di quell'essere era fredda e appiccicosa come se fosse ricoperta di alghe. Dimenandosi per cercare di liberarsi, Seungbeom incrociò lo sguardo con gli occhi rossi del fantasma, fiammeggianti di odio. Lo spirito aprì le fauci gigantesche e oltre i brandelli di pelle che penzolavano attorno alla bocca, una voragine nera aspettava Seungbeom, che si raggomitolò su se stesso, terrorizzato.

«*ROAAARRR*!»

Con un ruggito, il fantasma fece esplodere il vetro delle lampadine e mandò in frantumi la finestra.

Un terremoto!

Quando gli oggetti sulla scrivania caddero a terra, Jeongmi e Taegyeong si ritrovarono abbracciati, impauriti. Un attimo dopo, la scossa si fermò di colpo, lasciandoli di sasso. Dall'ufficio sentirono Seungbeom gridare.

«Direttore...» provò a chiamarlo Jeongmi, ma una folata di vento improvvisa la sbattè a terra insieme a Taegyeong. Anche nella sala d'attesa lampadine e finestre esplosero. Taegyeong si alzò e con un gridò afferrò Jeongmi, ma lei si liberò dalla sua presa e iniziò a filmare quel disastro con il cellulare, così da avere le prove di quello che stava succedendo. Il collega, invece, deciso a non restare nemmeno un secondo di più, scappò a gambe levate.

'Questa clinica è davvero finita!'

*

Non era stata Gongsil a procuragli quel fantasma e il motivo era che Seungbeom non aveva accettato la sua offerta. Quando le aveva chiesto cosa volesse in cambio, una scintilla aveva brillato negli occhi grigi di Gongsil. Seungbeom conosceva bene l'ambizione dietro quello sguardo: a quanto pare umani e spiriti non erano poi così diversi.

«Hai incontrato mio marito, vero?»

Seungbeom ritornò con la mente al giorno in cui aveva fatto visita al signor Jang, e alla foto di famiglia dove era ritratta Gongsil.

«Non m'interessa sapere di cos'avete parlato, ma ti ricordi l'urna che si porta appresso?»

«Oh, certo. Quella con dentro le sue… ehm, ceneri?» rispose Seungbeom con cautela, indicando la donna. Lei scoppiò a ridere.

«Cos'è, t'imbarazza?» Sventolò una mano. «Non devi. Be', comunque è un bene che te ne ricordi, perché vorrei che me la portassi».

«Eh? Mi sta chiedendo di rubare l'urna?»

«Non l'avevo pensata in questi termini, però hai ragione. L'urna in sé non mi appartiene, anche se le ceneri sono mie. Senza contare che vista la mia *condizione,* non posso certo impadronirmene da sola. Ho bisogno del tuo aiuto, caro dottore».

«Ma è un crimine! No, non ho intenzione di aiutarla. Ci pensi lei, che è invisibile. Anzi, a pensarci bene, non esiste un modo per cui il signor Jang riesca a vederla? Gli manca molto».

A quelle parole, Gongsil si rabbuiò.

«Se ci fosse un modo, gli avrei già staccato la testa! Quanto mi fanno imbestialire le persone che si comportano bene solo perché sono terrorizzate dal giudizio altrui. Come hai fatto a credergli? Voi vivi siete proprio degli idioti!»

Le sue mani si contorsero in aria, come se davanti a lei ci fosse il marito. Preoccupato che finisse per rimetterci lui, Seungbeom si affrettò a proteggersi il collo.

«Non ho idea di cosa sia successo fra di voi, ma non rischierò la prigione. Mi giocherei il futuro!» si rifiutò il dottore.

Proprio mentre stava per voltarle le spalle, Gongsil gridò: «Cento!»

Seungbeom la osservò.

«Ti porterò cento fantasmi!» ripeté.

Era una proposta allettante. Se ognuno di quegli spiriti avesse portato con sé pazienti vivi, a quanto sarebbero ammontati? Seungbeom stava facendo i calcoli, ma poi scosse la testa. Come diavolo avrebbe fatto a impossessarsi dell'urna? Non poteva certo chiedere al signor Jang. Forse poteva entrare di nascosto in casa e rubarla, ma se fosse stato scoperto? Sarebbe diventato un criminale e non avrebbe più potuto visitare nemmeno un paziente, figuriamoci cento fantasmi!

«Non se ne parla!»

Non aveva motivo di rimuginarci più del dovuto: con un rifiuto secco, Seungbeom se ne andò, convinto che ce l'avrebbe fatta anche senza l'aiuto di Gongsil. Se ci era riuscita Sujeong, per lui sarebbe stato un gioco da ragazzi...

Ed ecco come si era ritrovato a soffiare quello spettro all'erborista e alla sua amica fantasma, e come aveva rischiato di morire per mano dello stesso.

Quando riprese i sensi, lo spirito era scomparso e Jeongmi era in piedi sopra di lui che lo filmava con il cellulare. Sbattendo le palpebre, Seungbeom si chiese cosa fosse più importante: i soldi o la propria vita? Lo sguardo gli cadde sulle lampadine esplose e i vetri delle finestre in frantumi. La vita, senza dubbio, ma se doveva vivere da povero allora tanto valeva morire. Avrebbe dovuto scegliere di stare dalla parte del signor Jang, o di Gongsil? Ora che ci pensava, cento fantasmi erano molto meglio degli sporadici pazienti che gli mandava il vecchio. 'Rubare rimane un crimine' sussurrò quel briciolo di coscienza che gli era rimasta. Però regalare bustarelle per assicurarsi una posizione lavorativa non era esattamente legale...

«Riesci ad alzarti o chiamo il 119?» chiese Jeongmi e abbassò il telefono che aveva fra le mani.

«Ancora non hai chiamato?»

«Dal momento che non urlavi ho pensato non potesse essere niente di troppo grave».

Seungbeom alzò leggermente la testa e si guardò attorno. «Taegyeong dov'è?»

«Se l'è data a gambe appena è cominciato il casino».

«Scusa? E perché non l'hai fermato?»

«Considerando il mio misero stipendio da infermiera, ho pensato di puntare tutto su YouTube».

Seungbeom si ricordò delle parole di Jeongmi quando aveva fatto il resoconto dell'incontro con Gongsil: 'Magari fosse vero! Potremmo filmarlo e metterlo su YouTube. Sai che successo?'

Seungbeom ci pensò seriamente. In quel caso, non avrebbe dovuto preoccuparsi di curare i fantasmi e non sarebbe dovuto sottostare a tali violenze. Quando però notò l'espressione delusa di Jeongmi capì che la fotocamera del cellulare non aveva ripreso nemmeno l'ombra dello spettro.

Si alzò e lanciò un'occhiata allo studio, il pavimento ricoperto di libri e oggetti alla rinfusa mescolati a schegge di vetro. Non sapendo da dove cominciare, si limitò a guardare fuori dalla finestra rotta con un'espressione spenta. Il cielo di quella tarda primavera aveva i colori dell'autunno, e nuvole di panna scivolavano lente sull'azzurro intenso. Senza grattacieli a ostacolare la vista, lo sguardo spaziava fino alle montagne lontane ricoperte dal verde degli alberi. La quiete di quell'immagine contrastava talmente con il caos della clinica che si sentì svuotato di tutta l'energia rimastagli.

«Cos'è successo?» chiese Jeongmi raccogliendo i libri sparsi a terra. A differenza del solito, una sincera preoccupazione tingeva le sue parole.

«Chissà. Non so nemmeno io cosa diavolo sto facendo».

Anche se le avesse detto la verità, dubitava gli avrebbe creduto. Seungbeom afferrò il bidone della spazzatura riverso sul pavimento e cominciò a buttare gli oggetti rotti.

*

Stavano ancora riordinando quando la porta della clinica si aprì con uno scampanellio.

«Be', che diavolo, non c'è nessuno? Ehilà!» chiamò la voce di un uomo. Jeongmi si pulì le mani dalla polvere e andò in sala d'attesa ad accoglierlo.

«Buon pomeriggio» lo salutò l'infermiera.

«Pensa che sarei venuto qui se fosse un buon pomeriggio? Che mancanza di tatto, signorina» si lamentò piccato l'uomo, ma Jeongmi gli rivolse un sorriso.

«Capisco» disse prima di consegnarli il modulo che facevano compilare ai nuovi pazienti. L'uomo, notando i vetri rotti, schioccò la lingua contrariato.

«Sarete mica ancora nel bel mezzo dei lavori? Avete aperto da un pezzo! Le visite le fate, almeno?»

«Certamente. La prego di scusare il disordine, abbiamo avuto un imprevisto con le finestre, come può vedere».

Nel frattempo, Seungbeom si aggiustò il camice e comparve dalla porta della sala di agopuntura. Forse non poteva curare fantasmi, ma le persone erano tutta un'altra cosa.

'In questo campo, sono un esperto!'

«Benvenuto! Prego, da questa parte, la visiterò qui».

L'uomo, di sessantaquattro anni, aveva un fisico esile e indossava un impeccabile completo da montagna di un marchio famoso. Al polso spiccava un lucente orologio dorato che emetteva un lieve ticchettio. Le labbra strette in una linea sottile, percorse il corridoio zoppicando. Non appena si accorse che la sala in cui sarebbe stato visitato era quella di agopuntura, aggrottò le sopracciglia.

«Fate le visite direttamente nella sala di agopuntura? Nelle altre cliniche prima ti prendono il polso nello studio medico».

Sul viso un'espressione fortemente contrariata, l'uomo si sedette sul lettino. A Seungbeom quell'uomo con la pelle rugosa scurita dal sole ricordò qualcuno.

«Le chiedo scusa, purtroppo come vede la finestra dello studio è rotta. Ma non si preoccupi, le prenderò il polso qui».

«Sa, sono un lontano parente del signor Jang. È stato lui a raccomandarmi questo posto, quindi mi sono fidato».

«Ha fatto benissimo».

Mentre gli prendeva il polso, Seungbeom gli fece alcune domande riguardo alle sue abitudini alimentari e il suo stile di vita.

«Ho mal di schiena, e le gambe intorpidite. Con la vecchiaia sono aumentati i dolori. Ultimamente mi fa male persino la nuca, nel punto dove un amico mi colpì quando avevo vent'anni».

«L'aveva colpita molto forte?»

«Be', stavamo litigando, quindi direi di sì».

«Il suo sangue non circola come dovrebbe, e ha un nervo compresso sulla schiena che spiega perché il dolore si sia irradiato anche alle gambe».

«Ah, non è fascite plantare?»

«No, quella è causata da un'infiammazione alla pianta dei piedi. Per cominciare, oggi le farò una sessione di agopuntura alla schiena e alle gambe, ed effettuerò anche un drenaggio sanguigno alla testa. Avrà bisogno di alcune sedute perché migliori, quindi le vorrei chiedere di prendersi del tempo per venire regolarmente. Ora si sdrai, per favore».

L'uomo si slacciò la cintura, poi si distese a pancia in giù. Seungbeom procedette ad arrotolargli i pantaloni, rivelando due polpacci scheletrici che lo fecero esitare mentre disinfettava la zona, ma alla fine riuscì – sebbene con difficoltà – a inserire gli aghi nei punti corretti.

«Altri dottori, appena sentivano del mio mal di schiena, mi facevano sdraiare prono».

«Ogni clinica pratica l'agopuntura in maniera differente. Ci sono varie tecniche, e una di queste, chiamata *muja-beob*, prevede di inserire gli aghi nel punto opposto rispetto all'area interessata dal dolore. Io invece uso le tecniche *ashi-hyeol*, che consiste nell'inserire gli aghi direttamente nei punti doloranti, e *geunwichwi-hyeol*, che stimola i punti situati nella zona circostante».

«Capisco. Dottore, però a me dolgono anche le braccia, non potrebbe mettere gli aghi anche lì? Nelle altre cliniche lo fanno sempre».

«Ah, davvero? Certo, se me lo avesse detto prima l'avrei fatto subito».

Seungbeom procedette al trattamento anche sulle braccia.

«Ahia!» urlò l'uomo contorcendosi sul lettino e facendo muovere gli aghi. Seungbeom lo afferrò per tenerlo fermo e, all'improvviso, l'immagine di un vecchio paziente che si dimenava dal dolore si sovrappose a quella dell'uomo. Si somigliavano in modo incredibile.

«Non si muova! Gli aghi si piegheranno».

«Fa male! Perché fa così male? Non è che li ha inseriti nel punto sbagliato? Nelle altre cliniche non mi è mai capitato!»

Seungbeom guardò l'uomo, che gli restituì un'occhiata irritata. La rabbia gli montò in petto. Che andasse da un'altra parte allora!

«Signore, se è venuto qui deve affidarsi a me. Non può continuare a mettere in dubbio i miei metodi!» sbottò.

«C-cosa? Le ho detto che i suoi aghi mi fanno male e lei invece di scusarsi si arrabbia? Ma chi si crede di essere!»

«Durante tutta la visita non ha fatto altro che confrontarmi con gli altri medici che ha avuto. Vada da loro, di certo io non la trattengo! Infermiera, rimuova gli aghi al paziente».

Jeongmi, che era rimasta lì di fianco a osservare, eseguì.

«Che maleducato di un dottore! Mi assicurerò che il signor Jang ne venga a conoscenza, allora sì che si pentirà di avermi trattato così!» tuonò l'uomo additando Seungbeom, poi se ne andò sbattendo la porta.

Jeongmi lanciò un'occhiata sconvolta al suo capo. 'Quest'idiota ha davvero deciso di mandarci tutti in rovina!' pensò fulminandolo con lo sguardo. Non era mai stato così aggressivo con i suoi pazienti, nemmeno quando questi superavano il limite. Per lui ogni persona che curava era denaro, e fino ad allora era sempre stato accomodante. Ora, però, quel Seungbeom era sparito, e al suo posto c'era un uomo che si lasciava guidare dalla rabbia. Jeongmi lo fissò: Seungbeom il capo era lì, sul viso un'espressione ferita. In effetti, quella giornata era stata un disastro dopo l'altro.

Dopo un attimo di silenzio, Jeongmi disse: «Qui sistemo io. Tu va' a prendere un po' d'aria».

«Grazie».

Seungbeom si tolse il camice in fretta e furia e si precipitò fuori.

*

Quella sera, dopo aver sistemato lo studio, Jeongmi uscì presto dal lavoro e, volantini alla mano, visitò negozio dopo negozio per fare pubblicità alla clinica. Consegnò i dépliant ai proprietari e conversò con loro, mentre attingeva agli insegnamenti della madre – venditrice esperta di assicurazioni – per convincerli a visitare la clinica.

«Se viene da noi, mi assicurerò che il dottor Kim le faccia una seduta di agopuntura gratis».

Massaggiò le spalle del fruttivendolo, applicò cerotti antidolorifici sulla schiena del proprietario dell'emporio. Erano cerotti che vendevano in clinica e che Seungbeom le aveva prescritto qualche giorno prima per un dolore al collo, ma fu contenta di usarli per una buona causa. Si fermò anche alle bancarelle che alcune vecchie signore avevano allestito all'entrata del mercato, sorridendo gentile a ognuna di loro e acquistando *banchan* e verdure.

«Vedete, il dottor Kim è stato molto sfortunato: il suo vecchio capo l'ha raggirato e ultimamente ne ha viste di tutti i colori, poverino. Proprio l'altro giorno il mio collega se n'è andato esausto perché la vita in campagna era troppo dura per lui. Dal canto mio posso dire che qui a Uhwa ho trovato solo persone gentili, ma al giorno d'oggi i giovani se ne vanno alla prima difficoltà. Oh, e non crediate, so bene che il dottor Kim si è comportato malissimo con alcuni anziani del paese, ma lasciate che vi dica che ne è assolutamente consapevole! Se ne pente amaramente ed è risoluto a riscattarsi. Spero che possiate aiutarci a migliorare la nostra clinica».

Jeongmi puntò sull'empatia, condendo il tutto con una buona dose di occhi da cerbiatta, nella speranza di smuovere il cuore di quelle signore. Le accompagnò addirittura alla fermata dell'autobus, portando al posto loro le borse più pesanti, e dopo averle aiutate a salire le salutò con la mano. Quando finalmente l'ultimo autobus partì, Jeongmi si lasciò sfuggire un lungo sospiro. Ormai era scesa la sera, e i negozi stavano chiudendo. S'infilò in una farmacia per comprare una cassetta di *Bacchus*, poi si diresse all'erboristeria.

«Permesso» chiamò una volta entrata nel locale deserto, da cui proveniva un odore di erbe medicinali e fieno ancora più forte rispetto alla clinica. Jeongmi si guardò attorno con circospezione e proprio quando si affacciò in sala d'attesa, Sujeong emerse dal suo ufficio.

«In cosa posso aiutarti?»

«Buonasera. Mi chiamo Lee Jeongmi, lavoro alla clinica qui di fronte».

Sujeong annuì. «Sì, lo so. Sei venuta a portare i *tteok* il giorno dell'apertura».

«Vorrei scusarmi ancora una volta per il terribile comportamento del nostro direttore».

«Non è mica colpa tua».

«Vede, so che ha un carattere terribile, ma non è un uomo cattivo. Ah, le ho portato qualcosa. Mi sembrava brutto presentarmi a mani vuote». Jeongmi posò la scatola della bevanda energetica che aveva comprato in farmacia.

«Un tentativo di corruzione?»

«Mi rendo conto che non ne ha alcun motivo, ma mi chiedo se non possa provare a perdonarlo. Anche se non ci conosciamo bene, siamo pur sempre vicini. Non sarebbe meglio sotterrare l'ascia di guerra? Le sarei davvero infinitamente grata se potesse dimenticare l'accaduto. Glielo chiedo con il cuore in mano».

Sujeong scoppiò in una risata.

«Ne hai di fegato, ragazza».

Anche Gongsil, che era rimasta seduta a osservare la scena, si unì alle risa dell'amica, tenendosi con una mano la pancia squarciata.

«Ovviamente farò in modo che il dottor Kim si comporti in maniera differente d'ora in poi. Non so ancora come, ma ci riuscirò».

Jeongmi si prostrò in un profondo inchino. Sujeong sbuffò, incredula di fronte a quella ragazza che sembrava una madre venuta a chiedere di perdonare il figlio birbante.

«Dev'essere difficile per una persona intelligente e gentile come te aver a che fare con quello sciocco. Perché lo proteggi?»

«Infatti!» s'intromise Gongsil battendo le mani, anche se Jeongmi non poteva né sentirla né vederla. «Sarà mica sua moglie? Sono venuti insieme da Seoul».

La ragazza scosse le mani.

«No, non lo sto proteggendo. È un amico, tutto qui. Quando eravamo a Seoul, abbiamo lavorato insieme per cinque anni nello stesso ospedale. All'inizio mi sembrava solo un arrogante pallone gonfiato bravo nel suo lavoro, ma... Comunque, come stavo dicendo, lavorandoci a stretto contatto ho capito molte cose su di lui. È vero che per lui i pazienti non sono altro che un mezzo per far soldi, ma posso assicurarle che si prende cura di loro. Fare il medico non è facile, ma lui non ha mai rinunciato. Il problema è che crede che i soldi facciano la felicità. L'avrà capito anche lei che non ha molti amici. È maleducato, ma dal cuore buono: quando si apre con qualcuno, fa di tutto per loro. Ed è per questa sua dedizione che l'ho seguito fin qui. La maggior parte della gente mi crede pazza, ma ho intenzione di fare del mio meglio perché la clinica abbia successo».

Jeongmi si era presentata determinata a chiedere di perdonare Seungbeom, dimostrando una bella faccia tosta, eppure mentre parlava, il suo viso diventava sempre più rosso. Era davvero una ragazza coraggiosa. Lo sguardo di Sujeong si spostò da Jeongmi a Gongsil.

«A me sembrano sposati» disse quest'ultima.

Capitolo 6
Fantasmi

Partendo dal centro del paese dove si trovavano la clinica e l'erboristeria, Seungbeom camminò per una ventina di minuti fino ad arrivare al mercato, più periferico, affiggendo volantini al muro e alle fermate degli autobus. Il mercato era grande, ma raramente affollato; ogni terzo e ottavo giorno del mese, tuttavia, l'atmosfera cambiava: la piazza si riempiva di bancarelle, e persone da tutto il paese, persino dalla vicina Cheongho, invadevano le vie.

Attraversando la strada a quattro corsie di fronte all'ingresso principale del mercato, si arrivava all'autostazione, sempre brulicante di gente, che collegava vari quartieri con pullman extraurbani. Proseguendo per altri dieci minuti si raggiungeva la casa che Seungbeom condivideva con Jeongmi e, almeno fino a poco tempo prima, Taegyeong.

Seungbeom attaccò uno dei loro volantini sopra un altro che recitava: PROPRIETARIO IMPAZZITO! SVENDITA TOTALE DEL MAGAZZINO, poi lanciò un'occhiata attorno. Automobili che sfrecciavano avanti e indietro, folle che inondavano i marciapiedi. Non era facile distinguere i fantasmi dai vivi in pieno giorno, lontano dall'erboristeria di Sujeong. Gli spiriti di solito mantenevano l'aspetto che avevano da vivi. Per questo, non erano poi tanto diversi dalle persone comuni, a meno che la loro morte non fosse stata particolarmente cruenta. In quel caso, era facile distinguerli perché c'era sempre qualcosa di strano, un collo spezzato o braccia estremamente lunghe. Altrimenti, l'unica cosa che gli faceva capire che erano fantasmi era quel brivido improvviso che gli faceva rizzare i peli sulla nuca.

Se solo Seungbeom avesse prestato più attenzione, si sarebbe accorto che gli spiriti evitavano la luce del sole: vivevano nel proprio mondo, ignorando i vivi, forse rassegnati al fatto di essere invisibili ai loro occhi.

Cosa sarebbe successo se avessero scoperto che Seungbeom poteva vederli? Si sarebbero incuriositi, o arrabbiati? Oppure, come il fantasma che aveva rubato a Sujeong, gli avrebbero chiesto di 'curarli' liberandoli dal loro *han*?

«Ehi, ma quello non è il direttore della clinica? Quello di cui si lamentava il signor Chang, il proprietario del mulino?»

«Non ha maltrattato solo lui, sembra che abbia litigato anche con la signora Go dell'erboristeria».

A quanto pare, ciò che era successo con il parente del signor Jang aveva già raggiunto le orecchie di tutto il paese. Seungbeom ignorò le occhiatacce e i mormorii, proseguendo a strappare nastro adesivo con i denti e affiggere volantini. Mentre il sole del pomeriggio allungava le ombre dei passanti, le strade si svuotarono, fino a che non rimase più nessuno a criticarlo. Poco lontano, un corvo gracchiò.

Seungbeom si ritrovò di nuovo di fronte all'erboristeria, in mano solo pochi volantini rimasti. Ne attaccò uno sulla vetrina del negozio, approfittandone per sbirciare all'interno. Sentì delle voci, poi alcune persone uscirono dall'ingresso. Si affrettò ad abbassare lo sguardo sul volantino. Purtroppo, però, Gongsil, che stava oziando sul divano davanti alla televisione, lo vide. Gli angoli della bocca le si alzarono in un sorrisetto di scherno. Un secondo dopo, gli fu alle spalle.

«Invece di startene lì impalato, vieni a prendere un caffè!»

Seungbeom si girò di scatto e soffocò un urlo. Sebbene spaventato, questa volta decise di non scappare. Guardò oltre il vetro, incerto se accettare l'offerta di Gongsil.

«Sujeong è nel suo ufficio per una consulenza, non se ne accorgerà. Entra a dare un'occhiata».

Un po' riluttante, Seungbeom si lasciò condurre dentro l'erboristeria. Sembrava diversa dalla notte in cui vi si era introdotto di nascosto, più piccola e cupa. Alcune persone erano sedute sul divano, e quando lo videro scossero la testa.

«Non farci caso, fra un minuto si dimenticheranno che sei qui».

Gongsil lo guidò di fronte a un tavolo su cui erano disposti caffè e tisane di cui i clienti potevano servirsi per ingannare l'attesa. Era una buona idea, e Seungbeom prese un appunto mentale di implementarla anche in clinica. Poi, di colpo, si ricordò ciò che era accaduto il giorno prima, e il malumore lo travolse di nuovo.

Con che faccia avrebbe potuto affrontare il signor Jang d'ora in avanti? Già la sua prima impressione nel paese era stata pessima, ma adesso aveva confermato di essere un maleducato arrogante. Come avrebbe risolto quella situazione? Lui stesso non riusciva a capire perché si fosse comportato a quel modo. Sapeva solo che la rabbia aveva preso il sopravvento, e quando se n'era reso conto, il danno era già stato fatto. L'uomo se n'era andato indignato, lasciando Seungbeom da solo con Jeongmi, che gli aveva scoccato un'occhiata furiosa. Si versò una tisana, scuro in volto, poi si accomodò sul vecchio divano. Quando avvicinò le labbra al bicchiere di carta, il profumo della cannella gli pizzicò il naso. Con un sospiro involontario, si lasciò andare contro i cuscini dello schienale. Proprio come aveva detto Gongsil, gli altri clienti avevano preso a ignorarlo. Nella quiete della stanza, a Seungbeom sembrò che l'odore di erbe tradizionali, così familiare e avvolgente, avesse preso forma e, se solo avesse allungato una mano, avrebbe potuto toccarlo. Oltre la porta dell'ufficio, la voce di Sujeong, bassa e rassicurante, lo raggiungeva ovattata. Finalmente, la tensione che aveva accumulato nelle spalle si sciolse.

Terminata la consulenza, una donna di mezz'età uscì dalla stanzetta interna, inchinandosi ripetutamente.

«Grazie di cuore».

«Non si preoccupi, non è nulla di grave. Beva questo decotto e si ricordi di non sforzarsi troppo».

Con una carezza sulla spalla, Sujeong mise nelle mani della donna un preparato di erbe. Stava per accompagnarla alla porta quando notò Seungbeom, allungato comodamente sul divano. Non aveva idea del perché fosse lì, e nemmeno voleva saperlo, così lo ignorò.

«Signora Yeongja, tocca a lei. Mi spiace averla fatta aspettare».

«Se perdo l'ultimo autobus è colpa tua».

L'anziana seduta di fronte a Seungbeom si alzò. Con la schiena ricurva, seguì Sujeong nell'ufficio aiutandosi con un bastone. Le due donne sparirono oltre la porta, e la voce calma dell'erborista riempì nuovamente la stanza. Quando l'aveva vista uscire, Seungbeom si era agitato, sicuro che gli avrebbe detto qualcosa, ma ora tornò a rilassarsi. Lo sguardo vagò per la stanza e si soffermò sulla pubblicità di un nuovo medicinale, poi sulla piccola libreria da cui spuntavano riviste di stagioni passate, fino a che le palpebre si fecero pesanti.

Yeongja se ne andò in tempo per prendere l'ultimo autobus. Dopo di lei, ancora prima che Sujeong lo chiamasse, si alzò il signor Kim, un coltivatore di funghi *shiitake* nel villaggio di Yullyeong, a mezz'ora da Uhwa.

«Incredibile, se ne viene qui e dorme!» commentò piccato, scoccando un'occhiataccia a Seungbeom.

L'attenzione di Sujeong si spostò sul dottore. Gongsil gli sventolò una mano davanti agli occhi, ma lui non si smosse dal sonno profondo in cui era caduto.

«Hai sentito cos'è successo ieri al signor Chang?» chiese il signor Kim a Sujeong. La donna fece una risata sarcastica.

«Come no! A momenti le sue urla mi spaccavano i timpani».

Il giorno prima, Sujeong era nel bel mezzo di una consultazione quando il signor Chang era piombato in negozio strillando a squarciagola, lamentandosi di come Seungbeom l'avesse cacciato dalla clinica. «Non ho mai conosciuto un medico così maleducato!» aveva urlato, e senza che nessuno glielo chiedesse si era messo a spiegare nel dettaglio cos'era successo. Poi, sopraffatto dalla rabbia, aveva lasciato l'erboristeria a grandi falcate. Sujeong non aveva dubbi che il signor Chang avrebbe passato i giorni successivi a raccontare l'accaduto a chiunque gli capitasse a tiro. Accomodandosi sulla sedia del suo ufficio, Sujeong schioccò la lingua in segno di disapprovazione.

«Dovresti sapere com'è fatto il signor Chang. Sono sicura che ci ha messo del suo, provocando il dottore con i suoi soliti paragoni».

«In effetti, anche venire qua a lamentarsene non è stato molto carino».

«Sperava che qualcuno si schierasse dalla sua parte. In ogni caso, non è corretto mettersi a urlare a quel modo nel mio negozio. Tanto lo sappiamo tutti quanto maleducato sia quel dottore. Tornando a noi: cosa posso fare per te?»

Il signor Kim le sorrise comprensivo, poi spiegò che qualche giorno prima aveva improvvisamente cominciata a dolergli la spalla.

Seungbeom fece un respiro profondo. Una risata risalì dai meandri della sua memoria. 'Un tempo mamma rideva così'.

Seduta di fronte al televisore, o mentre ascoltava la radio, sua madre scoppiava a ridere chiassosa, battendo le mani divertita. Ogni volta che accadeva, Seungbeom si univa a quelle risa. Un giorno però, suo padre la rimproverò, dicendole che quando rideva così sembrava una ragazzina frivola e sciocca. Forse era stato allora che sua madre aveva smesso di ridere.

«Perché?»

Seungbeom, le palpebre a mezz'asta, chiuse gli occhi e poi li riaprì. Di fronte a lui vide il viso di Gongsil, avvolto dal bagliore arancione della lampada a cui la donna dava le spalle.

«Perché tua madre ha smesso di ridere?»

«Perché... Papà si era innamorato di lei per la sua risata. Ma quando lui ha smesso di amarla... Ma cosa...? Ah!»

Si svegliò di colpo, ritrovandosi seduto scomposto su un divano. Si affrettò a raddrizzarsi. Ci mise un po' a rendersi conto che si era appisolato nell'erboristeria di Sujeong. Aveva persino sbavato! Si asciugò in fretta il mento con il dorso della mano, poi si guardò attorno. Tutti i clienti erano svaniti.

«Dovevi essere davvero stanco. Sai che parli nel sonno?»

«Avresti dovuto svegliarmi».

«Non immaginavo che avresti dormito così tanto. E comunque ti ho svegliato alla fine, no? Riprenditi, su. Fra poco iniziamo».

«Iniziamo cosa?»

Solo allora si accorse che l'odore che aleggiava nell'erboristeria era cambiato, seppure impercettibilmente.

«Il turno serale! Sujeong ha stabilito che di giorno si occupa degli umani, e di notte dei fantasmi. È una donna di parola, lei».

Gongsil si diresse all'ingresso e, con movimenti fluidi, spalancò la porta. Si posizionò in piedi di fianco alla vetrinetta dei medicinali. Una alla volta sagome scure entrarono nell'erboristeria, e lei iniziò a contarle.

«In fila, mettetevi in fila per favore! Ehi tu, testa volante. Ho visto benissimo che hai cercato di saltare la fila, ragazzino!»

«È che non ho un gran senso dello spazio» si scusò il fantasma, afferrando la testa che volteggiava per aria e riposizionandosela sul collo. Gongsil sbuffò.

«Chiudo un occhio, ma solo per questa volta! Siediti sul divano».

Sospirando, il ragazzino cercò un posto vuoto dove accomodarsi, ma si bloccò. Le mani, che reggevano saldamente la testa, si allungarono di colpo in avanti, e Seungbeom si ritrovò faccia a faccia con il fantasma. I pollici premuti sulle tempie per tenere la testa volante ferma, il bambino usò indice e medio per alzare le palpebre degli occhi e fissare quelli del dottore, pallido come un cencio.

«Oh?» Il fantasma avvicinò ancora di più la testa mozzata al viso di Seungbeom. «È un umano».

«Cosa?!»

Di colpo, gli spiriti che riempivano la stanza si girarono verso l'intruso. I loro sguardi taglienti, combinati al freddo che emanava dalle loro figure, fecero tremare Seungbeom dalla testa ai piedi. I fantasmi si piegarono su di lui: donne, uomini, bambini, anziani... Ce n'erano di ogni tipo; se alcuni conservavano ancora un aspetto quasi normale, altri avevano il volto gonfio o parti del corpo in decomposizione. Seungbeom si sentì soffocare, come se la corda che stringeva il collo sottile dello spettro davanti a lui fosse attorno alla sua gola. Era sicuro che sarebbe svenuto da un momento all'altro.

I fantasmi si misero a bisbigliare tra loro.

«Riesce a vederci?»

«Come la signora Go?»

«È una cosa buona?»

«O cattiva?»

«La signora Go accetta solo sette pazienti al giorno, ma se lui è il suo assistente allora potrebbe riceverne il doppio».

«Solo un giocatore d'azzardo come te potrebbe pensare così. Ricordati che hai perso una mano per una scommessa!»

«Mi sarò anche ridotto così, ma fidati, il mio intuito ci prende quasi sempre!» ribatté con sicurezza il fantasma di un uomo dal cui polso penzolava debolmente una mano, attaccata alla bell'e meglio con del filo. «*Ouf*, ma come mi hanno ricucito? Ho le dita gelate».

Nessuno gli diede retta.

«Ma quindi ci vede o no?» chiese di nuovo qualcuno.

«Sembrerebbe di sì».

«A me sembra di no».

Il mondo attorno a Seungbeom cominciò a girare.

«*Aigo*, smettetela di tormentare questo poveretto! Finirà per svenire di nuovo» intervenne Gongsil, impegnata a mantenere l'ordine della fila. Si fece strada tra la folla, agitando le mani come per scacciare delle mosche. I fantasmi si ritrassero, portando via con loro anche l'aria gelida che aveva fatto rizzare i capelli a Seungbeom. Si scambiarono di nuovo delle occhiate.

«Ma quindi...»

«Allora ci vede!»

«Potrà aiutarci anche lui!»

In quel momento, Sujeong uscì a grandi passi dall'ufficio e bussò con forza sul legno del bancone per richiamare l'attenzione dei presenti, che si voltarono all'unisono verso di lei.

«Che cos'è tutto questo baccano? Preferite forse che non vi riceva?»

«Signora Go, questo tizio è il suo assistente?»

«Finalmente ha trovato qualcuno con il suo stesso talento!»

«Ora può raddoppiare il numero di pazienti, no?»

Sommersa di domande, Sujeong si girò verso Seungbeom: lo sguardo che gli rivolse era più freddo e tagliente di quello di qualsiasi fantasma avesse mai visto.

«Assistente un corno. Basta con queste sciocchezze. E tu, se hai finito la tua pennichella, vattene invece di creare scompiglio nei negozi altrui. Stai disturbando il mio lavoro!»

Quelle parole fecero scattare qualcosa in Seungbeom. Balzò in piedi con uno scricchiolio delle ginocchia per essere rimasto seduto troppo a lungo, e avanzò verso Sujeong.

«Signora Go, è arrivato il momento di mettere da parte gli spiacevoli incidenti che ci sono stati fra di noi e guardare al futuro».

'Bene, ottimo inizio' si disse. Poi le chiese quello che davvero gli premeva sapere: «Non mi direbbe invece come fa a curare i fantasmi e a guadagnare?»

Aveva un bel po' di fegato a fare il brillante a quel modo nonostante l'aspetto terribile che aveva: i capelli, inizialmente pettinati con cura all'indietro, ora sembravano un nido d'uccello, gli occhi incrostati di sonno, il rivolo di saliva secco all'angolo della bocca, tutti segni dell'incredibile dormita che si era fatto. Per di più, era bianco come un lenzuolo dopo aver visto tutti quei fantasmi.

«Credi che sia così pazza da svelarti i miei segreti? Lascia che ti dia un consiglio piuttosto: non ho idea di come tu riesca a vedere i fantasmi, ma far finta di niente sarà molto meglio per te».

«Suvvia, non sia tirchia! Mi dia almeno un indizio».

Sujeong aggrottò la fronte. «Ora sì che mi hai infastidito. Piantala con queste chiacchiere e vattene!»

Gli occhi di Seungbeom si assottigliarono in due fessure mentre si dirigeva verso l'uscita.

'Pensi che non possa farcela? Te la faccio vedere io'.

Le labbra strette, se ne andò, Gongsil alle calcagna.

«Allora, che farai adesso?»

«Che vuoi dire?» rispose Seungbeom fingendo di non capire.

Lontano dai fantasmi, l'aria della sera non sembrava così fredda. Nugoli d'insetti svolazzavano nel bagliore dei lampioni. Buttò uno sguardo all'edificio di fronte, dove le luci della clinica erano accese. Jeongmi doveva essere ancora al lavoro. Ora che Taegyeong se l'era data a gambe, provò un moto di compassione per la ragazza, costretta a lavorare da sola. Decise che quella sera le avrebbe offerto la cena in un bel ristorante.

Intuendo le sue intenzioni, Gongsil fece un sorrisetto.

«Il mio suggerimento? Dopo quello che è successo con il signor Chang, è evidente che ti sei giocato ogni possibilità».

Le parole della donna lo riportarono alla realtà, creando scompiglio nella sua mente. Sforzandosi di non darlo a vedere, abbozzò una risata. Ora aveva bisogno di pace.

«Come può un ciarlatano come me mettersi a curare fantasmi se non so nemmeno da dove cominciare? No, no, ormai ho capito che, come medico, ho chiuso. Aprirò un canale YouTube dove caricherò video di fantasmi e farò una barca di soldi!»

Gongsil strabuzzò gli occhi.

«You... che? Ma cosa vai blaterando! Basta dare una grattatina nel punto che duole ai fantasmi, ascolta me!»

«Mi dispiace, ma non fa per me improvvisare così. Non sa se Sujeong ha qualche abilità speciale?»

«Boh, io mi annoio a stare dietro ai suoi affari».

Tsk. Era impossibile che se la cavasse solo con le consultazioni in ufficio.

«Per caso esegue anche esorcismi?»

«Non credo, di solito risolve tutto parlando».

«Allora avrà qualche potere misterioso!» Seungbeom cominciò a gesticolare infervorato. «Delle abilità soprannaturali che vanno oltre il semplice vedere i fantasmi. Tipo, non so, spostare gli oggetti con la mente, delle capacità curative straordinarie, oppure controllare il fuoco o l'acqua!»

Gongsil lo guardò impietosita.

«Mi sa che hai visto troppi film. Quelle cose non esistono nella realtà».

«Perché invece vedere i fantasmi è normale? Non vedo perché non possano esistere anche i superpoteri! Quindi lei non sa niente di niente? Non ha nemmeno uno straccio d'informazione? Figurati, sa solo chiedere favori per se stessa! Non si fa scrupoli a chiedermi di commettere un reato, ma poi non ha nessun asso nella manica per aiutarmi».

Gongsil ci pensò per un attimo, poi batté le mani.

«Ah! Sujeong sa come curare i fantasmi, no? La spieremo. Io non ne so niente, ma tu sei un medico. Imparerai osservandola. Basterà starle dietro come un'ombra».

«Bene. Allora metteremo in pausa il nostro accordo fino a quando non avrò scoperto qualcosa di utile».

Vedendo che finalmente Seungbeom sorrideva, Gongsil si mise a ridere.

«A quanto pare è vero che la gente di città è più furba di noialtri! Va bene, facciamo così. Ma ho un'altra condizione».

«Cioè?»

«Voglio una merendina per ogni informazione».

«Scusi?»

Un sentore di erbe medicinali tostate aleggiava nell'aria, mentre del fumo si alzava dal retro dell'erboristeria. D'improvviso, un aroma acre e indefinibile si mescolò a quello dolciastro delle erbe. Seungbeom arricciò il naso. Che le avesse bruciate durante la preparazione? In quel momento una figura uscì dal negozio: era il fantasma a cui avevano tagliato la mano. Con passo leggero si avvicinò al dottore.

«Oggi è stata una bella giornata. Ho fatto un gran colpo!» Un guanto rosa che poco gli si addiceva fasciava il suo moncherino. Lo accarezzava come fosse la cosa più preziosa che possedesse mentre lodava Seungbeom. «Mi spingo addirittura a dire che tu sei un portafortuna, caro mio».

«Non ascoltare le parole di un fantasma morto a causa del gioco d'azzardo» lo avvertì Gongsil e Seungbeom le obbedì. Merendina numero uno, *check*.

Felice come una Pasqua, il fantasma si allontanò nella notte senza voltarsi, canticchiando una canzone.

Capitolo 7
Un paio di scarpe Prada

Una volta che l'intero villaggio venne a sapere dell'incidente con il signor Chang, la gente iniziò a evitare la clinica come la peste, e così Seungbeom passava quasi tutto il suo tempo all'erboristeria. Ormai si recava tutti i giorni al negozio, sperando di scoprire qualcosa di utile. Piuttosto che starsene seduto nel suo studio circondato dal ronzio delle mosche, tanto valeva stazionare da Sujeong per tentare di carpire i segreti del suo successo. I primi giorni, i clienti lo avevano trattato con diffidenza, scrutandolo per capire che diavolo ci facesse lì, ma con il passare del tempo, la gente si abituò a vederlo. Seungbeom ne approfittava e, attento a non farsi beccare dalla padrona di casa, distribuiva volantini della clinica, che teneva nascosti nella tasca della giacca. La maggior parte delle persone cestinava il foglio borbottando un paio di insulti, ma c'era sempre qualcuno dal cuore tenero che se li infilava in tasca, troppo gentile per buttarli davanti al diretto interessato. Nelle ore di punta, Sujeong era quasi sempre nel suo ufficio con qualche cliente, riducendo le possibilità di Seungbeom di indagare sui suoi metodi, e così ogni tanto lui si appostava fuori dalla porta dell'ufficio per osservare come interagisse con le persone, origliando per assicurarsi che non offrisse consulenze mediche, visto che legalmente le erboristerie non potevano fornire diagnosi.

Quella mattina Sujeong, vedendolo entrare per l'ennesima volta, sbuffò.

«Ancora tu? Avrai pure qualcosa da fare alla clinica! Che ci siano o meno pazienti, il direttore dovrebbe starsene alla sua scrivania. Sei davvero un caso perso».

«Ho una fantastica infermiera che si prende cura della clinica quando io non ci sono!» rispose piccato Seungbeom, poi si avvicinò a Gongsil, seduta al suo solito posto, e le mostrò un sacchetto di plastica. La donna non se lo fece ripetere due volte e afferrò le patatine, che aprì subito. Se ne infilò in bocca una grossa manciata, spargendo briciole tutto attorno.

«Non c'è bisogno d'ingozzarsi, puoi averne quante ne vuoi» disse Seungbeom facendole vedere un altro sacchetto. Gongsil annuì.

«È perché non ho mai potuto mangiare quello che volevo. Quello stava sempre a dirmi che avevo la pancia, che ero grassa e che dovevo smettere di mangiare schifezze. Finivo sempre per fare la fame!»

Detto questo, agguantò un'altra manciata di patatine e inghiottì senza nemmeno masticare. Di colpo, a Seungbeom tornò in mente il direttore del Jeil durante la loro cena, mentre si rimpinzava di sashimi. Scacciò quel pensiero e aprì un altro pacchetto.

«Almeno mastica».

Seungbeom osservò Sujeong, che dopo aver pulito per bene ogni angolo del negozio, tirò fuori dai cesti di vimini appesi al soffitto alcune erbe essiccate. Con un coltello sminuzzò artemisia, cardiaca orientale e ginseng, per poi riporli nei contenitori vuoti sugli scaffali. Quando possibile, usava erbe raccolte da professionisti del settore e le essiccava lei stessa. Preparava anche il *sukjihwang*, un ottimo rimedio per superare momenti di affaticamento e debolezza. Partendo dalla radice fresca di rehmannia glutinosa, usava il metodo *gujeung-gupo*, bagnando la pianta con un liquore di alta qualità per poi cuocerla al vapore ed essiccarla, un processo che andava ripetuto nove volte. Con ingredienti del genere, era impossibile che i suoi trattamenti non avessero effetto, soprattutto perché preparava ogni cosa seguendo le regole e i segreti tramandati da generazioni nella sua famiglia.

*

Di fronte alla televisione, Seungbeom rubò qualche patatina a Gongsil. Le presentatrici chiacchieravano con l'ospite del giorno mangiando *bindae-tteok*.

«Sembra buonissimo» commentò Gongsil, più interessata alla frittella di fagioli sullo schermo che al contenuto del programma.

«Io l'ho provato, non è un granché».

«Guarda che colore assurdo che ha quel *bindae-tteok*! È bellissimo».

«Avranno aggiunto dei coloranti».

Gongsil gli lanciò un'occhiataccia prima di tirargli uno schiaffo sulla mano in procinto di tuffarsi nel suo pacchetto di patatine.

«La vuoi smettere? Sono *mie*. Guarda quante ne hai già mangiate!»

«Le ho comprate io, potrò mangiarne qualcuna o no? Oh! Guarda quel tizio, sembra un granchio!»

«Wow, come diavolo fa a contorcersi in quel modo?»

Gongsil scoppiò a ridere, seguita a ruota da Seungbeom, che dopo essersi calmato offrì qualche patatina anche alla coppia anziana dietro di loro.

«Prego, assaggiate. Sarà che non le mangiavo da tanto, ma sono proprio buone».

Il vecchietto guardò il sacchetto impassibile. La moglie, imbarazzata dal comportamento del marito, ne prese una manciata.

«Grazie. Sono un po' di giorni che la vedo qui, perché non chiude la sua clinica e viene a lavorare con Sujeong?»

«Dubito che la signora Go sarebbe d'accordo».

«La capisco» intervenne il marito, guadagnandosi una gomitata dalla moglie. L'uomo si rinchiuse nel suo silenzio, limitandosi a schiarirsi la voce in segno di malcontento

Proprio in quel momento, entrò un giovane che iniziò a esaminare i rimedi esposti nella vetrinetta. Seungbeom scattò in piedi.

«Salve! Posso aiutarla?»

«Avrei bisogno di alcune erbe...» borbottò il ragazzo, quindi Seungbeom si spostò davanti al mobile e analizzò i vari sacchettini. Gli altri clienti lo osservavano curiosi.

«Vediamo un po'. Ha la faccia stanca e vedo che suda molto. Per caso si è sposato da poco? In quel caso le proporrei del *ssanghwa-tang*, un infuso che abbonda di giuggiola e astragalo, aiutante perfetto in caso di... ehm, attività fisica *notturna*. Se invece è il troppo lavoro a causarle stress e problemi digestivi, le consiglio il *hyangsa-pyeongwisan*, preparato con lo zigolo infestante. In ultimo, se volesse qualcosa per il suo amichetto laggiù, qualcosa che rinvigorisca un uomo, insomma!, venga pure alla clinica qua di fronte, le prescriverò un'ottima medicina».

Nel silenzio dell'erboristeria risuonarono le risate di tutti i presenti. Sujeong, attratta dal trambusto, uscì dall'ufficio.

«Che succede?»

«Ops!» Seungbeom abbandonò velocemente la sua postazione e tornò a sedersi sul divano.

Solitamente, l'erboristeria era sempre molto tranquilla, anche quando la sala d'attesa era piena. Tuttavia, da quando Seungbeom aveva deciso di accamparsi lì, l'ambiente era diventato più caotico, distraendo Sujeong, che finiva per allungare il tempo delle sue consulenze. Vedendo che tutti, a parte lei, se la ridevano spensierati, l'erborista perse le staffe. Così pestò i piedi, raggiunse Seungbeom e lo afferrò per il colletto della camicia.

«Ehi!» protestò lui.

«Mi spieghi perché diavolo continui a venire qui? Vattene, disturbi me e i miei clienti!»

«Non vedo come possa disturbare! Sono pur sempre un medico di successo che a Seoul era famoso per la sua eloquenza e abilità di agopuntore!»

«Nessuno t'impedisce di continuare nella *tua* clinica!»

Seungbeom sentì la rabbia accumulata in procinto di esplodere.

'Vorrei tanto, ma non ho pazienti! Per questo sono qui a fare il teatrino!'

Ma invece di vomitare fuori quelle parole, le ricacciò in gola. 'Per oggi, meglio finirla qua'.

«Ehi, non spinga. Me ne vado. Me ne vado, ho detto! Certo che ha una bella forza per la sua età».

«Per la mia età?! Maledetto... Va', sparisci!»

Seungbeom si aggrappò allo stipite della vecchia porta di legno, che scricchiolò.

«Ricordate» urlò agli astanti, che si stavano godendo la scenetta divertiti, «potrei essere io il vostro medico!»

«Te ne vuoi andare o no?!»

*

Una settimana dopo, Sujeong non era più la sola ad averne fin sopra i capelli del comportamento di Seungbeom. Anche Jeongmi lo rimproverò, facendogli notare che stava affossando la sua reputazione già pessima passando le sue giornate in erboristeria invece di occuparsi del suo lavoro.

«C'e un limite a quanto si può essere patetici!»

Siccome non poteva permettersi di perdere anche lei, Seungbeom arrivò a un compromesso: avrebbe lavorato in clinica di giorno, e sarebbe andato da Sujeong solo la sera.

Con il calare del sole, le luci dell'erboristeria illuminarono il marciapiede, dove già si allungava una fila di ombre scure che discutevano su chi fosse arrivato per primo. Quando uno dei fantasmi tirò un pugno a un altro, la situazione degenerò. Gli spiriti cominciarono a buttarsi l'uno sull'altro, afferrandosi per i capelli e graffiando chiunque gli capitasse sottomano, fin quando si fusero in un'unica macchia nera e informe che si allargava come inchiostro sull'asfalto. Alcuni spettri, che si erano tirati fuori dalla rissa, li osservavano esultando. Non sembravano tifare per nessuno in particolare, piuttosto si stavano godendo lo spettacolo. Per evitare di essere risucchiato nella mischia, Seungbeom sgusciò all'interno dell'erboristeria senza farsi notare. Appena lo vide, Gongsil, in piedi dietro la vetrinetta delle erbe, gli indicò l'ufficio per fargli capire che Sujeong si trovava lì.

'Ce l'ho fatta'.

Quella sera c'erano più fantasmi del solito, probabilmente perché Sujeong, nervosa per chissà quale motivo, aveva chiuso l'erboristeria per due giorni, dicendo di avere un viaggio di lavoro.

«Deve aver avuto notizie del figlio» disse Gongsil sovrappensiero.

«Non sapevo avesse un figlio».

«Ah, sì» Gongsil fece un sorrisetto forzato, rendendosi conto di quello che aveva appena detto. «Me n'ero dimenticata pure io!»

«Come ha fatto a dimenticarsene?»

La donna dissimulò con una risatina. Seungbeom aggrottò le sopracciglia, ma decise che non era affar suo e non indagò oltre. Invece, tirò fuori una scatola di merendine costose che aveva acquistato in un negozio di snack importati.

La porta dell'erboristeria si aprì. I fantasmi entrarono a uno a uno e si accomodarono in sala d'attesa. Anche quella sera Sujeong ne avrebbe visitati solo sette. Fra i selezionati c'erano i due uomini che poco prima avevano avviato la rissa. Seduti a distanza l'uno dall'altro, con le braccia incrociate, guardavano in direzioni opposte. Dalle spalle tese era evidente che ancora non avessero risolto la questione, e continuavano a buttar fuori aria dal naso come due draghi. Seungbeom, seduto anche lui sul divano, si fece piccolo piccolo, cercando di passare inosservato. Se si fossero accorti di lui, questa volta forse non sarebbe sopravvissuto.

Con la coda dell'occhio osservò un giovane fantasma. Aveva un aspetto pressoché normale, eccezion fatta per i piedi ricoperti di ferite. Accanto a lui, una vecchia signora scosse la testa in segno di disapprovazione.

«Ma che ti è successo ai piedi?»

«Ah, questi tagli?» rispose il ragazzo guardando in basso.

Seungbeom sbirciò da sopra la spalla del fantasma: la pianta era talmente consumata che le ossa sporgevano dalla pelle, eppure il ragazzo non sembrava accusare alcun dolore. Anzi, infilò un dito in una delle ferite e ne tirò fuori un sassolino. Disgustato, Seungbeom si ritrasse di nuovo nel suo angolino.

«Mi crede se le dico che un giorno mi sono svegliato e non avevo più le scarpe? Erano un bel paio, di pelle, di quelle da indossare sotto un completo elegante. Non posso certo andare al lavoro a piedi nudi, il mio capo mi lincerebbe. Le ho cercate dappertutto, fra le montagne, lungo il fiume, ovunque ricordassi di essere stato. Devo ritrovarle il prima possibile, altrimenti come faccio a presentarmi ai clienti? Vede, ultimamente non sto vendendo molto. Quelle scarpe me le aveva regalate mia madre per festeggiare il mio primo lavoro. Mi chiedo dove siano finite...» concluse, abbattuto.

«E che sarà mai, per due scarpe» borbottò un fantasma corpulento seduto dietro a Seungbeom. Il ragazzo, sentendo il commento, si girò di scatto, fulminandolo con lo sguardo. Con i muscoli della mascella in tensione, digrignò i denti. Seungbeom si fece ancora più piccolo.

«Cos'hai detto? Sei stato tu, con il tuo sgomitare, a soffiarmi il posto in fila! Se arrivo in ritardo al lavoro sarà colpa tua!»

«Ma sei morto, di quale lavoro parli! Dove vuoi che siano le tue scarpe, saranno rimaste dove sei schioppato. Sicuro te le sei tolte e le hai lasciate lì belle allineate e in ordine».

«E tu che ne sai, con quelle scarpe da ginnastica puzzolenti che ti ritrovi?»

«Che hai detto? Snob che non sei altro, queste scarpe da ginnastica sono una medaglia all'onore! Simbolo del sudore che ho versato consegnando pacchi a destra e a manca. Se puzzano è perché rappresentano il duro lavoro e la fatica che ho fatto!»

«Ah sì? E il tuo 'onore' prevede anche di sgomitare per arrivare in cima alla fila?»

«Bastardo!»

Il fantasma con le scarpe da ginnastica schizzò in piedi. Rimboccandosi le maniche del giubbotto da lavoro, gonfiò ancora di più il ventre prominente, fino a raddoppiare di stazza.

«Quelle scarpe sono un regalo di mia madre!» sbraitò il più giovane. «Se le avessi indossate quando sono caduto in quel precipizio, si sarebbero sporcate, e lei ci sarebbe rimasta male!»

«Allora valle a cercare in quel maledetto precipizio. Cos'è più importante, il lavoro, le tue stupide scarpe, o tua madre?»

«Il lavoro, ovviamente!» Il ragazzo si avvicinò a Gongsil, la quale lo osservò con un'espressione annoiata. «Ecco, io...» Fece un inchino profondo e giunse le mani in segno di preghiera, strofinandole con forza tra di loro.

«Be'?»

«A breve inizio il mio turno, non potrebbe chiedere alla signora Go di ricevermi il prima possibile?»

«Che faccia tosta! Tornatene al tuo posto e stai zitto che è meglio» sbottò il fantasma delle scarpe da ginnastica prima di tornare a sedersi. Gongsil, invece, scrutò il ragazzo in piedi davanti a sé.

«Ci vorrà un po' per sistemare quei piedi. Dubito che riuscirai ad andare al lavoro oggi».

«Deve aiutarmi, se non mi presento il capo farà una scenata. L'azienda ha subito una grossa perdita a causa di un mio errore, e mi hanno detto che dovrò risarcire tutto di tasca mia. Devo correre lì e scusarmi di persona».

La vecchia signora che aveva notato per prima i piedi del ragazzo sbuffò, rivolgendosi al fantasma delle scarpe da ginnastica.

«*Aigo*, povero diavolo. Non solo è morto giovane per tutto lo stress del lavoro, tu gli vuoi pure far perdere il posto!»

Seungbeom lanciò un'occhiata dietro di sé: l'uomo era livido.

«Ora è colpa mia? Se è per questo, qui siamo tutti dei poveracci!» sbottò.

«Proprio perché siamo tutti nella stessa barca dobbiamo portarci rispetto a vicenda e cercare di capirci, invece di litigare».

Gli altri fantasmi annuirono, d'accordo con la vecchia signora. Proprio allora, Sujeong uscì dall'ufficio. A quanto pare, aveva sentito tutto. Si guardò attorno, poi attraversò la sala d'attesa per fermarsi di fronte a Seungbeom, rannicchiato in un angolo del divano. I fantasmi si zittirono. Nel silenzio, il dottore cercò disperatamente di evitare lo sguardo di Sujeong.

«Di nuovo qui?»

La voce bassa dell'erborista era un ago che pungeva la coscienza di Seungbeom. Provò a rimpicciolirsi ancora, ma con ben poco successo. Ecco, ora Sujeong l'avrebbe cacciato di nuovo.

«Ehm, passavo di qui e… ho visto qualche volto familiare, volevo salutare…»

«Se ti piace così tanto stare qui, allora togliti le scarpe».

«Come, prego?» Seungbeom abbassò lo sguardo sulle sue scarpe Prada, la pelle che brillava nella penombra.

«Toglitele».

«Non capisco…» Nonostante la confusione, Seungbeom ubbidì. Sujeong raccolse le scarpe.

«Se vuoi stare nel mio negozio, devi pagare la tassa di occupazione, caro dottore. Tu, ragazzo, seguimi».

«Tassa di occupazione? Aspetti un attimo!»

Disorientato, il giovane fantasma seguì Sujeong. Anche Seungbeom, con solo i calzini ai piedi, gli andò dietro, ritrovandosi nel cortile sul retro della farmacia. L'aria fresca della notte gli riempì i polmoni. Sujeong pigiò un interruttore e le lampadine appese sotto la tettoia si accesero, illuminando delle giare da fermentazione e un'asciugatrice. Al centro del cortile c'era un bidone in metallo annerito dalla fuliggine e tutto bucherellato. Sujeong infilò dei bastoncini nei fori e accese il fuoco, che presto brillò vivo. Seungbeom fissò il profilo della donna con occhi ansiosi. Non aveva certo intenzione di buttare lì dentro le sue scarpe, vero?

«Signora Go, lei forse non lo sa, ma quelle sono Prada, un famoso marchio di lusso. Insomma, sono davvero costose... Oh?!»

Senza nemmeno ascoltarlo, Sujeong le gettò tra le fiamme.

«È impazzita?!» Seungbeom si lanciò verso il bidone sperando di salvarle, ma il fuoco era troppo intenso.

«Quante storie, ormai me le hai date».

«Ha idea di quanto le ho pagate? E tra l'altro, quando gliele avrei date, eh? Se le è prese lei! Costano un patrimonio!»

«Zitto un po'. Tu, ragazzo. Indossa queste al lavoro».

«Indossarle? Se le ha bruciate... Ma che?!»

D'improvviso, le scarpe erano apparse di fronte al fantasma. Seungbeom guardò prima nel bidone, dove le sue scarpe si stavano trasformando in cenere, e poi il paio integro e luccicante che giaceva sul terreno.

«Non saranno quelle che ti ha regalato tua madre, ma

indossale con onore. Tutti fanno errori. Ciò che ha detto il tuo capo è solo frutto della sua rabbia, non devi prendertela. E per quanto riguarda i soldi, mandali a quel paese. Di' al tuo capo che è lui a doversi prendere la responsabilità del tuo errore, altrimenti che capo è? Non farti intimidire. Se un'azienda non apprezza i suoi dipendenti, è giusto lasciarsela alle spalle. Non serve a nulla lavorare per persone che non hanno considerazione degli altri. Vai a casa e abbraccia tua madre. Ti sta aspettando».

A quelle parole il fantasma chinò il capo. Le mani chiuse a pugno, si asciugò le lacrime.

«Vorrei dirti di licenziarti, ma se per te è così importante, vai a finire quello che hai lasciato in sospeso».

I singhiozzi del ragazzo riempirono il cortile. Seungbeom fissava inebetito le sue scarpe, ormai ridotte in cenere. Le aveva pagate una fortuna... Una vocina nella sua testa urlava: 'Sono scarpe di Prada! Un marchio di lusso!'

«Al diavolo» sbottò mentre si sfilava le calze. Poi le buttò nel fuoco. Sujeong lo guardò con un sopracciglio alzato.

«Le calze devono essere abbinate! Non puoi indossare delle scarpe Prada con calze qualsiasi. Ecco, queste sono della stessa marca. Te ne vai in giro a piangere le tue vecchie scarpe quando nemmeno conosci le basi... E lei, abbia almeno la grazia di darmi delle ciabatte, altrimenti come ci vado a casa?»

Seungbeom ficcò le mani in tasca e rientrò in erboristeria.

*

Quando il paziente successivo sparì oltre la porta dell'ufficio, Gongsil tornò alla sua postazione. Non appena ebbe poggiato il sedere sul divano, Seungbeom le fu di fianco. I fantasmi gli lanciarono occhiate curiose.

«Oh! Ma questi vengono dall'estero!» esclamò deliziata Gongsil estraendo dal sacchetto della spesa una confezione di biscotti.

«E sono costosi, per di più. La prossima volta ti porterò qualcosa di giapponese».

Seungbeom aprì il coperchio della latta di biscotti. Gongsil, con un sorriso a trentadue denti, ne afferrò uno e se lo infilò in bocca. Notando che i clienti li stavano osservando, Seungbeom porse loro la scatola.

«Prego, prendete pure».

«Grazie caro. Non ho mai assaggiato nulla di simile prima d'ora» disse una vecchia signora accettando l'offerta. Dopo una veloce occhiata alla sala, Seungbeom si chinò verso di lei.

«Mi dica, cosa l'ha portata qui?»

«Mal di cuore, temo. Continuo a pensare al mio povero marito, rimasto senza di me».

«Perché queste domande? Mica puoi farci qualcosa tu» s'intromise un fantasma con tono scontroso. Seungbeom rise per dissimulare.

«Voglio capire se posso aiutarvi in qualche modo, come fa la signora Go. Chissà, magari essendo più giovane di lei posso risolvere i vostri dolori più in fretta».

Il fantasma, lo stesso delle scarpe da ginnastica, sbuffò incrociando le braccia. «Anche i morti apprezzano la privacy. Non andrò certo a raccontare i miei fatti personali a uno sconosciuto».

«Ah, ma deve sapere che sono un medico, la mia clinica è proprio qui di fronte. Ho lavorato per cinque anni in un rinomato ospedale di medicina orientale di Seoul, aiutando un sacco di pazienti a superare i loro malesseri».

«Scusate, ma questo non è quel maleducato che ha insultato la signora Go?»

«Cosa?» La signora lanciò il biscotto che aveva in mano. «Devi portare rispetto agli anziani! Che ci fai qui?»

Di colpo la situazione si era ritorta contro di lui. Seungbeom alzò le mani in segno di resa, ma il fantasma delle scarpe da ginnastica cominciò a urlare.

«Mi sembra ovvio il motivo per cui è venuto! Siccome dopo la lite con la signora Go nessuno va alla sua stupida clinica, ha pensato bene di rubarle i pazienti. Basta sentirlo parlare per capire i suoi piani!»

Sentendosi ingiustamente accusato, Seungbeom replicò: «Non è vero. Non avete visto prima? Mi sono guadagnato il mio posto dando in cambio le mie scarpe».

«Sparisci! La signora Go potrà pure perdonarti, ma io no!»

«Adesso te l'insegno io il rispetto. Vedrai se non impari le buone maniere una volta per tutte!»

Il fantasma delle scarpe da ginnastica si arrotolò le maniche, pronto all'azione, ma Seungbeom si accigliò.

«Cos'avrò mai da imparare da uno che salta la fila?»

«Parli troppo! Vediamo se farai ancora andare quella bocca dopo che ti avrò pestato a dovere!» disse l'uomo scattando in piedi.

La tensione era palpabile mentre un'aria gelida permeava l'erboristeria, solitamente avvolta da un'atmosfera calda e accogliente. Il fantasma si preparò a saltare addosso a Seungbeom.

«Fermo! È mio ospite, e anche la signora Go lo ha accettato» disse Gongsil con fermezza.

«Ma quale ospite! È uno spione, ecco cos'è».

«Se continui a creare problemi, dovrò buttarti fuori».

Finalmente il fantasma si placò e, controvoglia, tornò al suo posto. La vecchia signora, dal canto suo, fece schioccare la lingua.

Per allentare la tensione, Gongsil poggiò la latta di biscotti accanto a sé e dichiarò: «Ho voglia di qualcos'altro» poi si avventurò fuori. Seungbeom si affrettò a seguirla.

Camminando per le strade deserte, si sentiva il gracchiare delle rane nei campi poco lontani. I fari di un camion delle consegne illuminarono per un istante l'interno di un negozio con le luci spente, creando ombre che si allungarono sulle pareti prima di dissolversi lentamente nell'oscurità. Un gatto randagio spuntò da un vicoletto laterale. Seguì Gongsil e Seungbeom fino all'incrocio, poi attraversò e si fermò dal lato opposto della strada. La strana coppia superò un lampione e si diresse verso l'unico minimarket h24 della zona.

«Come sai bene, a causa della mia ferita, ho sempre fame. Vuoi sapere cosa penso?»

Entrati nel minimarket, Gongsil indicò tutti gli snack che voleva. Al quarto che sceglieva, Seungbeom prese uno dei cestini vicino alla cassa. Le dita di Gongsil continuarono a indicare merendine una dopo l'altra.

'Quanto cavolo ha intenzione di mangiare?'

Dopo aver fatto il giro dell'intero negozio, Seungbeom posò il cestino stracolmo di scatole e pacchetti di fronte al cassiere. Pagò, uscì dal minimarket e offrì una merendina a Gongsil, la quale accettò con un sorriso sornione.

«Non è con la fretta che conquisterai gli spiriti» gli rivelò. «Devi fargli vedere che sei sincero».

«Sincero?»

«Quando vuoi vendere rimedi costosi ai tuoi pazienti, di solito come fai? Gli fai credere che daresti un rene per loro, o no?»

Serviva sincerità, a quanto pareva... Seungbeom ci pensò su. Anche se era passato un po' di tempo dall'ultima volta che aveva avuto un paziente, pensava di aver capito cosa intendesse Gongsil. Il gatto di prima, rimasto in attesa fino a quel momento, sbucò da dietro le gambe della donna e si appropriò di una patatina che le era caduta.

Tornati in erboristeria, avanzarono tra gli sguardi infastiditi dei fantasmi. Seungbeom, rassicurato dalla presenza di Gongsil, si schiarì la voce.

«So di essermi comportato in modo orribile con la signora Go, ma voglio mettere in chiaro che me ne pento amaramente. Ora che ho pagato la mia 'tassa' e che sono stato perdonato, ecco, vorrei che mi permetteste di rimanere qui. Non credo di essere una persona cattiva. Datemi un'opportunità, e in cambio lenirò i vostri dolori per un prezzo irrisorio: solo cinque persone per un trattamento! Che ne dite?»

«Se ti avesse davvero perdonato non ti avrebbe fatto pagare la tassa».

«Solo il fatto che ti senti in dovere di giustificarti dimostra che sei nel torto».

Aveva fatto il suo discorso mischiando con astuzia, o almeno credeva, verità e menzogna, ma i fantasmi non fecero altro che deriderlo. La sua proposta, per quanto buona, non venne neppure presa in considerazione. Le aveva provate tutte, ma continuava a venire ignorato. Seungbeom finì per esplodere.

«Volete dirmi una buona volta che diavolo devo fare per guadagnarmi la vostra fiducia?»

A quelle parole, il fantasma delle scarpe da ginnastica si alzò, e un alone scuro lo avvolse. Sembrava pronto a riprendere da dove erano rimasti poco prima.

«Cosa vogliamo? Il tuo corpo fresco e giovane!»

Spaventato, Seungbeom si nascose dietro Gongsil, che stava scuotendo la testa sorpresa da quella richiesta. Una risata fredda e sprezzante si alzò nell'aria, riversandosi nella notte.

Capitolo 8
Il fantasma della montagna

Nelle grandi città, quando l'aria notturna è dolce e calda, le insegne al neon dei negozi illuminano strade e marciapiedi frequentati fino all'alba. A Uhwa però era diverso. Prima ancora che il sole tramontasse, la gente si affrettava a salire sui pochi autobus che circolavano nel paese. I negozi chiudevano presto, e solo la pallida luce dei lampioni rischiarava la sera. Difficilmente si vedevano ubriachi uscire barcollando da ristoranti o club, e l'oscurità inghiottiva subito le strade che uscivano dal paese. Seungbeom abitava a Uhwa da quasi due mesi ormai, ma non si era ancora abituato a questo tipo di vita.

Per qualche motivo, negli ultimi giorni aveva avuto qualche paziente alla clinica, e per di più erano persone vive e vegete! Con sua grande sorpresa, dopo l'incidente con il signor Cheong, i clienti erano aumentati, anche se forse era grazie ai cerotti antidolorifici gratuiti che Jeongmi distribuiva ai pazienti che venivano in visita. Vedere come la ragazza si stesse impegnando lo amareggiò. Quando aveva deciso di trasferirsi a Uhwa, aveva previsto di incontrare alcune difficoltà, ma la responsabilità di risolverle doveva ricadere su di lui, non su di lei.

«Porta ancora un po' di pazienza».

«Per cosa?»

«Il tempo di riuscire a fare un bel colpo, poi diventeremo ricchi».

«Perché non pensi a lavorare con più impegno invece?»

«L'impegno non basta. Non manca molto ormai, devi solo aspettare un po'» disse Seungbeom prima di mandarla a casa e correre all'erboristeria.

Nella vita nulla ti veniva offerto su un piatto d'argento. Per questo Seungbeom, ossessionato da sogni di ricchezza, affrontava spavaldo le occhiatacce di Sujeong, nel tentativo di carpire qualcun altro dei suoi segreti. Non gli importava cosa pensasse la gente di lui. Era molto più spaventato dagli interessi del prestito che aveva richiesto per aprire la clinica.

Qualche giorno dopo, Seungbeom tornò a casa canticchiando. Quella sera aveva deciso di non andare in erboristeria: era sabato, e voleva riposarsi un po'. Stava attraversando il mercato a passo leggero quando un improvviso scoppio di risa attirò la sua attenzione. Si girò e vide Jeongmi. Uscita dal lavoro prima di lui, stava sistemando lo stand di un emporio che vendeva articoli vari.

'Che ci fa qui?'

Se la rideva con la proprietaria come fossero amiche da sempre. Una volta chiuso il negozio, Jeongmi uscì salutando e si avviò verso il negozio d'abbigliamento di fronte, dove aiutò il proprietario a trasportare alcune grucce all'interno.

«Arrivederci! Si riposi nel weekend. Se dovesse avere dolori alla schiena, non li ignori per pigrizia, e venga in clinica. Con una seduta di agopuntura passa subito, e mi prenderò cura di lei io stessa».

«Va bene, ho capito. Prenotami una visita per lunedì visto che domani siete chiusi».

«In teoria per ora non prendiamo prenotazioni, ma farò un'eccezione per lei».

«Grazie».

«Jeongmi, prendi questo». Uscendo dal negozio ormai buio, il fruttivendolo le porse un sacchetto.

«Ma no, non deve!»

«È solo un piccolo omaggio per i clienti abituali».

«Oh, prugne! Sembrano buonissime. Grazie mille, adoro le prugne. Me le gusterò con piacere!»

«Bene, son contento. Mi raccomando, fai attenzione mentre torni a casa».

«Certamente».

Seungbeom si ricordò improvvisamente di tutta la frutta e verdura che riempiva il frigorifero a casa. Finalmente capì cosa facesse Jeongmi nei giorni in cui usciva prima dal lavoro. Ogni volta che la ragazza diceva di essere stanca nonostante non avessero niente da fare, Seungbeom la rimproverava, esortandola a usare quel tempo per distribuire volantini. E invece, intanto che lui passava le serate a giocare alla spia oziando sul divano dell'erboristeria con Gongsil, Jeongmi andava a far visita a ogni negozio, aiutando i proprietari affinché la clinica non affondasse. Lei sì che stava facendo degli sforzi tangibili. Con quale arroganza si era permesso di dirle di portare pazienza? Doveva esserle sembrato patetico. Si sentì travolto da un senso di vergogna insopportabile.

«Oh? Seungbeom!» Jeongmi, vedendolo, gli corse incontro con un sorriso luminoso.

Avrebbe voluto sgridarla, chiederle perché non gli avesse detto di queste sue escursioni, ma le parole gli si bloccarono in gola vedendo il viso innocente della ragazza.

«Hai finito ora? Sei uscito tardi».

«Mica hai detto che odiavi la frutta aspra?»

«Mh? Ah, questo! È un omaggio, non potevo certo rifiutare. E poi a te piacciono le prugne» disse lei superandolo. Poi di colpo si fermò e scoppiò a ridere.

«Ho detto qualcosa di divertente?»

«No, è solo che mi è tornata in mente una vecchia storia. Ti ricordi la prima volta che ci siamo incontrati alla cena aziendale? Quando siamo andati a bere, ci hanno portato della frutta come accompagnamento. Io avevo preso una manciata d'uva, ma era troppo acida e alla fine l'ho rifilata a te, che te la sei finita tutta!» Lui provò a scavare nella memoria, e Jeongmi aggiunse: «Te la sei proprio gustata».

Seungbeom la guardò inebetito: sorrideva radiosa sotto la luce arancione dei lampioni, poi riprese a camminare come se niente fosse.

«Che fame».

Lui strinse i pugni e poi li riaprì.

«Andiamo a casa. Ti preparo la tua pasta preferita».

La risata cristallina di Jeongmi gli solleticò le orecchie. Ebbe una fitta al cuore.

*

L'oscurità brillava oltre la finestra socchiusa, da cui entrava una brezza che smuoveva la tenda leggera. Un'ombra nera fece capolino nella stanza.

Disteso a letto, Seungbeom sobbalzò. Si girò su un fianco e sollevò la testa per guardare la finestra. L'aveva lasciata aperta perché quando si era messo a dormire faceva caldo, ma con l'alba era arrivato il freddo. Non aveva voglia di alzarsi per chiuderla, così si tirò la coperta fin sopra la testa. Fece un respiro profondo, poi sbucò di nuovo fuori dalla coperta e lanciò un altro sguardo alla finestra. Ancora mezzo addormentato, faticava a mettere a fuoco. Il movimento della tenda lo infastidiva. Si alzò. I suoi piedi toccarono il pavimento gelato, facendolo tremare. Gli occhi a mezz'asta e la coperta avvolta intorno alle spalle, spostò la tenda per guardare fuori: dietro alcuni edifici grigi, intravide il profilo delle montagne ancora immerse nell'oscurità. Con il naso che gli colava per l'umidità, Seungbeom allungò un braccio per chiudere la finestra, ma proprio allora l'ombra scivolò silenziosa dentro la stanza.

«Torni a letto?»

«AAAH!»

Terrorizzato, Seungbeom sobbalzò, inciampò nella coperta e cadde. Ormai completamente sveglio, si ritrovò di fronte alla faccia cerea di Gongsil, che scoppiò a ridere.

«Ma è impazzita?!»

«Ti sembra il momento di dormire?» chiese il fantasma con espressione cupa.

«Non può entrare così nelle stanze degli altri, è maleducazione». Districatosi dalla coperta, Seungbeom si tirò su con un gemito involontario.

«Hai ragione, scusa. Ma è urgente. Sujeong si sta preparando per uscire».

«Oggi l'erboristeria è chiusa. Avrà qualche appuntamento con delle amiche, che ne so».

«Sei proprio ottuso. Ti servirà molta più astuzia se vuoi rubarle i segreti. Sujeong non ha né amici né parenti con cui passare le giornate, perché mai sta uscendo secondo te?»

«Un paziente?»

«Finalmente ci sei arrivato. Muoviamoci!»

Ancora intontito, Seungbeom s'infilò nella prima camicia che trovò, poi s'incamminò verso il bagno. Quando si accorse che Gongsil lo stava seguendo, le lanciò un'occhiataccia. Si diede una veloce sciacquata al viso, mise un paio di pantaloni, dei calzini, e uscì in soggiorno, dove trovò Jeongmi che stava facendo yoga su un tappetino. Il braccio sinistro teso in avanti, si sorreggeva solo su un piede, mentre con l'altra mano afferrava la gamba destra.

«Ma che sta facendo?» chiese Gongsil fissandola stranita.

«Già sveglio?» domandò Jeongmi rimanendo nella sua posizione.

«Come fa a piegarsi a quel modo?» Gongsil, affascinata, provò a imitarla, ma il suo corpo non voleva collaborare, e inciampò.

«Lasci perdere, finirà per farsi male» disse Seungbeom, poi si ricordò che era un fantasma. Non poteva farsi male.

«Mh?» Jeongmi lo fissò. «Da quando ti preoccupi per me? Tranquillo, faccio yoga da anni. E comunque non c'è bisogno di darmi del lei». Con una risatina, si riaggiustò per mettersi nella stessa posizione con la parte opposta del corpo.

«Che fisico che ha la ragazza! Sai, anch'io mi difendevo bene da giovane. Magari torno in forma come lei se mi alleno».

Dovevano sbrigarsi se non volevano perdere Sujeong, ma Gongsil sembrava completamente presa dallo yoga. Seungbeom batté le mani per richiamarla all'ordine, e lei gli fece cenno di aver capito. Jeongmi si voltò verso di lui.

«Che c'è?»

«Ah, no, è che sei molto brava».

«Te l'ho detto».

Jeongmi sollevò il mento con aria fiera, mentre Seungbeom andò a mettersi le scarpe.

«Senti un po'» chiese Gongsil osservando la prossima posa dell'infermiera. «Per caso convivete perché siete una coppia?»

«Certo che no!»

«Cos'hai detto?» Jeongmi lo fulminò con lo sguardo.

«N-no, niente! Parlavo da solo, tutto qui».

Seungbeom improvvisò una scusa e si precipitò fuori di casa alla velocità della luce. Davanti a lui, Gongsil se la rideva. La divertiva da morire vederlo in difficoltà.

Nonostante fosse l'alba di una domenica, c'erano già diversi negozi che si preparavano ad aprire. Solo l'erboristeria era chiusa. Preoccupato di essere uscito troppo tardi, Seungbeom si guardò attorno.

«Eccola!» Gongsil indicò un punto in lontananza e lo spinse in quella direzione. «Corri, veloce».

«Non viene con me?»

«A fare che? Ti ho detto tutto quello che sapevo. Sei tu che devi scoprire i segreti del mestiere».

«Come vuole» rispose Seungbeom, irritato che Gongsil avesse ragione. Senza perdere altro tempo, cominciò a correre dietro alla figura esile di Sujeong prima che potesse sfuggirgli.

*

Sujeong si diresse verso la stazione degli autobus. Un vecchio pullman arrivò cigolando e si fermò per far scendere i passeggeri. Sujeong prese il pesante fagotto che aveva posato a terra e salì a bordo. Dopo un momento di esitazione, Seungbeom sollevò il colletto della camicia per nascondere il viso e la seguì all'interno del veicolo.

Nel frattempo, Sujeong, che stava infilando il suo bagaglio sotto il sedile, notò i vestiti eleganti e lo riconobbe subito: nessun altro si vestiva a quel modo in paese. Aggrottò le sopracciglia. Come diavolo aveva fatto a sapere dove trovarla? Sujeong sbuffò e si sedette. Esausta da quegli stupidi giochetti, decise di ignorarlo.

L'autobus sfrecciava tra le strade di campagna, superando campi di riso seminati da poco che si estendevano all'infinito. Quando sbucarono su un viale alberato, il sole accecante del mattino inondò l'interno del vecchio autobus, che sobbalzava a ogni minimo sassolino. Strizzando gli occhi per ripararsi dai raggi, Seungbeom si lasciò andare contro lo schienale. Si rese conto che da quando era arrivato non aveva ancora avuto l'occasione di esplorare Uhwa.

Il paesaggio fuori dal finestrino sembrava non cambiare mai: campi su campi, case tutte uguali, ogni tanto un paio di persone o un cane che correva qua e là. Le palpebre gli si fecero pesanti, il panorama sfocato. Provò a combattere il sonno, ma suo malgrado l'immagine di Sujeong si sdoppiò per poi sparire lentamente. Finalmente, si lasciò andare al torpore e chiuse gli occhi.

Si risvegliò più tardi, sbatacchiato dall'autobus. Sorpreso, Seungbeom sbatté le palpebre un paio di volte per scacciare il sonno. Sbadigliò.

'Ci vorrebbe proprio un bel caffè...'

Ma non fece in tempo a finire quel pensiero che scattò in piedi. Sujeong non c'era più. Si affacciò al finestrino, oltre il quale vide la figura dell'erborista allontanarsi.

«A-aspetti, autista!»

L'autobus si fermò e Seungbeom, dopo essere sceso, si lanciò all'inseguimento della donna, che stava percorrendo un sentiero sterrato a lato della strada che s'immetteva in un villaggetto. Non c'erano alberi lungo quella striscia di asfalto che si allungava tra i campi, e il sole picchiava implacabile sulla sua testa. Quando le fu abbastanza vicino, Seungbeom si fermò a riprendere fiato. Doveva davvero iniziare a fare esercizio. Raddrizzò la schiena, si asciugò il sudore dalla fronte e riprese a camminare. Sujeong era di nuovo un puntino lontano.

Credeva sarebbe entrata in una delle case del villaggio, invece la donna lo attraversò per spuntare di nuovo su una stradina in mezzo ai campi che s'inerpicava su per una collina. Chissà dove diavolo stava andando! Seungbeom di tanto in tanto doveva fermarsi per riprendere fiato. Si girò: delle poche casupole che costituivano il villaggio ormai si vedevano solo i tetti in lontananza. Sentiva un disperato desiderio di tornarsene a casa. Lanciò un'occhiata piena d'odio a Sujeong.

'Come fa a non essere stanca, alla sua età?'

Poco più avanti, la strada si stringeva in un sentiero che si perdeva su per le pendici di una montagna.

Dovevano pur essere arrivati! O forse quella vecchia megera voleva prendersi gioco di lui e si era messa d'accordo con Gongsil per farlo faticare come un cane. Era plausibile, dopotutto.

Strato dopo strato, Seungbeom cominciò a spogliarsi: prima la giacca, poi la cravatta, infine sbottonò i primi bottoni della camicia. Le scarpe di pelle gli facevano male. Se avesse saputo che avrebbe scalato una montagna, ne avrebbe scelto un paio più comodo. Con lamenti e mugolii si arrampicò lungo il sentiero ripido che si srotolava in mezzo a un fitto bosco di alberi altissimi. Finalmente al riparo dal sole, si sentì un po' meglio. Una brezza piacevole gi rinfrescò il viso arrossato, asciugando il sudore che inzuppava gli abiti, ma quella felicità effimera svanì in un attimo: il sentiero sembrava non avere fine. Ogni volta che pensava di essere arrivato – 'Ecco, quella dev'essere l'ultima salita', 'Solo questa collina e poi basta' – le sue speranze venivano inevitabilmente distrutte da collinette e ripidi pendii che si susseguivano impietosi. D'improvviso, la suola liscia delle scarpe scivolò. Con un gridolino, si aggrappò al tronco di un'acacia.

A svariati metri da lui, Sujeong balzava svelta sul sentiero, simile a uno scoiattolo volante. Non sembrava per niente affaticata. Molto probabilmente non stava nemmeno sudando. Nel frattempo, lui continuava a scivolare, fradicio di sudore. Non ce la faceva più.

«Ma insomma, vuole rallentare? Alla sua età è più veloce di Usain Bolt, maledizione».

Frustrato com'era, finì per alzare la voce, dimenticandosi della segretezza della sua missione. Sujeong si voltò a lanciargli un'occhiata veloce, e il rumore della sua lingua che schioccava sprezzante riecheggiò per il bosco.

Più si addentravano, più diventava buio. La piacevole umidità portata dal vento fresco si trasformò ben presto in un'orribile sensazione appiccicosa. L'odore di foglie marce gli invase prepotente le narici. Seungbeom sventolò una mano per scacciare i moscerini che gli ronzavano fastidiosi attorno alle orecchie. Quando schiacciò una zanzara che gli si era posata sul braccio, una macchia di sangue rosso si allargò sulla camicia. Per evitare di scivolare di nuovo, scansò i punti ricoperti dalle foglie. Gli prudeva il collo. Allungò una mano per grattarsi e scoprì un'altra puntura di zanzara, fresca e già gonfia.

Da qualche minuto a quella parte, fra i cespugli aveva cominciato a sentire alcuni fruscii sinistri, ma non riusciva a scorgere niente nell'oscurità tetra del bosco. Inquieto, si avvicinò a Sujeong il più possibile. Il cuore gli batteva già forte per la fatica, ma ora che l'ansia si faceva strada dentro di lui, i battiti accelerarono all'inverosimile, rimbombando nella cassa toracica. Che qualcuno li stesse seguendo? Magari… un fantasma?

Proprio in quel momento, qualcosa saltò fuori dal fitto della boscaglia.

«AAAAH!»

Terrorizzato, Seungbeom afferrò d'istinto il braccio di Sujeong e si nascose dietro di lei, facendole perdere per un attimo l'equilibrio.

«Ma che ti prende?»

Strattonandola, Seungbeom indicò un punto davanti a loro. Ed ecco lì!

Un coniglio di montagna che, saltellando, sparì di nuovo nella foresta.

Per ovviare all'umiliazione, Seungbeom sbottò: «Ma insomma, dove diavolo sta andando?» Ancora non lasciava andare il braccio di Sujeong.

«Da una persona che non conosci».

«Non importa, me lo dica lo stesso. Questa foresta è spaventosa».

«E allora perché mi segui?! Vattene a casa».

«Anche peggio» rispose Seungbeom immaginandosi di ripercorrere tutta la strada da solo. Gli venne da piangere al solo pensiero. Sujeong sospirò e scosse la testa, infastidita. Cercò di scrollarselo di dosso, ma lui invece strinse più forte la presa.

«*Aigo*, guarda cosa mi tocca fare! Non posso crederci che devo accollarmi questo idiota» brontolò Sujeong sistemandosi sulla spalla il fagotto più pesante di lei.

Finalmente uscirono dal fitto della foresta e riemersero in una radura dove sorgevano una vecchia casetta e una piccola stalla mezza collassata. Nel cortile, privo di recinzione e invaso da erbacce, si vedeva un antico braciere in pietra e un calderone arrugginito. Sotto il tetto di tegole sbiadite dal sole, le crepe si allargavano come ragnatele sulle pareti di fango della casa, pronte a crollare da un momento all'altro. La carta *changhoji* della porta si era strappata ed era stata rinforzata con pagine di giornale. Sujeong, evidentemente una visitatrice abituale, entrò.

«Salve!» chiamò.

«Oh cielo, cara, ma che ci fai qui? Non dirmi che hai risalito tutta la montagna... Entra, entra!»

In un angolo della stanza, una signora ancora più anziana di Sujeong era distesa su una coperta spessa, ma quando li vide entrare si mise a sedere. Sembrava contenta di vedere l'erborista. Tossì un paio di volte. Magra come un chiodo e piegata dall'età, aveva legato i capelli alla bell'e meglio, fermandoli con un *binyeo* argentato che aveva ormai perso la sua luce. Mentre entrava, Seungbeom percepì l'odore tipico delle case vecchie. Insicuro sul da farsi, si apprestò a sedersi, ma Sujeong lo chiamò.

«Siccome io non sono un dottore, vieni qui e prendi il polso alla signora».

«Prego?»

«Cos'è, pensavi fossimo qui a fare una scampagnata?»

«Be', no, però...»

«Che succede?» chiese la nonnina attraverso i pochi denti che le rimanevano.

«Questo signore ha aperto una clinica di fronte alla mia erboristeria» rispose Sujeong sorridente. «Mi ha seguito per curiosità, ma ci è andata bene: può prenderle il polso e aiutarmi a capire come curarla».

«Oh, ma che gentile! Non so davvero come ringraziarla».

Anche se Seungbeom non era arrivato fin lì aspettandosi un picnic, non aveva certo immaginato che si trattasse di una visita di lavoro. Eppure eccolo, inginocchiato accanto alla vecchia signora con il suo polso ossuto tra le dita. Attraverso la pelle sottile, riuscì a sentire i battiti deboli del cuore. Dopo alcuni secondi, alzò lo sguardo verso gli occhi velati della donna.

«Tiri fuori la lingua, per favore».

La nonnina, come una scolara obbediente, eseguì, mostrando una lingua giallastra.

«Ha la febbre. Per caso ha anche mal di testa?»

Seungbeom le tastò il collo, le spalle, la schiena. Rigidi come legno.

«Ogni tanto ho molto freddo, poi qualche attimo dopo sento caldo».

«Fa anche fatica a digerire, immagino. Ha la nausea? Oppure sente pesantezza alla bocca dello stomaco e del muco in gola?»

La nonnina annuì.

«È un raffreddore caratterizzato da un accumulo di umidità nella zona gastrica. Solitamente non è grave, ma alla sua età il corpo è fragile. Deve fare attenzione. Mangia regolarmente?»

«Non ho appetito…»

Era praticamente pelle e ossa. Per ridursi in quello stato, l'inappetenza doveva durare da parecchio tempo.

«Le avevo detto di sforzarsi a mangiare» la rimproverò Sujeong.

«Non ho voglia di cucinare».

«Gliel'ho ripetuto mille volte che se non mangia si ammala ancora di più. E avevo ragione, guardi come si è ridotta in una sola settimana».

Seungbeom alzò le sopracciglia. Quindi Sujeong era venuta anche pochi giorni prima. Facendo finta di niente, si schiarì la voce e tastò di nuovo il polso della signora.

«Qui, appena sotto il polso, la parte esterna del braccio si chiama *oegwan-hyeol*, quella interna invece *naegwan-hyeol*. Non ho portato i miei aghi, quindi farò pressione con le dita. Le darà un po' di sollievo, ma deve prendere le medicine».

Seungbeom spostò l'attenzione su Sujeong, che stava svolgendo il fagotto che aveva con sé. Era curioso di sapere cosa contenesse. Quando finalmente Sujeong lo aprì, vide che all'interno c'era una scatola piena di svariate confezioni di medicine da farmacia e poi decotti, pillole, polveri, sia di tipo generale che personalizzate per la paziente; aveva portato persino un contenitore da cui spuntavano diversi sacchetti di *banchan* e altro cibo. Seungbeom spalancò la bocca ammirato: era senza parole. Non riusciva a credere che avesse fatto tutta quella strada con quel fagotto sulle spalle. Doveva essere pesantissimo. Senza contare che a un certo punto lui le si era aggrappato addosso come un bambino. Che forza aveva quella donna! Non era da escludere che fosse più forte di lui. Sujeong gli porse un decotto preparato appositamente per l'occasione.

«Cos'è?» chiese lui interdetto.

«Hai detto che le servono delle medicine».

«Io?»

«Ho sentito male?»

«No, ma...» Non si aspettava che sarebbe stata così collaborativa. Borbottando, si alzò in piedi.

«Fa freddo qui» disse Sujeong. «Accendiamo il fuoco in cucina, e usiamo il braciere esterno per preparare questa tisana».

«Come accendo il fuoco?» domandò brusco Seungbeom.

«Non posso certo lasciare che una persona importante come lei si occupi di questioni domestiche». La signora poggiò le mani per terra cercando di alzarsi, ma tremò per lo sforzo.

«Importante? Si figuri». Sujeong la fermò per le spalle. «Rimanga lì, dove pensa di andare in quelle condizioni?»

«Non è difficile, ce la faccio».

Seungbeom sventolò una mano. «Lasci che ce ne occupiamo noi già che siamo qui. Lei riposi».

Seguì Sujeong in cucina, poi s'infilò le scarpe e uscì. Osservò la montagna che si stagliava scura di fronte a lui. Stava giusto pensando che non avrebbe mai trovato il coraggio di attraversarla da solo quando udì dei passi sull'erba e poco dopo Sujeong era in piedi al suo fianco.

«Non c'è molta legna. Vanne a prendere dell'altra. Non dovrebbe essere difficile visto che siamo circondati da alberi. Sicuramente troverai qualche ramo caduto».

«Non sono mica un taglialegna!»

Dall'interno della casa, sentì la nonnina che tossiva. Seungbeom strinse le labbra e si avventurò nella foresta, stando attento a non allontanarsi mai troppo. Proprio come aveva detto Sujeong, i rami spezzati non mancavano. Raccolse quelli più spessi e lunghi e li portò in cucina in un paio di viaggi.

«Avessi saputo cosa mi aspettava non sarei venuto» bofonchiò fra sé. «Quelle due devono aver tramato per farmi faticare. Assurdo. Scemo io che mi sono fatto fregare e l'ho seguita fin qui, convinto che avrei scoperto chissà cosa...»

«Che fai? Muoviti, dobbiamo preparare la tisana» urlò Sujeong dal cortile.

«Arrivo, arrivo».

Borbottando come una pentola di fagioli, Seungbeom recuperò un tronco caduto e lo trascinò verso la casa, facendo cadere le foglie morte ancora attaccate.

Di ritorno in cortile, arrotolò dei fogli di giornale a cui diede fuoco, poi li infilò insieme alla legna nel braciere. Cominciò a soffiare, ma la carta si carbonizzò e scomparve in una nuvola di cenere. Il fumo acre gli riempì le narici, facendolo lacrimare. La legna non voleva saperne di prendere fuoco. Seungbeom si asciugò gli occhi. Fece un secondo tentativo con un fiammifero. Prese altri fogli di giornale, li avvicinò alla fiammella e li infilò nel braciere. La fiamma, rossa e potente fino a un attimo prima, si spense con un gemito.

Sujeong scosse la testa frustrata.

«Ancora non l'hai acceso? *Aigo*, mi farai morire».

Quando si avvicinò, Seungbeom avvertì l'odore rassicurante di riso appena cotto. A pensarci bene, non aveva mangiato niente tutto il giorno. Gli brontolò la pancia. Sujeong lo guardò di sottecchi.

«Non mi sembra tu abbia fatto poi chissà che gran fatica per avere tutta questa fame».

«Ehi, ho lavorato un sacco! E non mangio da ieri sera».

«Nessuno ti ha costretto a seguirmi».

Se ne sarebbe stato volentieri a casa sua se avesse saputo che l'avrebbe messo a lavorare. Ma d'altro canto, i suoi debiti non li avrebbe pagati rimanendo a letto a poltrire, e quello era l'unico motivo per cui stava aiutando Sujeong, anche se controvoglia. Sventolò una mano per disperdere il fumo nell'aria. Sujeong, evidentemente esperta di fuochi, tirò fuori alcuni pezzi di legna e li sostituì con foglie secche e rametti. Accese di nuovo il giornale con un fiammifero, lo infilò nel braciere e usò un ventaglio perché il fuoco attaccasse. Un attimo dopo, una fiammata avvolse la legna. Dopo un altro paio di colpi di ventaglio, Sujeong lo mise da parte.

«Sai preparare tisane, spero».

«Ovvio che sì».

Seungbeom versò dell'acqua in una pentola pulita e aprì la confezione contenente le erbe frantumate. Riconobbe buplero falcato, radice di scutellaria, ginseng, pinellia ternata, liquirizia, zenzero e giuggiole, ingredienti del *socheongryeong-tang*, un rimedio per il raffreddore, l'affaticamento e i disturbi digestivi. Si girò a guardare Sujeong in cucina, incredulo. Era il decotto perfetto per i sintomi della signora. Se sapeva già cos'aveva, allora perché gli aveva fatto fare la diagnosi? Voleva metterlo alla prova? Qualcosa però non tornava. Quando era andata lì la settimana scorsa non poteva sapere che alla donna sarebbe venuto il raffreddore. Che fosse salita di nuovo in un giorno feriale?

Perplesso, Seungbeom versò le erbe nell'acqua e chiuse con il coperchio, poi prese il ventaglio per tenere viva la fiamma. Continuò a rimuginare sulle tempistiche, senza però riuscire a venirne a capo.

«Vieni a mangiare» lo chiamò Sujeong portando un vassoio pieno di cibo nel soggiorno.

Seungbeom non se lo fece ripetere due volte. Quando furono seduti, Sujeong porse il *juk* alla nonnina, sdraiata sulla sua coperta.

«Mangia e poi vai a tagliare la legna in cortile» gli ordinò Sujeong.

Lui strabuzzò gli occhi. «Prego?»

«Devi guadagnarti il pasto in qualche modo. O preferisci che siano due anziane a farlo? Cos'è, non sei in grado?»

'È impazzita' pensò Seungbeom con un sospiro rassegnato.

Finito di mangiare, andò in cortile a tagliare la legna. La lama arrugginita e smussata dell'ascia si abbatté infinite volte sui ceppi. Una pioggia di sudore gli offuscava la vista. Di colpo si bloccò. Cosa diavolo ci faceva lì, a spaccare legna con un'ascia che nemmeno tagliava? Aveva già rischiato di colpirsi il piede, più di una volta.

«Maledizione».

Scaraventò l'ascia a qualche metro da lui. Col cavolo che sarebbe stato al gioco!

«Hai intenzione di metterci tutto il giorno o a un certo punto vogliamo tornare a casa?» disse Sujeong vedendolo rosso in viso per la fatica. Un sorrisetto divertito le incurvò le labbra prima di sparire. Seungbeom sistemò in una pila i ceppi che aveva tagliato e si diresse verso la casa. Sujeong non poté fare a meno di chiedersi per quale motivo il dottore avesse eseguito i suoi ordini senza mai ribellarsi. Di certo non aveva fatto un lavoro eccezionale e spesso aveva dovuto intervenire lei stessa, ma mentre lo guardava vacillare dalla fatica, le sembrò di essersi tolta un peso che le premeva sul petto. Dubitava che Seungbeom l'avrebbe seguita ancora, dopo questa giornata.

Il sole era ormai calato e con l'arrivo della sera il caldo si era affievolito. Seungbeom si lavò il viso nel lavandino. L'acqua, che proveniva da una sorgente sotterranea, era freddissima. Se la passò anche sulle braccia e tra i capelli.

«Mi raccomando, mangi regolarmente e prenda le medicine che le ho dato. La terrò d'occhio. Quando avrà finito con questo decotto e si sentirà un po' meglio, passi a questo. È un tonico».

«Non so davvero come ringraziarti».

«Non si ammali e siamo pari» disse Sujeong avviandosi verso l'uscita.

Dietro di loro, Seungbeom, che si stava tamponando con un asciugamano, disse: «Vengo anch'io, mi aspetti».

«Dottore, grazie mille per oggi».

«Di niente! Si riguardi, e non si dimentichi le medicine. E pasti regolari, mi raccomando» si congedò velocemente Seungbeom.

«Buon ritorno!» salutò la nonnina accompagnandoli fino alla porta.

«Buona notte a lei».

Salutata la donna, Seungbeom si affrettò a raggiungere Sujeong.

«Mi aspetti!»

«Fa caldo, non ti appiccicare».

L'erborista si allontanò di qualche metro. Seungbeom si passò una mano fra i capelli ancora gocciolanti. Tirava una brezza umida e pesante, ma il contatto con la pelle bagnata lo rinvigorì. Prima di addentrarsi nel bosco si voltò a controllare se la nonnina fosse rientrata: ancora sulla soglia della porta, sventolò la mano per salutarlo. Le fece segno di rientrare, ma qualcosa lo bloccò. Di fianco alla signora, vide il fantasma della donna senza gambe e senza occhi che aveva visto la prima volta che si era intrufolato in erboristeria.

Sentì il cuore che sprofondava. Cosa ci faceva lì? Bianco come un lenzuolo, Seungbeom afferrò il braccio di Sujeong che, accigliata, lo guardò e sospirò.

«Hai appena liberato quel fantasma dal suo *han*».

Lo sguardo di Seungbeom rimbalzò tra Sujeong e la casa. Lo spirito si inchinò per salutarlo.

«Cosa… cosa vuol dire?»

Qualche giorno più tardi, Seungbeom incontrò nuovamente il fantasma della casa in montagna. Aveva finito di pranzare e stava sorseggiando una tazza di caffè guardando fuori dalla finestra quando scorse la donna per strada. All'inizio non la riconobbe neppure, tanto era cambiata. Curata e ordinata, sembrava quasi essere tornata in vita. Gli abiti luridi erano stati sostituiti da altri freschi e puliti, e nessuna lacrima di sangue le rigava le guance. Anche l'espressione triste e addolorata era sparita, lasciando spazio a una serenità profonda.

Alle sue spalle camminava un gruppetto.

Finalmente capì cosa significasse 'dieci persone per ogni fantasma': la donna era tornata per saldare il suo debito. Il caffè ormai freddo, Seungbeom osservò il gruppo entrare in erboristeria. Ebbe una fitta allo stomaco, e non per il caffè, ma per l'invidia. Sujeong stessa gli aveva detto che era stato lui ad aiutare quel fantasma! Certo, avevano collaborato, ma il lavoro pesante l'aveva fatto lui.

'Non è giusto!'

Stava per voltare le spalle a quella scena da voltastomaco, ma proprio allora vide che il fantasma stava attraversando la strada con cinque delle dieci persone che aveva portato in erboristeria.

«Mh?»

Sorpreso, incrociò lo sguardo con la donna, la quale gli sorrise e gli rivolse un cenno di saluto. I cinque salirono le scale fino alla clinica con disinvoltura, come se avessero sempre avuto intenzione di venire da lui per un male che li affliggeva da tempo.

Capitolo 9
Sora

«In coreano, *han* è quel sentimento di ingiustizia e rancore che si percepisce quando non riusciamo a raggiungere il nostro obiettivo».

Seungbeom, seduto sul divano, ascoltava Gongsil. L'erboristeria, piena di clienti per tutta la mattina, si era svuotata solo verso ora di pranzo. La merendina del giorno era una *Choco-pie*, che Gongsil infilò intera in bocca prima di ghignare soddisfatta.

«Per esempio, quello che provi ora per non essere riuscito a guadagnare quanto volevi potrebbe essere definito *han*».

«Già, è proprio così».

Seungbeom incrociò le braccia e si appoggiò allo schienale. Nonostante avesse gli occhi puntati sulla televisione, la sua mente era occupata dalle parole di Sujeong. Hai appena liberato quel fantasma dal suo *han*. Quindi curare gli spiriti significava liberarli in qualche modo da questo loro rancore. Gongsil tese la mano vuota verso di lui, e Seungbeom le scartò un'altra *Choco-pie*.

«Ieri è venuta la madre di Sora. Abita poco lontano da qui, a Sogi-ri».

«Dovrei conoscerla?»

Gongsil afferrò la merendina e la inghiottì in un sol boccone.

«Mastichi prima di ingoiare!»

«Non mangiavo una *Choco-pie* da talmente tanto che mi ero scordata quanto fossero buone». Gongsil rise mostrando i denti ricoperti di cioccolata.

«Beata lei che non deve preoccuparsi delle carie. Comunque, cosa stava dicendo della mamma di Sora?» chiese Seungbeom aprendole un'altra merendina.

«Ah, sì. È uno dei fantasmi che Sujeong non è riuscita ad aiutare».

«Davvero?»

La notizia lo sorprese. Pensava che tutti i fantasmi potessero essere curati. Gongsil si leccò le dita sporche di cioccolato.

«Già, il successo non è sempre garantito. Metti che qualcuno ti chiede di uccidere il proprio assassino, lo faresti?»

«Be', no, in effetti». Gli tornò in mente il fantasma che aveva rubato a Sujeong qualche tempo prima. Quando si era rifiutato di aiutarlo, l'uomo, furioso, aveva messo sottosopra la clinica. Solo al pensiero dei soldi che aveva dovuto sborsare per riparare i danni, Seungbeom sentì un sapore amaro in bocca, che addolcì con una *Choco-pie*.

«Ti ho detto di non mangiare le mie merendine».

«Le ho comprate io. Non cambi discorso: cos'è successo con questo fantasma?»

«Sujeong è andata a casa di Sora diverse volte su richiesta della madre, ma ogni volta la mandavano via. Alla fine ha rinunciato».

«E per quale motivo l'hanno chiamata?»

«Sora è malata».

Seungbeom le porse un'altra *Choco-pie*, ma prima che Gongsil potesse afferrarla ritirò la mano. Lei lo guardò strabuzzando gli occhi.

«Cosa credi di fare?»

«Mi prometta di masticare».

«Uff, che palle. E va bene!»

Temendo un altro brutto scherzo, afferrò la tortina arricciando il naso infastidita. Questa volta però, diede un morso e cominciò a masticare. Seungbeom osservò i pezzi di cibo che cadevano inesorabili sul pavimento ogni volta che lei si muoveva.

«Ha mai provato a fasciare la ferita?»

«Eh?»

«La sua pancia».

«Ah, intendi questa» disse Gongsil e sollevò la maglia rivelando lo squarcio verticale che le attraversava la pancia, da cui sporgevano pezzi masticati di *Choco-pie*.

Inizialmente, quella vista lo aveva lasciato agghiacciato, ma oramai Seungbeom si era abituato. Controllando meglio la ferita, si accorse che i bordi erano scuri e asciutti, e il taglio netto, simile a quello che avrebbe potuto effettuare un chirurgo.

«Gli organi sono schizzati fuori durante un incidente stradale. Sono morta ancora prima che i medici potessero fare qualcosa, per questo non si sono preoccupati di ricucirmi a dovere. Io ho provato a fasciarla e usare un busto per tenere tutto fermo, ma era troppo scomodo».

Abbassò la maglia e sventolò una mano per far capire al dottore che era tempo perso. Per la prima volta, Seungbeom la osservò da capo a piedi. Il corpo scheletrico era vestito con un paio di pantaloncini e una maglia a maniche corte con un appariscente motivo floreale, mentre ai piedi indossava delle calze alla caviglia e scarpe, entrambe nere. Accortasi del suo sguardo, Gongsil avvicinò le punte dei piedi come per vantarsi.

«Sono tutti regali di Sujeong. Mi compra vestiti nuovi ogni mese. Forse non lo sai, ma è ricca. Invidioso, eh?»

«Non l'avrei mai detto, ma sì».
«E allora aiuta la mamma di Sora!»
«Come faccio a curare un fantasma che nemmeno Sujeong ha saputo aiutare?»
«Se ci riesci, tutti i fantasmi di Uhwa verranno a saperlo, e la voce si spargerà per tutta la provincia».
Gongsil aveva ragione.
«Quindi è Sora, la figlia, a essere malata, giusto?»
«Sì. La madre vorrebbe che venisse ricoverata in ospedale».
«E perché non ce la porta il padre?»
«La signora è andata in ospedale per un semplice raffreddore, ma è morta. Da allora il marito non si fida più dei medici. Quando Sujeong è andata da loro offrendosi di guarire la figlia, lui non gliel'ha neanche lasciata toccare».
Si trattava quasi di abuso minorile. A ogni modo, bastava solo convincere quel padre testardo. Con un sorriso sornione, Seungbeom annuì. Sembrava un gioco da ragazzi, come mai Sujeong non ci era riuscita? Probabilmente aveva imposto la sua opinione con quell'insopportabile atteggiamento da sapientona.
«Dove si trova la casa?»
«Prendi nota».
Seungbeom prese uno dei volantini che aveva portato con sé.

*

L'auto di Seungbeom si fermò all'ingresso di Sogi-ri. La luce abbagliante del sole gli ferì gli occhi. Indossò gli occhiali scuri e scese dall'auto consultando l'indirizzo che aveva scritto sul retro del volantino. Passato di fronte a un piccolo alimentari, controllò i numeri civici. Circondato dal frastuono delle cicale, superò un albero di zelkova la cui ombra riparava alcune sedie abbandonate. La gente si era rintanata in casa per sfuggire al caldo e non c'era nessuno in giro a cui potesse chiedere indicazioni.

Memore della fatica fatta in montagna con Sujeong, quel giorno indossava una semplice maglietta nera a maniche corte, dei pantaloni leggeri di cotone e delle scarpe da ginnastica bianche. Aveva anche iniziato a fare yoga con Jeongmi per irrobustirsi. Purtroppo, però, non tirava un filo di vento e l'umidità era tale che dopo pochi passi aveva già il fiatone. Camminava seguendo un muro più alto di lui, sbirciando i numeri sulle case. Arrivato al confine del villaggio, l'odore di letame che aleggiava nell'aria si intensificò. Poco dopo comparve un'ampia stalla, all'interno della quale intravide alcuni ventilatori.

«Quante mucche... Chissà quanto costa una».

Superati dei cumuli di paglia, scorse una bimba accovacciata in mezzo alla strada che disegnava con un gessetto bianco. Il vestito rosa, bagnato di sudore, le si appiccicava alla pelle, evidenziando le scapole e le vertebre sporgenti. I capelli lunghi raccolti in una coda, non sembrava per niente infastidita dal sole cocente, intenta com'era a tracciare strane forme sull'asfalto. Sotto a un cerchio aveva disegnato un triangolo, e sotto ancora quello che sembrava un germoglio di soia capovolto. Chissà cosa rappresentava. Seungbeom si levò gli occhiali da sole. Arrivatole vicino, la sua ombra coprì il disegno, e la bambina alzò lo sguardo. Due occhi limpidi si fissarono su di lui, mentre gocce di sudore scivolavano sul viso pallido della bimba. Le mostrò il volantino.

«Ciao! Io sono un dottore che si occupa di medicina tradizionale. Aggiusto le persone che stanno male, quindi non devi aver paura di me, non sono una persona pericolosa. Se non ti spiace vorrei farti delle domande. Per caso tu sei Sora?»

La bambina annuì rigirandosi tra le mani il volantino. Guardò il fronte e poi il retro, dove c'era scritto l'indirizzo di casa sua.

«Dove posso trovare tuo papà?»

Sora indicò un uomo che stava dando da mangiare alle mucche. Seungbeom strizzò gli occhi per ripararsi dal sole.

«Non hai caldo? Puoi disegnare anche all'ombra, sai?»

Sora scosse la testa.

«Okay, ma se hai caldo spostati subito all'ombra».

Una volta che la bambina annuì, Seungbeom s'incamminò verso la stalla. All'interno, i vecchi ventilatori giravano con un rumore frastornante. Circondato dai muggiti delle mucche, si avvicinò al padre di Sora.

«Buongiorno» Seungbeom rivolse all'uomo un inchino profondo.

Lui si fermò e si voltò a guardarlo, asciugandosi il sudore con un asciugamano che portava al collo.

«La conosco?»

«Sono un dottore, lavoro in una clinica orientale in paese. Prima lavoravo a Seoul all'ospedale di medicina orientale Jeil, ma qualche tempo fa mi sono trasferito qui. Come saprà, Uhwa è famosa per la sua aria fresca, le montagne e la gente calorosa. Tutta Seoul ne parla, e io volevo allontanarmi dall'inquinamento della città, e così eccoci qui».

«E cosa vuole da me?»

Il padre di Sora interruppe bruscamente le chiacchiere di Seungbeom. Appena aveva sentito la parola 'dottore', l'uomo si era messo sulla difensiva, e sembrava poco propenso a scambiare cordialità. Capendo l'antifona, Seungbeom andò dritto al punto.

«Sua figlia sembra malata, e vorrei visitarla. Me l'ha chiesto sua moglie».

«Chi le ha detto che è malata? Sora sta benissimo. E mia moglie è morta, non può certo averle chiesto niente. Se ne vada».

«È molto magra. Non lamenta dolori?»

«Le ho detto che sta bene».

«Lasci almeno che le prenda il polso».

«Se osa toccare mia figlia, non gliela farò passare liscia!»

Seungbeom indietreggiò a quell'improvvisa esplosione di rabbia. La morte della moglie doveva aver lasciato quell'uomo più traumatizzato di quanto si aspettava.

«Quello che è successo a sua moglie è stata una terribile tragedia, ma se si ostina in questo modo, una piccola malattia potrebbe essere fatale a sua figlia».

«E lei che ne sa? Voi medici non sapete niente! Mia moglie aveva solo un banale raffreddore. Siete stati voi maledetti ad averla uccisa! E ora volete portarmi via anche mia figlia?!»

«Si calmi, la prego. Non tutti i dottori sono uguali. Quando lavoravo a Seoul, ero uno dei professionisti più competenti...»

«La pianti con le sue sciocchezze e se ne vada!»

«Signore, mi ascolti, per favore...»

«Non se ne va?»

Il padre di Sora si diede un'occhiata attorno, poi afferrò una pala poggiata a un muro e la sollevò sopra la testa. Spaventato, Seungbeom indietreggiò ancora.

«FUORI DI QUI!» gridò l'uomo brandendo la pala, pronto a saltargli addosso. Seungbeom se la diede a gambe.

Si fermò solo quando arrivò all'alimentari all'ingresso del villaggio. Con il fiato corto, si voltò a controllare che il padre di Sora con gli fosse corso dietro. Al riparo dal sole sotto l'ombra della zelkova, Seungbeom riprese fiato ed entrò nel negozio. Oltre la porta aperta, l'odore di stantio dell'interno buio e silenzioso gli pizzicò le narici. Sui vecchi scaffali c'erano qualche sacchetto di patatine e merendine, delle buste di *ramyeon* istantaneo e bottiglie di salse e condimenti. Attraversò il negozio e raggiunse il frigorifero, da cui emanava un ronzio assordante, e prese una bottiglietta d'acqua.

«Vorrei pagare per favore!» chiamò Seungbeom prima di svitare il tappo e bere a canna.

Quel caldo torrido era già abbastanza per irritarlo, ma la cocciutaggine di quell'uomo era stata la goccia che aveva fatto traboccare il vaso. Aveva ignorato il bel discorso che si era preparato, senza ascoltare nemmeno una parola. Seungbeom si scolò tutta l'acqua, che purtroppo non era fredda come avrebbe voluto. Forse il frigo era rotto, o la temperatura non era abbastanza bassa. Andò verso il bancone di gelati accanto all'entrata.

«C'è nessuno?» chiamò di nuovo.

«Arrivo!»

Quando aprì il congelatore, l'aria fredda gli colpì il viso. Frugò tra i vari gelati finché scovò il suo preferito, un ghiacciolo all'anguria. Dal retro del negozio spuntò un uomo corpulento e Seungbeom tirò fuori il portafoglio.

«L'acqua e questo, per favore».

«Viene da casa di Sora?» chiese il proprietario prendendo i contanti.

«Come fa a saperlo?»

Seungbeom scartò il ghiacciolo e l'uomo indicò qualcosa alle sue spalle. Voltandosi, vide Sora che faceva capolino dalla porta.

Il frinire assordante delle cicale gli riempiva le orecchie. Seungbeom e Sora si sedettero fianco a fianco, gustandosi i loro gelati.

*

Scendendo dalla macchina, Seungbeom si massaggiò la nuca. Negli ultimi giorni, approfittando dei momenti in cui non c'erano pazienti, era andato a Sogi-ri, dicendo a Jeongmi che aveva delle visite a domicilio. Sora, che non aveva molto di meglio da fare, sgattaiolava via all'insaputa del padre e Seungbeom controllava che durante la notte non fosse peggiorata. Sora non parlava, ma comunicava a gesti, annuendo o scuotendo la testa. Inizialmente pensava che la bambina fosse muta, ma ogni tanto l'aveva sentita chiamare il padre, e così si era intestardito nel convincerla a parlare anche con lui.

«Prova a dire, 'dottore'».

Le provò tutte, dalle caramelle alle merendine, ma Sora si limitava a scuotere la testa.

«Non mi parli perché tuo padre ti ha detto di non dare confidenza agli sconosciuti?» chiese Seungbeom, e questa volta la bambina annuì.

«Be', ma ormai siamo amici, no?»

Niente da fare. Rassegnato, le diede un pacchetto di patatine. Sora lo aprì e gliene offrì una. Seungbeom le accarezzò i capelli.

«Sei proprio una brava bambina, devo riconoscerlo a tuo padre» disse. «E quindi, oggi dov'è il tuo papà?»

Il padre di Sora, che non sopportava Seungbeom, lo evitava nascondendosi sempre in posti diversi: un giorno era nella stalla, un altro nel campo di mais dietro la montagna, qualche volta nella serra o nel campo di lattuga. Sapendo che l'uomo era ricco e sperando in una bella ricompensa una volta che avesse salvato la figlia, Seungbeom tentava disperatamente di ingraziarselo e utilizzava le sue doti di oratore per fargli cambiare idea sugli ospedali e i dottori. Aveva ripetuto infinite volte quanto bravo fosse come medico, ma il padre di Sora non faceva altro che fissarlo con odio e i loro incontri finivano sempre con l'uomo che gli si rivoltava contro e lo inseguiva con la pala. Ormai Seungbeom aveva persuaso persino le mucche a farsi visitare da lui, eppure il padre di Sora non gli permise mai di avvicinarsi alla figlia.

Tornato da Sogi-ri, Seungbeom mangiò qualcosa a casa e poi si recò in clinica. Negli ultimi giorni l'aveva un po' trascurata, impegnato a studiare i sintomi di Sora. Per lui questa era una grande opportunità: se fosse riuscito a liberare un fantasma dal suo *han* senza l'aiuto di Sujeong, il suo nome avrebbe guadagnato prestigio nel mondo degli spiriti. Inoltre, curare Sora sarebbe stata la prova definitiva delle sue capacità come medico, e gli abitanti di Uhwa non avrebbero avuto altra scelta se non prenderlo sul serio. Il padre della bambina viveva lì da anni, aveva un sacco di soldi, ed era conosciuto nella comunità. La notizia della guarigione di Sora si sarebbe sparsa velocemente. Purtroppo però, anche quella giornata era stata infruttuosa e aveva passato il tempo ad acchiappare cavallette con Sora. Forse non ci era ancora riuscito, ma era convinto che mancasse poco per convincere il padre, perciò stava preparando tutto l'occorrente per aiutare la bambina.

«Che fai in giro tutto il giorno?» chiese all'improvviso

la voce di Sujeong. Seungbeom sobbalzò. La donna era in piedi all'ingresso dell'erboristeria, con le mani intrecciate dietro la schiena.

«Mi ha fatto prendere un colpo».

«Cos'è, hai la coscienza sporca?»

«Si figuri. Ho solo paura che mi verserà un'altra secchiata d'acqua addosso».

Imbarazzato per essere trasalito a quel modo, raddrizzò schiena e spalle. Sujeong però lo guardava con un'espressione severa.

«Be', non rispondi? Dove te ne vai in questi giorni?»

«A prendere un po' d'aria fresca nei dintorni. E comunque non vedo perché dovrei rendere conto a lei dei miei spostamenti».

«Aria fresca, eh? L'importante è che non combini guai».

«Guai? Io?»

«Certo, tu. Se non fai le cose per bene, si arrabbieranno».

Che esagerata. Non era certo un intenditore di fantasmi, ma doveva pur iniziare da qualche parte. E gli errori erano parte del processo di apprendimento. Se la prese, soprattutto perché si stava facendo in quattro per riuscire a convincere il padre di Sora a portarla finalmente in ospedale.

«Per caso mi è proibito curare i fantasmi? Esiste un regolamento che stabilisce che può farlo solo lei? Me lo faccia vedere! Altrimenti, mi lasci in pace».

Seungbeom si lasciò Sujeong alle spalle e s'affrettò su per le scale della clinica borbottando.

«Crede di sapere tutto lei! Ma come si permette di giudicarmi in questo modo?»

La clinica era immersa nell'oscurità quasi totale se non

per la luce di un lampione che filtrava dalla finestra. Si diresse verso la reception per accendere le luci.

«Vedrai come abbasserà la cresta una volta che sarò riuscito ad aiutare Sora!»

Con un click, la sala d'attesa s'illuminò e Seungbeom si ritrovò faccia a faccia con una donna.

«AAAH!»

Terrorizzato dalla comparsa improvvisa del fantasma, Seungbeom arretrò di scatto. Nel panico, sbatté il ginocchio e l'anca contro lo spigolo della scrivania, e quando si piegò in avanti per il dolore, colpì la testa contro il muro. Gli faceva così male che vide le stelle. Con le lacrime agli occhi, si rannicchiò nell'angolino, ma la donna gli si avvicinò.

«C-chi è lei? Cosa... Cosa vuole da me?»

«Sono la madre di Sora».

«Prego?»

*

Il giorno successivo, Seungbeom parcheggiò l'auto vicino all'alimentari come faceva di solito. Scese dal veicolo con movimenti lenti. Il ginocchio e l'anca gli facevano ancora male. Comprò una scatola di merendine e si diresse verso casa di Sora. La bambina, appoggiata a una balla di fieno, gli corse incontro appena lo vide. Zoppicava un po'.

«Non correre o cadrai».

Quando Seungbeom le offrì una merendina, si accorse che Sora faceva fatica a metterla a fuoco. Alzò un dito di fronte a lei e lo mosse a destra e a sinistra. Gli occhi della bambina ritardarono a seguire il movimento. Seungbeom si fermò e, tenendo un dito teso, le chiese: «Quante sono?»

Sora gli mostrò due dita. Brutto segno. Le pupille tremavano, sdoppiando gli oggetti. Seungbeom si guardò attorno, senza trovare il padre.

«Mangia finché tuo padre non c'è, o finiamo nei guai come l'altra volta. Fammi vedere il viso». Si accorse che era più pallida del solito. «Ti va di raccontarmi quando ha iniziato a uscirti sangue dal naso?»

Sora lanciò un'occhiata alla stalla. Il padre doveva averla avvertita di non rispondere a nessuna domanda.

«Va bene, non devi dirmelo per forza. Mangia, su».

Lasciandola da sola, Seungbeom si diresse verso la stalla. Sul retro trovò il padre che spalava letame dentro una carriola.

«Buongiorno! Vedo che anche oggi si fatica. Dev'essere esausto».

«Mi pare di averle detto di non venire più».

L'uomo infilò la pala nel mucchio di letame. Sarebbe stato davvero umiliante venir picchiato con quell'attrezzo. Rabbrividendo al solo pensiero, Seungbeom si grattò la nuca poi si lanciò nel solito discorso sulle sue abilità di medico prodigioso.

«Deve sapere che mi basta prendere il polso di una persona per capire di cosa ha bisogno. Mi pare di averle già detto che ho lavorato al Jeil, l'ospedale di medicina orientale specializzato in oncologia di Seoul. È uno dei centri più rinomati dell'intera Corea. Può immaginare quanto difficile sia venire assunto lì. Scelgono solo professionisti del più alto livello, e indovini chi si è distinto fra questi medici d'élite?»

«Lei. Me l'ha detto talmente tante volte che potrei recitarle la storia a memoria!»

«Esattamente! Per questo vorrei che mi affidasse sua figlia. Chi meglio di me?»

«Se è così sveglio, perché diavolo non capisce quando le dico di andarsene?»

Seungbeom guardò con circospezione la mano dell'uomo, che stringeva la pala. Ricordò quello che gli aveva rivelato la madre di Sora riguardo alla condizione della figlia. Dovevano agire in fretta. Se l'uomo avesse finito per picchiarlo, tanto meglio! L'avrebbe usata come scusa per portare Sora in ospedale.

«Bisogna ricoverare sua figlia, o potrebbe accadere il peggio. Ho saputo che qualche giorno fa le è sanguinato il naso ed è svenuta. Non lasci che la sua testardaggine trasformi un problema da niente in una tragedia».

«E lei che ne sa!»

«Ecco, io...» balbettò lui. Non poteva dirgli che era stata la sua defunta moglie a riferire quelle informazioni.

«Sora! Jeong Sora!»

La bambina arrivò correndo.

«Ti ho detto di non uscire di casa!»

Convinto che fosse stata lei a parlare con Seungbeom, la voce del padre si fece tagliente.

«Signore, non è stata Sora a dirmelo...»

Senza lasciarlo finire, l'uomo prese la figlia per un braccio e la trascinò in casa.

*

La luce del tramonto dipingeva di rosso la sala d'attesa della clinica dove regnava un silenzio supremo. Dopo la lite della sera precedente, non poteva nemmeno andare in erboristeria da Sujeong. Seduto nel suo studio con le braccia appoggiate sulla scrivania, guardava il cielo cremisi quando all'improvviso il rumore di un vetro rotto ruppe la quiete. Seungbeom raddrizzò la schiena e chiamò Jeongmi.

«Si è rotto qualcosa?»

«No, non mi pare» rispose la ragazza, che stava sfogliando un libro. Tese le orecchie per sentire meglio. «Credo provenga dall'erboristeria».

«Cosa?»

Seungbeom saltò in piedi e andò alla finestra. Una folla di curiosi si era fermata davanti al negozio, dalla cui porta aperta volavano boccette ed erbe d'ogni tipo. Seungbeom si precipitò verso l'erboristeria, rischiando di farsi investire da un'auto. Il clacson risuonò per la strada mentre il veicolo ripartiva.

«È impazzita? Come si permette di andare in giro a dire che mia figlia è malata!»

Il padre di Sora urlava contro Sujeong, lanciando qualsiasi oggetto gli capitasse sottomano. Nonostante l'uomo stesse distruggendo il suo negozio, Sujeong lo fissava impassibile.

«Non capisco di cosa stia parlando».

«È passata a casa nostra un milione di volte pretendendo di portare Sora in ospedale. Non faccia la finta tonta! Sa benissimo che quell'altro idiota di un dottore è venuto a vantarsi di poterla guarire. Mia figlia non è malata!»

L'uomo afferrò una bilancia e la scagliò contro il muro. A quel punto il ferramenta, un uomo corpulento, si fece strada dentro il negozio. In piedi di fianco al padre di Sora, sembrava un orso pronto ad attaccare un cervo. Gli afferrò la mano prima che potesse poggiarsi sul mortaio che aveva adocchiato.

«Ora basta. Sarai anche arrabbiato, ma non puoi distruggere il negozio di qualcun altro. Senza contare che mi sembra di capire stiano cercando di aiutarti».

«Non sono affari tuoi, Choi! Mi stanno rovinando la vita. E devono smetterla di dire che mia figlia è malata. Sora sta benissimo!»

L'uomo urlò con tutto il fiato che aveva in corpo, direzionando il suo odio verso Sujeong. A quel punto, Seungbeom s'intromise.

«È con me che dovrebbe prendersela, non con la signora Go. Sono venuto di mia spontanea volontà, lei non c'entra niente. Ma la prego di ragionare. Se ama tanto sua figlia, perché lascia che faccia la fine di sua moglie? Voglio solo aiutarla!»

«Certo che non sai davvero quando zittirti!» disse Sujeong colpendolo in mezzo alla schiena. Lo schiaffo risuonò per tutto il locale. Dopo un altro paio di ceffoni, Seungbeom si divincolò.

«Ehi, fa male!»

Con un gesto brusco, Sujeong lo afferrò per il braccio e lo trascinò fuori.

«Se lui dice che Sora non è malata, perché insisti?»

«E lei perché ha insistito?»

«Io ho rinunciato! Vattene».

«Al diavolo». Seungbeom si scrollò di dosso Sujeong, che lo guardò sorpresa. «La bambina qualche giorno fa ha cominciato a perdere sangue dal naso, ha mal di testa continui, ed è svenuta. Adesso soffre anche di nistagmo. Non riesce a mettere a fuoco gli oggetti. Vomita e fa fatica a camminare. Me l'ha detto sua madre. È ovvio che...»

«Piantala!» urlò Sujeong interrompendolo. Solo allora si rese conto che il gruppetto di curiosi lo stava fissando. Tutti sapevano che la madre di Sora era morta.

«Brutto idiota, come ti permetti di prenderti gioco di mia moglie?»

Il padre della bambina si lanciò verso Seungbeom, ma il ferramenta lo trattenne. Dalla folla si alzò un brusio.

«Maledizione».

Seungbeom girò i tacchi e tornò in clinica, inseguito dai bisbigli dei vicini.

*

«Bevi».

Jeongmi gli porse una birra. Seduto in sala d'attesa a fissare stordito il cielo scuro, Seungbeom guardò la lattina per un momento prima di accettarla. Sul tavolino di fronte, Jeongmi allestì un buffet di patatine e calamaro essiccato. Chissà quando era uscita a comprare tutto quel ben di Dio, si chiese Seungbeom, notando un sacchetto di plastica che strabordava di birra e *soju*.

«Oggi offro io!» dichiarò la ragazza facendo un brindisi con le lattine, poi prese un lungo sorso. «Ah, che buona. Be', non bevi?»

Seungbeom eseguì. La birra fredda gli solleticò la gola. Dopo che ne ebbe scolata quasi metà, Jeongmi prese un pezzo di calamaro e glielo ficcò in bocca, poi stappò una bottiglia di *soju* e ne versò un po' nella lattina mezza vuota di Seungbeom.

«Mescola prima di bere!»

«Non eri tu quella che si rifiutava di bere *somaek* fino a qualche tempo fa?»

«Sì, perché è troppo buono. Ne bevo sempre a fiumi e finisco per scordarmi tutto la mattina dopo». Masticando un tentacolo, riempì anche la sua lattina di *soju*. «Vedrai, questo ti ridarà coraggio».

«Perché, ora mi manca?»

«Decisamente».

Seungbeom buttò giù il cocktail.

«Certo che le persone sono proprio ridicole» sbottò Jeongmi. «Che motivo c'era di urlare e sventolare pugni a destra e a manca? Sperava di umiliarti, ecco cosa! Tu invece volevi solo aiutarlo, capire perché la bambina stesse male. Non capisco cosa ci sia da arrabbiarsi, non sa quanto sei bravo nel tuo lavoro?»

«Forse non avrei dovuto tirare in ballo la moglie».

«Questo è vero. Ho sentito che è morta l'anno scorso».

Seungbeom la osservò mentre chiacchierava e mangiava patatine tranquilla.

«Come hai scoperto quando è morta?»

«Me l'ha detto il ragazzo che lavora al minimarket».

«Ah sì?»

Vedere Jeongmi che si preoccupava per lui lo commosse. Forse con lei avrebbe potuto confidarsi.

«Voglio dirti una cosa perché mi fido di te, Jeongmi. Vedi, io...»

«Un attimo! Non puoi fare discorsi seri mentre sto masticando» disse lei con un pezzo di calamaro che spuntava tra le labbra. Strizzò gli occhi e lo sputò in un fazzoletto, si sciacquò la bocca con del *somaek*, poi annuì con fare solenne. «Okay, vai. Sono pronta».

Prendendolo come un buon segno, Seungbeom deglutì e le confessò il suo segreto.

«Vedo i fantasmi».

Jeongmi lo fissò confusa. Era l'ultima cosa che si sarebbe aspettata. Quando finalmente registrò quello che aveva detto, disse: «Be'... sei impazzito, mi sembra ovvio».

«Dico davvero. La madre di quella bambina è venuta a cercarmi proprio ieri».

«Ma sei serio?»

Jeongmi rimase a bocca aperta. Seungbeom cominciò a spiegare con gesti concitati.

«Lo giuro. Ieri quando sono venuto qui in clinica, c'era la mamma di Sora ad aspettarmi. Per questo sono al corrente dei sintomi della bambina così nel dettaglio».

«Ora ho capito perché ti hanno dato del matto prima. Chi vuoi che ti creda? Faccio fatica pure io. La signora Go doveva essere furiosa. Aspetta. I primi giorni che siamo arrivati, tu... non hai detto di aver visto un fantasma in erboristeria? Che la signora Go ci stava parlando? Quindi... anche lei li vede?»

«Ah, ecco... sì. Mi spiace dirtelo solo ora, ma è per quello che andavo così spesso in erboristeria. Sujeong cura i fantasmi».

«Sono davvero fantasmi *morti*? Magari riusciamo a scattare una foto. Potremmo aprire un canale YouTube». Gli occhi di Jeongmi brillavano, pieni di aspettativa.

«Tanto perché tu lo sappia, è impossibile fotografarli» disse Seungbeom con fermezza.

Delusa, Jeongmi lanciò sul tavolo la patatina che aveva in mano e bevve un sorso di birra. Poi con un sorrisetto disse: «Ci hai pensato anche tu, eh?»

Capitolo 10
Salvate questa bambina!

Bang, bang, bang!

Qualcuno bussò alla porta della clinica. I tonfi incessanti svegliarono Seungbeom, assopito sul divano. Fuori era ancora buio. Dopo la serata trascorsa con Jeongmi, era rimasto in studio per fare altre ricerche riguardo alla malattia di Sora fino a quando si era addormentato. Quando si mise a sedere, la stanza cominciò a girare. Ancora intontito dal sonno e dall'alcol, faticava a muoversi. Chi diavolo poteva essere a quell'ora?

«Chi è?»

Bang, bang, bang!

Quella continua pioggia di colpi gli rimbombava nella testa. Sentì montare la rabbia.

«La finisca o butterà giù la porta!» Finalmente si alzò e andò ad aprire: Sujeong. «Cosa vuole a quest'ora?»

Pallida come un lenzuolo, l'erborista si scostò e dietro di lei Seungbeom vide il padre di Sora, che portava la bambina tra le braccia. Il sonno lo abbandonò di colpo. La maglia dell'uomo era intrisa di vomito e Sora respirava a fatica, priva di sensi.

«Si è svegliata con il mal di testa, ha vomitato e poi è svenuta».

«Bisogna andare in pronto soccorso!» strillò Seungbeom.

«No, l'ospedale non… Ha detto che l'avrebbe salvata. La prego, mi aiuti».

«Non riesce a fidarsi dei medici nemmeno in una situazione del genere?»

«Mi dispiace».

«Dottore, la prego» supplicò una voce di donna. Seungbeom vide la madre di Sora in piedi accanto al marito. Si grattò la testa per una frazione di secondo, indeciso sul da farsi, poi si fece da parte.

«Portatela nella sala di agopuntura!»

Seungbeom osservò il viso della bambina che giaceva sul lettino. Sollevò delicatamente le palpebre chiuse per controllare gli occhi, quindi prese un asciugamano inumidito e le pulì la bocca.

«Nausea e mal di testa sono dovuti a un aumento della pressione intracranica. Dobbiamo abbassarla in fretta, sfrutterò i dieci punti vitali *sibseon-hyeol*».

Seungbeom disinfettò la punta delle dita di Sora e praticò una piccola puntura su ognuna, da cui cominciò a fuoriuscire un rivolo sottile di sangue. Subito dopo, prese a massaggiare il corpo rigido e freddo della bambina. Passato qualche minuto, le controllò il polso. Ora che aveva ridotto la pressione sanguigna, il battito, irregolare fino a poco prima, iniziò a stabilizzarsi.

Sora dormiva, il viso cereo incorniciato dai capelli impregnati di sudore. Seungbeom la guardò. Un macigno gli pesava sul petto. La malattia era più avanzata di quanto avesse immaginato. Si era vantato di poterla guarire, ma il tempo giocava contro di lui. Bisognava portare Sora in ospedale il prima possibile. Gli tornarono in mente gli occhi limpidi della bambina la prima volta che avevano mangiato assieme il gelato. Sujeong, in piedi accanto al lettino, le passava un panno bagnato sulla pelle per pulire le macchie di sangue. Aveva il naso rosso per il pianto.

«Allora, qual è la tua diagnosi?»

«Medulloblastoma. Ho visto questi sintomi altre volte».

«È curabile?»

Seungbeom strinse le labbra. Sebbene avesse studiato giorno e notte la malattia e avesse cercato una cura, lui non poteva fare nulla. Guardò il volto pallido della bambina.

«Servono esami più approfonditi. Se ho ragione, dev'essere operata immediatamente. Qui non ho le attrezzature».

«Quindi?»

Seungbeom si voltò verso il padre di Sora, seduto dietro di lui.

«Sua figlia ha bisogno di andare in un ospedale attrezzato con personale esperto. Il posto perfetto sarebbe il Jeil, a Seoul. Il direttore è un luminare in questo campo, ha già aiutato diverse persone con la stessa patologia. Anche se è un ospedale di medicina orientale, si appoggiano a quella occidentale quando serve. Se il tumore non si è propagato troppo, ci sono buone probabilità che Sora si riprenda. Vuole salvare sua figlia o no?»

«Puoi garantire che sarà il direttore a occuparsene?» chiese Sujeong. «Sora dev'essere curata subito, riuscirebbe a darle la priorità? Immagino che abbia una lunga lista di pazienti».

Seungbeom però la ignorò e ripeté la domanda al padre: «Insomma, vuole salvarla sì o no?»

L'uomo alzò la testa. Con il volto rigato di lacrime, guardò sua figlia.

«Può davvero aiutarla?»

«Farò tutto il possibile» annuì determinato Seungbeom.

Il padre di Sora chinò la testa. «La prego, dottore. Non la lasci morire».

Appena sentì quelle parole, Seungbeom si precipitò ad afferrare le chiavi della sua auto.

Fuori si era fatto giorno. Sdraiarono la bambina sui sedili posteriori e Sujeong le si sedette di fianco, sollevandole con cautela la testa e portandosela sul grembo. Seungbeom coprì il gracile corpicino con una coperta per ripararla dal freddo, poi chiuse la portiera.

In quel momento arrivò Jeongmi, che si era svegliata presto per portare dell'*haejang-guk* a Seungbeom dopo la bevuta della sera prima. Percependo che qualcosa non andava, corse verso di lui.

«Che succede?» chiese notando le macchie di sangue sulla sua camicia.

«Sora sta peggio di quanto pensassi. Andiamo a Seoul. Occupati tu delle prenotazioni di oggi per favore».

«Non andrai mica al Jeil?» Jeongmi lo afferrò per un polso. Come poteva tornare di sua spontanea volontà nel posto da cui era stato cacciato? Credeva che sarebbe stato accolto a braccia aperte? Lo avrebbero fatto a pezzi. Aveva già una marea di problemi a cui pensare, perché aggiungerne un altro?

Seungbeom, sapendo cosa stava pensando, le strinse con delicatezza la mano.

«Andrà tutto bene, sia per Sora che per me». Poi si voltò verso il padre della bambina. «Mi segua, e se dovesse perdermi di vista si diriga direttamente al Jeil».

«Va bene».

«Mi raccomando, stia attento. Non possiamo permetterci un incidente».

«Certo».

Seungbeom gli diede una pacca sulla spalla prima di

accomodarsi al volante. Il padre di Sora fece lo stesso, la moglie che non poteva vedere al suo fianco. Seungbeom mise in moto e partì in direzione di Seoul.

*

Partiti all'alba, arrivarono nella capitale che era ancora mattina. Seungbeom riuscì a districarsi con destrezza nel traffico mattutino, prendendo scorciatoie che aveva imparato negli anni. Finalmente giunsero al Jeil. Sujeong guardò impressionata l'edificio gigantesco, incredula che Seungbeom fosse stato uno dei medici migliori di quell'ospedale. Quando la macchina si fermò di fronte all'ingresso, una guardia gli corse incontro.

«Non può parcheggiare qui... Oh? Dottor Kim, è lei?»

«Abbiamo una paziente con urgente bisogno di cure. Spero possa chiudere un occhio».

«Mi dispiace ma non posso farle lasciare la macchina qui».

Seungbeom lanciò le chiavi alla guardia e, mentre prendeva tra le braccia Sora, disse: «Mi farebbe un gran favore se potesse parcheggiarla lei al posto mio. Grazie!»

«Dottore, aspetti!»

Senza rispondergli, Seungbeom corse dentro l'edificio. Il piano terra, dove si trovavano l'accettazione e gli uffici per la prima consultazione, era già affollato. Altre guardie, avendo sentito il trambusto, cercarono di fermarlo.

«Signore, deve prima fare l'accettazione».

«Ho solo bisogno di un momento con il direttore».

«Il direttore? Ha un appuntamento?»

«Certo. Ditegli che Kim Seungbeom lo sta aspettando».

Una delle guardie si ritirò negli uffici dell'amministrazione per telefonare al direttore. Era sicuro che Jintae si sarebbe precipitato a controllare, se non altro per curiosità.

«Cos'è questo casino?»

Sentendo una voce familiare, il viso di Seungbeom si accartocciò in un'espressione di sofferenza. Di fronte a lui c'era Giyun. A giudicare dal suo tono arrogante, doveva aver osservato la scena fin dall'inizio.

«Ma guarda un po' chi abbiamo qui» disse fingendosi sorpreso. «Niente popò di meno che il dottor Kim. Non sei stato licenziato proprio qualche mese fa? Cosa ti porta al Jeil? Pensavo non avresti più messo piede qui dentro».

La folla di visitatori si girò verso di loro.

Una vocina dentro Seungbeom replicò: 'Vuoi farti sentire da tutto l'ospedale?' Ma la ricacciò indietro appena in tempo. Sora era sempre più fredda. Giyun lanciò un'occhiata alla bambina. Forse non era un medico migliore di Seungbeom, ma aveva due grandi abilità: la prima era che capiva al volo come stavano le cose, e la seconda era la sua innata capacità di irritarlo. Il sorrisetto soddisfatto che stirò le labbra del suo arcinemico gli fece intendere che aveva intenzione di usarle entrambe a suo vantaggio, ma Seungbeom lo fermò prima ancora che potesse aprire bocca.

«Solo per questa volta».

Giyun lo guardò di sbieco.

«Aiutami solo per questa volta» ripeté Seungbeom.

«Cosa?»

«Mi dispiace per il pugno, sul serio. Non ci ho più visto quando hai tirato in ballo i miei genitori. Lo sai che è un argomento che mi fa scattare. Sono esploso».

Preso alla sprovvista dalle sue parole, Giyun si accorse che la folla di curiosi li stava osservando.

«Non è stato solo per quello che mi hai colpito».

«Hai ragione, lo ammetto. Ti ho sempre invidiato. I tuoi genitori hanno fatto di tutto per te, investendo soldi a destra e a manca. Solo un idiota non sarebbe geloso. Tu avevi tutto, e io invece non avevo nulla. Per questo ho sempre voluto essere un gradino sopra di te. Alla fine, come hai visto, ho fallito. Mi dispiace».

Seungbeom sembrava improvvisamente rimpicciolito. Giyun indietreggiò, senza capire perché il suo acerrimo nemico si stesse comportando così. Non era il tipo che si scusava con facilità, cosa voleva? Dalla folla di pazienti che li circondava si alzò un mormorio sempre più insistente.

«Ti stai prendendo gioco di me?»

«So che non dovrei essere qui, ma ti prego, prenditi cura di questa bambina. Sei un medico capace, i pazienti ti adorano. Puoi aiutarla».

«Mi spieghi cosa diavolo stai cercando di fare?» urlò Giyun, stufo di quei giochetti.

Proprio allora, il telefono in amministrazione squillò. Un impiegato prese la chiamata e, mentre chinava il capo per rispondere, Seungbeom guardò in alto, verso la terrazza interna all'ultimo piano. Kim Jintae era lì in piedi, che lo fissava con il cellulare all'orecchio. I loro sguardi s'incrociarono, e il direttore gli fece segno di raggiungerlo. L'impiegato mise giù la cornetta e raggiunse a Seungbeom.

«Ha detto di salire».

«Chi? Cosa?» strillò Giyun furioso.

Seungbeom s'inchinò, poi si accostò al suo ex collega e sussurrò: «Rilassati. Sei rosso come un peperone e hai gli occhi fuori dalle orbite. Per caso hai anche le vertigini? Mi sa che è l'ipertensione. Prendi del *samhwangsashim-tang*. Sai cos'è, vero?»

Mentre Giyun allungava la mano per afferrargli i capelli, Seungbeom scivolò via, raggiungendo Sujeong poco lontana. Un sorriso compiaciuto gli incurvò le labbra.

«Aspetti qui. La chiamerò appena Sora sarà ricoverata» disse all'erborista prima di salire in ascensore, che si aprì con tempismo perfetto. Premette il pulsante per l'ultimo piano e le porte si richiusero. Il suo viso si rifletteva sul metallo dorato. Ricordò quando, mesi prima, aveva preso lo stesso ascensore, diretto verso lo stesso ufficio. Allora aveva un aspetto curato, con i capelli pettinati all'indietro e lucidi, mentre adesso era trasandato, il volto stanco. Eppure, per qualche motivo, si sentiva sereno. Fra le sue braccia, il fragile corpicino di Sora tremava.

*

Arrivato all'ultimo piano, la segretaria gli andò incontro e gli fece strada. Varcata la soglia dell'ufficio del direttore, la morbida moquette inghiottì il suono secco delle sue suole. Jintae, seduto sulla sua imponente poltrona, sorseggiava un tè.

«Se avevi intenzione di creare tutto questo scalpore, non avresti potuto darmi un colpo di telefono?»

Il liquido caldo scomparve nella bocca del direttore con un risucchio.

«È davvero urgente».

«Che cosa?»

«Questa bambina. Ha sette anni, dai sintomi sembra essere medulloblastoma».

«Non hai fatto degli esami?»

«Non ho l'attrezzatura necessaria».

Jintae annuì.

«Se mi fossi trovato nei tuoi panni, anch'io sarei corso qui. Ma questo non vuol dire che intenda occuparmene. Sai quanti pazienti sono in lista d'attesa per ricevere un mio consulto? Non ho abbastanza tempo libero per farmi coinvolgere dai tuoi giochetti, né sono tanto generoso da aiutare un ex dipendente che io stesso ho licenziato».

Prese un altro rumoroso sorso di tè, poi schioccò le labbra gustandosi la bevanda. Quel suono insopportabile rimbombò nelle orecchie di Seungbeom. Posò Sora sul divano e gli occhietti neri di Jintae lo seguirono. Poi, di colpo, Seungbeom s'inchinò di fronte a lui.

«Ho visto l'articolo che ha fatto circolare. Mi rendo conto di essere stato una spina nel fianco, e vorrei scusarmi. Me ne pento molto. Non avrei mai dovuto sfidare la sua autorità. Posso assicurarle che non accadrà più. La prego di perdonarmi».

La fronte di Seungbeom toccava il pavimento. Jintae abbassò la tazza in porcellana e si appoggiò allo schienale della poltrona. Accavallò le gambe, osservando il suo ex dipendente prostrato al suo cospetto. Avrebbe voluto immortalare il momento con una foto, ma si trattenne per semplice rispetto delle buone maniere. Guardò la bambina che giaceva sul divano. Con la sua presenza, Seungbeom aveva già combinato un macello, attirando troppe attenzioni. Che lo avesse fatto apposta? Era un tipo astuto e qualcosa gli diceva che se non avesse aiutato la bambina, avrebbe sicuramente sfruttato la cosa per rovinare la sua reputazione. Jintae divaricò le gambe e si schiarì la voce.

«Accetto le tue scuse. Non posso certo lasciar morire una povera bambina innocente. Me ne occuperò personalmente, non preoccuparti».

A quell'offerta, il viso di Seungbeom riacquistò colore. Jintae non l'aveva mai visto così.

«Posso chiederti perché tieni così tanto a lei?» domandò curioso.

«Be', perché… è la mia prima paziente».

Jintae scoppiò in una grassa risata, lasciando Seungbeom confuso.

«Cosa ti è successo? Sei cambiato».

«Prego?»

Lasciato l'ufficio del direttore, Seungbeom ancora non riusciva a capire cos'avesse voluto dire Jintae con il suo ultimo commento. Non gli sembrava di essere cambiato. Si riferiva all'inchino che gli aveva fatto, ingoiando il suo orgoglio? In realtà, Seungbeom non aveva mai avuto intenzione di spingersi fino a tanto. Pensava che sarebbe stato sufficiente scusarsi e fare appello alla compassione di Jintae; in caso non fosse bastato, lo avrebbe pregato di curarla ricordandogli che avevano ancora un conto in sospeso da quando si era intascato la sua bustarella senza offrirgli niente in cambio. Credeva che sarebbe stata un'umiliazione adeguata. Ma nel momento in cui si era ritrovato di fronte a Jintae, con Sora fra le braccia, aveva capito che c'era solo una cosa che voleva con tutto se stesso: salvare la bambina. E a quel punto, prostrarsi di fronte al suo ex direttore gli era sembrata una cosa da nulla.

Forse era cambiato davvero.

Arrivato al piano terra, sentì le sirene di un'ambulanza. Il Jeil era nato come ospedale di medicina orientale, ma ormai integrava perfettamente anche le pratiche occidentali. Sul retro dell'edificio, riservato alle cure tradizionali, c'era infatti l'ala di medicina moderna. L'ambulanza si fermò proprio lì, di fronte al pronto soccorso. I paramedici scaricarono il paziente in barella, che passò subito nelle mani di dottori e infermieri.

Proprio allora, un medico arrivò correndo in direzione di Seungbeom.

«Largo, fate largo!»

Nella foga, l'uomo lo urtò e Seungbeom fece appena in tempo a spostarsi. Si massaggiò la spalla, intorpidita da un brivido gelato, e si voltò a guardare il medico che correva via.

«Caspita, non mi aspettavo di incontrare medici fantasma!» borbottò tra sé. Il padre di Sora, che era arrivato poco prima, gli corse incontro appena lo vide.

«Dottor Kim, dov'è Sora? Com'è andata?»

Seungbeom lo accompagnò al banco di accettazione.

«Siamo fortunati, il direttore ha promesso di occuparsene personalmente. Venga da questa parte a firmare i documenti per il ricovero».

Detto questo, gettò uno sguardo alla madre di Sora, che li aveva seguiti per tutto il tempo. Il suo viso aveva ripreso colore. Il marito, invece, scoppiò in singhiozzi.

«È tutta colpa mia. Ho ignorato la malattia della mia bambina, ripetendomi che sarebbe migliorata, che sarebbe passata presto... Mi dispiace. Non so come ringraziarla dottore, se non fosse stato per lei...»

«Non è il momento di piangere. Ancora non sappiamo quanto tempo ci vorrà perché Sora si riprenda completamente. Dovete essere forti».

«Mi scusi? In che senso, 'dovete'»?

«Mh?»

Fra i due calò il silenzio. Il padre di Sora non sapeva che sua moglie era lì di fianco a lui, ovviamente.

«Intendo dire che anche la signora si starà preoccupando, in cielo. Ecco, sì. Entrambi dovete farvi forza. A proposito, dov'è la signora Go?» Seungbeom cambiò velocemente argomento.

«Ha detto che andava a prendere una boccata d'aria».

«Bene, la raggiungo. Lei, nel frattempo, vada a compilare i documenti, d'accordo?»

*

Poco prima, Sujeong aveva lasciato il padre di Sora, tremante di paura, nella sala d'ingresso, ed era uscita nel cortile dell'ospedale. Alcuni impiegati chiacchieravano passeggiando. Soffiava un vento tiepido e umido che prometteva pioggia, proprio come le nuvole che oscuravano il cielo. Si sedette su una panchina e osservò la foresta di grattacieli grigi che si stagliavano di fronte a lei. La nebbia sfocava i contorni del panorama urbano, e l'aria pesava come un macigno.

Sujeong notò un trio di dottoresse in camice bianco che parlottavano fra di loro.

«Ho sentito che il dottor Kim è qui. Pare che lui e il vicedirettore Song abbiano dato spettacolo nell'atrio».

«Ma dai?»

«Chi è il dottor Kim?»

«Ah, in effetti tu non lo hai conisciuto, visto che sei arrivata da poco. Era uno dei nostri esperti di medicina orientale. Era anche un incredibile pallone gonfiato. Si rifiutava d'indossare abiti che non fossero di qualche marchio di lusso. Ha creato un sacco di problemi perché ha un carattere terribile e i pazienti non facevano altro che lamentarsi. Solo che essendo molto bravo, la gente andava da lui lo stesso. Di conseguenza è diventato sempre più famoso, e non potete capire le arie che si dava. Era così ossessionato dal successo che alla fine ha passato una bustarella al direttore per assicurarsi il posto di vice. Incredibile, non credi? Che arrogante. Quando è stato scoperto l'hanno licenziato. È finito pure sui notiziari».

«Davvero? Ora capisco perché il vicedirettore non ha saputo tenergli testa poco fa. Ma quindi cosa è venuto a fare?»

«Non saprei. Sembra avesse un appuntamento con il direttor Kim, forse l'ha chiamato per parlargli?»

«Di certo non ha intenzione di assumerlo di nuovo!»

«Spero proprio di no, non dopo tutto il casino che ha creato!»

«Zitte!»

Seungbeom arrivò proprio in quel momento, superò le tre donne in camice bianco e si fermò raggiante di fronte a Sujeong.

«Il padre di Sora mi ha detto che l'avrei trovata qui».

Sujeong lanciò un'occhiata al gruppetto di dottoresse, che si affrettò a dileguarsi. Seungbeom le guardò perplesso svanire all'interno dell'edificio.

«Le hanno dato fastidio?»

«Dimmi di Sora» tagliò corto lei.

«È andata bene. Il direttore se ne occuperà personalmente. Ho lasciato suo padre a completare le pratiche per il ricovero, e Sora è pronta per gli esami. Siamo solo all'inizio però».

«Be', è comunque una buona notizia».

Sujeong si alzò. Il macigno che le premeva sul cuore non voleva saperne di sparire. Si diede dei piccoli pugni sul petto sperando di sbloccarlo.

«Che succede? Ha sete? C'è un distributore d'acqua laggiù».

Senza rispondere, Sujeong si allontanò. Come si aspettava, odiava tutto di Seoul. Proprio allora, quasi a voler sottolineare il suo stato d'animo, dal cielo cominciò a cadere una fitta pioggia.

Capitolo 11
Il dottor Jo Geunwoo

Ancora prima che iniziasse l'orario delle visite, la sala d'attesa buia del Jeil si riempì di persone. L'odore di medicinali impregnava l'aria. Fra le chiacchiere dei pazienti, gli impiegati presero posto alle loro scrivanie. Le luci della sala si accesero e gli sguardi della folla si concentrarono sul tabellone digitale, in attesa che comparisse il proprio numero.

Medicina generale, neurologia, traumatologia, malattie infettive, cardiologia, oftalmologia... Man mano che venivano smistati a seconda dei sintomi, i pazienti raggiungevano il piano di competenza e si accomodavano in attesa del proprio turno. Sugli schermi di fronte agli studi dei medici si srotolavano liste di nomi che lampeggiavano con un *ding* quando era il momento del prossimo paziente, il quale veniva accompagnato dall'infermiera in uno degli uffici. Il tempo di visita variava, a volte durava solo una manciata di minuti, altre superava la mezz'ora. Anche chi aveva prenotato spesso finiva per aspettare oltre il suo orario.

Intanto, l'ospedale si riempiva di rumori. Bambini che piangevano, colpi di tosse, chiacchiere fra pazienti e dottori, annunci che risuonavano per i corridoi alla ricerca di medici, la sirena lontana di un'ambulanza. Il sole si riversava attraverso le finestre che punteggiavano ogni lato dell'edificio, allungando i suoi raggi fino a sparire al tramonto.

Al pronto soccorso arrivò un paziente in condizioni critiche, con gambe e braccia fratturate. Qualcuno gridò che era stato vittima di un incidente stradale. La barella su cui giaceva era intrisa di sangue. Notando l'addome gonfio, un medico urlò a un'infermiera: «Dobbiamo portarlo subito in sala operatoria! Chiama il dottor Kim in anestesiologia, e controlla quale chirurgo è disponibile».

Il dottore, magro e con i capelli unti attaccati alla fronte, sembrava malato lui stesso, tanto che, se non avesse avuto il camice, sarebbe passato per un paziente. L'infermiera non rispose, e chiamò invece un altro medico, il quale la raggiunse e controllò le condizioni dell'uomo in barella.

«Che stai facendo? Dev'essere operato subito!» urlò il primo dottore mentre il collega esaminava il paziente, assistito dall'infermiera. Entrambi lo ignorarono. L'uomo allora, furioso fino a un attimo prima, lasciò cadere le spalle sconfitto e uscì dal pronto soccorso strascicando le ciabatte. Una volta fuori, fece un profondo respiro.

«Figurati se mi ascoltano».

Abbassò la testa e ficcò le mani nelle tasche, ma le tirò fuori subito dopo, tremante.

«Un medico che non riesce a salvare una persona che sta morendo davanti ai suoi occhi è inutile» mormorò osservandosi le dita lunghe e ossute. S'infilò le mani nei capelli. «Mi sono ammazzato di studio, e alla fine sono morto ancor prima di poter fare davvero qualcosa. Che umiliazione!»

Il medico si accasciò a terra, scoppiando in un pianto disperato. Poi, dal nulla, qualcuno gli picchiettò sulla spalla. Spaventato, si voltò di scatto. L'ospedale era pieno di fantasmi. Ne era terrorizzato e quindi faceva di tutto per non incontrarli, ma forse questa volta aveva attirato troppa attenzione su di sé. Guardando meglio, vide che davanti a lui c'era un uomo – vivo e vegeto – vestito in un completo di marca che gli sorrideva.

«Salve! Lei è il dottor Jo Geunwoo, sbaglio?» domandò Seungbeom leggendo il nome sulla targhetta appuntata al camice. Il fantasma si affrettò a coprirla.

«È l'angelo della morte? La prego, non mi porti via. Non sono pronto ad andare nell'aldilà… Non è giusto. Voglio diventare medico fin da bambino. Ho dedicato tutta la mia vita a questo sogno, non ho fatto altro che studiare, senza mai prendermi un attimo di pausa. Quando finalmente sono riuscito a diventare un chirurgo traumatologo speravo di poter seguire le orme del professor Lee Gukjong e salvare delle vite ma… sono morto senza mai riuscirci! Non… non è giusto!»

Geunwoo si passò un braccio sul viso per asciugare le lacrime, ma invece si ritrovò la manica sporca di sangue. Seungbeom si guardò attorno per assicurarsi che nessuno li stesse osservando, poi si chinò sul suo orecchio.

«Lasci che la liberi dal suo *han*».

*

Le luci erano spente nella strada su cui affacciava l'erboristeria, immersa nel silenzio della sera. L'abbaiare di un cane riecheggiò nell'oscurità. Di tanto in tanto, un'auto sfrecciava davanti al negozio, o lo sferragliare di un treno in lontananza inghiottiva il frinire dei grilli.

In piedi sul tetto dell'edificio della clinica, Seungbeom accese un fuoco all'interno di un braciere da campeggio. Le fiamme crebbero pian piano, e il fumo acre gli pizzicò il naso mentre tirava fuori da una scatola alcuni oggetti avvolti nella pellicola.

«È sicuro che bruciandoli passeranno nel mio mondo?» chiese scettico il dottor Jo Geunwoo, in piedi al suo fianco.

«L'ho visto con i miei occhi».

Nonostante la fermezza della sua risposta, anche Seungbeom aveva qualche dubbio.

Quando aveva incontrato per caso il dottore fantasma a Seoul, gli era venuta un'idea. Se i medici vivi potevano aiutare gli spettri liberandoli dal loro *han*, forse un dottore fantasma poteva essere in grado di curare le loro ferite. Per questo ora i due si trovavano sul tetto di fronte a un falò, decisi a provare se quell'ipotesi fosse fondata oppure no.

Seungbeom gettò nel fuoco una confezione ancora sigillata di filo da sutura insieme a un ago, poi prese un camice e una divisa, dei guanti, alcune mascherine e buttò tutto tra le fiamme.

«Sicuro che ti servano anche questi?» domandò Seungbeom. Non riusciva a capire perché mai avesse bisogno di guanti e mascherine. Dubitava che i fantasmi potessero prendersi un'infezione.

«Aiuteranno i fantasmi a fidarsi di me, proprio come il camice bianco di un medico è simbolo di fiducia per gli umani» spiegò con calma Geunwoo. Poi, gli occhi puntati sugli oggetti che venivano mangiati dalle fiamme nel braciere, esclamò: «Oh!» Affondò una mano fra le ceneri nere e, a uno a uno, tirò fuori gli strumenti che avevano bruciato, ora trapassati nel suo mondo.

Seungbeom rimase senza parole. Aver già assistito a quella scena non la rendeva meno sorprendente.

«Be', il primo esperimento è stato un successo» sussurrò Geunwoo, e Seungbeom allora prese la scatola e rovesciò il resto del contenuto nel braciere. Bisturi, pinze, forbici, batuffoli di cotone, una lampada frontale... lingue di fuoco li avvolsero, trasformandoli in cenere.

L'odore di legna bruciata si disperse nell'aria notturna.

Dopo essere sceso al primo piano, Seungbeom spinse la porta di vetro della clinica che si aprì con il familiare scampanellio. Lasciò che si richiudesse alle sue spalle e premette l'interruttore. Le luci si accesero con un lieve ronzio.

Si diresse nella sala di agopuntura e notò che la tenda attorno a uno dei lettini era tirata. Quando l'aprì, trovò Gongsil sdraiata a pancia in su, la maglia sollevata a mostrare la ferita. Aveva gli occhi chiusi. Dietro Seungbeom apparve Geunwoo, che indossava il camicie e aveva con sé tutti gli strumenti che avevano bruciato poco prima, pronto a operare. Dopo una breve preghiera, Geunwoo inspirò a fondo e buttò fuori l'aria, poi guardò Seungbeom, il quale annuì.

«Allora, procediamo» disse il ragazzo con determinazione. Proprio allora però, Gongsil spalancò gli occhi e li puntò su Seungbeom.

«Senti, ma è proprio necessario? Tanto sono già morta».

«Gongsil, voglio liberarla dal suo *han.* Si fidi di me, anzi, si fidi di questo giovane dottore. Ora si sdrai e si rilassi».

Geunwoo annuì a sua volta.

«Esatto, signora Yoon. Lasci fare a me. Procedo all'incisione».

Gongsil sollevò di nuovo la testa, senza capire perché diavolo volesse tagliarle di nuovo la pancia già squarciata, ma Geunwoo le premette una mano sulla fronte per farla sdraiare. Il dottore fece una piccola incisione sull'addome, avvicinò i lembi di pelle e cominciò a mettere i punti di sutura.

«Oh, funziona!» esclamò Geunwoo. Fino a poco prima, era preoccupato che si sarebbe rivelato un fallimento. «Anche questo esperimento è un successo!»

Seungbeom gli rivolse un sorriso smagliante. 'Lo sapevo sono un genio!'

«Gongsil, mi dica cosa vuole. *Jjajangmyeon*? *Jjamppong*? *Galbi*? Le compro tutto quello che vuole».

«E con quali soldi, scusa?»

«Non preoccuparti, perché finalmente ho trovato la mia miniera d'oro!»

Provò un incredibile moto d'affetto per Geunwoo, concentrato sulla sutura. La maggior parte dei fantasmi era coperta di tagli, oppure mutilata. Grazie a quel colpo di genio, gli si prospettava un futuro radioso. Avrebbe fatto i milioni!

Solo al pensiero di tutti i pazienti che gli avrebbero portato i fantasmi, Seungbeom si sentì euforico. Una risata gli sgorgò dalle labbra, come se avesse rilasciato un respiro trattenuto troppo a lungo. E la ciliegina sulla torta era che ora Gongsil poteva mangiare quello che voleva trattenendolo nello stomaco, e finalmente sentirsi sazia!

«Signora Yoon, sente dolore?» chiese Geunwoo continuando a suturare la ferita.

«Non sarei un fantasma in quel caso» rispose Gongsil ironica, mascherando l'ansia. Alzò la testa e si morse le labbra. Quando Seungbeom le aveva detto di aver trovato un medico fantasma, aveva accettato, seppur riluttante, di farsi ricucire, con la promessa che avrebbe potuto mangiare tutto ciò che desiderava. Era però preoccupata che Seungbeom ne avrebbe approfittato per non portare a termine la sua parte dell'accordo.

Da quando Seungbeom aveva liberato la madre di Sora dal suo *han*, la fama del dottore si era rapidamente diffusa tra i fantasmi. Siccome era riuscito laddove nemmeno Sujeong aveva avuto successo, gli spiriti si accalcavano fuori dalla porta della clinica, proprio come avevano previsto lui e Gongsil. Quest'ultima però temeva che il dottore sarebbe stato troppo occupato e si sarebbe dimenticato del loro patto iniziale. Nel frattempo, Sujeong peggiorava ogni giorno di più, e Gongsil non poteva aspettare oltre. Non avrebbe lasciato andare la sua amica da sola. Seungbeom doveva sbrigarsi a rubare l'urna.

Ma lui era troppo preso dai suoi sogni di ricchezza per accorgersi delle preoccupazioni di Gongsil.

Capitolo 12
L'*han* di Gongsil

Un tifone si abbatté sul paese. Le cicale, silenziose finché imperversavano vento e pioggia, ricominciarono a farsi sentire appena il cielo tornò sereno. Iniziavano a cantare dalle prime luci dell'alba fino a notte fonda, con una tenacia esasperante. Finite le pulizie, Jeongmi chiuse con un tonfo sordo la finestra, i doppi vetri che attutivano quel canto incessante. Il caldo afoso dell'estate si riversò nella sala d'attesa, trasformandola in una vaporiera gigante. Jeongmi accese l'aria condizionata.

«Andrai in erboristeria anche oggi?» chiese spillando le pagine di un giornale per evitare che si sparpagliassero in giro. Seungbeom, sprofondato nella poltrona del suo studio, alzò lo sguardo e sospirò. Jeongmi spostò gli occhi su di lui.

«Cosa significa quel sospiro?»

Tornato da Seoul, il viso di Seungbeom risplendeva come un fiore appena sbocciato, ma da qualche giorno era di nuovo giù di morale. Jeongmi si era chiesta se fosse perché non aveva potuto salvare Sora per conto suo, ma il motivo sembrava essere un altro. La bambina, ricoverata al Jeil, aveva cominciato a parlare, e una volta al giorno chiamava Seungbeom, che non mancava di chiederle come stesse e se stava mangiando regolarmente. Durante le telefonate appariva leggero e spensierato, ma appena metteva giù, tornava a rabbuiarsi.

«Hai per caso chiesto al direttore se avesse intenzione di riassumerti?»

«È un tipo che non dimentica facilmente».

«Ti ha detto di no, eh?»

«Hm». Seungbeom incrociò le braccia.

Jeongmi piegò il giornale, lo mise da parte e posò il mento sulle mani, appoggiata al bancone.

«Quindi è per questo che sei giù?»

Seungbeom, lo sguardo diretto al soffitto, sospirò di nuovo, sprofondando ancora di più nella poltrona.

«Ma cos'avete voi donne?»

«Perché, la signora Go ti ha detto qualcosa? O ti riferisci a quel fantasma, Gongsil?»

Di fronte alla facilità con cui Jeongmi aveva tirato fuori l'argomento, Seungbeom si raddrizzò e la guardò negli occhi, tondi e spalancati. La facilità con cui certe volte lei sembrava leggergli nel pensiero lo stupiva sempre.

«Come fai a saperlo? Parlo nel sonno per caso?»

«Per quanto ne sappia, loro due sono le uniche donne che ti stanno attorno, oltre a me. Non ci vuole un genio per capire di chi stai parlando. Cos'hai combinato stavolta?»

«Il problema è che non lo so! Sujeong mi ha chiesto di aiutarla e così ho fatto. Sembrava andare tutto bene quando siamo andati a Seoul».

«Ora che siete tornati invece siete di nuovo ai ferri corti?» chiese Jeongmi incrociando anche lei le braccia. Seungbeom strinse i braccioli della sedia e cominciò a lamentarsi.

«Adesso anche Gongsil mi si è rivoltata contro! Mi evita. L'ho aiutata, quindi dovrebbe presentarmi dei fantasmi da curare, invece niente! Ho fatto davvero un ottimo lavoro, sai? Senza contare che pur di salvare Sora sono andato strisciando da quel bastardo di Giyun! Mi sono addirittura inginocchiato di fronte al direttore...»

«Cosa?» Jeongmi scattò in piedi, incredula. Lo stesso uomo che aveva tenuto la testa alta anche quando era stato licenziato e praticamente deriso dall'intero ospedale, si era inginocchiato?

Seungbeom strinse le labbra.

«È acqua passata. A ogni modo io non ho fatto niente di sbagliato! Eppure, entrambe mi trattano come un appestato». Si rannicchiò sulla poltrona.

Jeongmi si rimise a sedere, portandosi una mano alla fronte, pensierosa. Non poteva credere che si fosse prostrato di fronte allo stesso uomo che non solo mesi prima lo aveva buttato fuori, ma che si era anche intascato i suoi soldi. Era sotto shock. Per quanto importante potesse essere un paziente, non riusciva a comprendere cosa avesse spinto un tipo orgoglioso come Seungbeom a comportarsi in quel modo. Che il tempo a Uhwa lo avesse cambiato? O forse era solo una questione di soldi? Cosa poteva essere?

Persa nelle sue elucubrazioni, Jeongmi lanciò un'occhiata a Seungbeom, che si era di nuovo accasciato mollemente sulla poltrona. Poi, come contagiata dalla sua malinconia, sospirò.

Proprio allora, la porta si aprì con un tintinnio: la proprietaria del negozio di coperte, che aveva appuntamento alle undici e mezza.

«Buongiorno» la accolsero Seungbeom e Jeongmi, poi quest'ultima chiese: «Come va il mal di testa?»

«È un po' migliorato, ma c'è ancora».

«Venga, si accomodi. Le effettuerò un drenaggio sanguigno alla testa» disse Seungbeom.

«È sicuro che non ci saranno problemi? Sa, sono diabetica, non vorrei mi venisse un'infezione».

«Non si preoccupi, è solo una stimolazione superficiale».

Piano piano i pazienti stavano aumentando, segno che la campagna promozionale di Jeongmi stava dando i suoi frutti. Ugualmente, ciò che Seungbeom aveva fatto per Sora aveva contrinbuito a risanare la sua immagine, e molte persone avevano iniziato a rivolgersi a lui spontaneamente. Alle nove di quella mattina aveva fatto visita la proprietaria del negozio di riso, che aveva avuto un incidente durante le consegne; alle dieci era stato il turno del sarto, che lamentava dolori alle spalle e ai polsi a forza di cucire. Avevano prenotazioni a ogni ora. Seungbeom avrebbe dovuto essere contento, tuttavia avvertiva un fastidio pungente, come una scheggia conficcata nel petto.

«Sei curioso di sapere perché?» chiese Jeongmi di colpo quando lui riemerse dalla sala delle visite.

Seungbeom alzò lo sguardo verso il soffitto, pensieroso. Sujeong era sempre stata fredda nei suoi confronti, quindi non era una gran novità, ma non avrebbe proprio saputo dire perché anche Gongsil ora sembrava arrabbiata. Voleva liberarsi da quella sensazione di disagio il prima possibile, e così annuì.

«Allora devi chiedere».

«Come?»

«Sii onesto e chiedi il motivo del loro comportamento. Una volta che hai la risposta, se è colpa tua scusati. Continuare a rimuginare è inutile. Chissà, magari alla fine è solo una sciocchezza».

Aveva ragione. Nel caso avesse fatto qualcosa di sbagliato, bastava scusarsi. Incoraggiato dalle parole di Jeongmi, Seungbeom si sfilò il camice spiegazzato.

«Chiedere quando non si sa. Okay, perfetto!»

Si passò una mano fra i capelli. Avrebbe comprato le

merendine preferite di Gongsil e sarebbe andato a parlarle. Stava per uscire quando Jeongmi lo afferrò per un braccio.

«Aspetta!»

«Che c'è?»

«Non comportarti nel tuo solito modo scontroso. Fai un bel respiro e rilassati».

*

«È arrabbiata con me?» chiese Seungbeom irrompendo nella sala d'attesa vuota dell'erboristeria, in piedi davanti a Gongsil. Sotto consiglio di Jeongmi, aveva provato a calmarsi con qualche respiro profondo, ma aveva finito per ottenere l'effetto opposto. Teso e in ansia, le parole erano uscite come frecce pronte a colpire, intervallate soltanto dai suoi respiri affannosi.

Gongsil, che stava guardando la replica di un drama in televisione, lo fissò con gli occhi spalancati dalla sorpresa.

«Da quando siamo tornati da Seoul lei... lei...» 'Mi evita? È fredda? Mi ignora?' Mentre cercava le parole giuste, un'ondata di caldo lo infiammò. Cos'era quella sensazione? «Perché mi tratta così?»

Gli tremava la voce. Mise le mani sui fianchi e inspirò a fondo. Quando finalmente si fu calmato, si rese conto di non essere nemmeno passato dal supermercato.

«Maledizione, ho dimenticato di comprarle le merendine».

«Seungbeom, ora il lavoro va meglio?»

«Meglio? Il fatto che io sia qui a quest'ora dovrebbe farle capire che non è ancora il massimo».

«Hai liberato la madre di Sora dal suo *han*, e hai anche salvato la bambina».

«Be', sì. In effetti».

A chi importava se si era inginocchiato. Seungbeom si sedette di fianco a Gongsil. Per qualche minuto, l'unico suono nell'erboristeria furono i dialoghi provenienti dalla televisione. A disagio in quel silenzio forzato, Seungbeom lanciava occhiate furtive a Gongsil, l'unghia del dito che grattava sui pantaloni. Arrabbiata com'era, non si sarebbe stupito se si fosse rifiutata di presentargli altri fantasmi. Magari non voleva nemmeno più vederlo. In tal caso non avrebbe più avuto nessuna scusa per andare in erboristeria. Gli sembrava di essere tornato ai primi giorni a Uhwa. E il suo conto in banca era vuoto proprio come allora.

'Sono ancora da solo'. Sobbalzò. Che pensieri ridicoli andava facendo! Scosse la testa per scacciare quell'idea.

«Adesso tocca a me però, devi liberarmi dal mio *han*. Non basta avermi ricucito».

Seungbeom la guardò. «È per questo?»

«Hai avuto successo con Sora, no?»

«No, aspetti. Quindi è arrabbiata perché pensava che non l'avrei aiutata?»

«Lo farai?»

Seungbeom scoppiò a ridere. Jeongmi aveva proprio ragione: bastava chiedere!

«Ma certo! Che diamine. Non poteva dirmelo invece di mettere il muso? Avremmo evitato quest'incomprensione! Anche se non dovessi più curare alcun fantasma, farò di tutto per liberarla dal suo *han*!»

«Hai detto di non voler diventare un criminale».

«Tecnicamente, l'urna è sua. Si tratta solo di restituirla alla legittima proprietaria. Vedrà, sarà tra le sue mani prima di quanto crede! Quindi la smetta di essere arrabbiata».

«Non lo sono, infatti. Le mie merendine quando le porti?»

A quelle parole, Seungbeom scattò in piedi. «Vado subito a prenderle» disse uscendo dall'erboristeria. Mentre stava valutando se comprarle un set di dolci tradizionali al mercato, s'imbatté nel signor Choi.

«Oh, dottore!» lo chiamò il ferramenta, fermo davanti al suo negozio piegato in una posizione innaturale. Seungbeom attraversò la strada per raggiungerlo, e un brivido scosse l'omone.

«Si è fatto male alla schiena?» chiese aiutando il signor Choi, il quale si appoggiò a lui con una risata imbarazzata. Sotto la presa possente di quelle mani, Seungbeom vacillò.

«Si vede che sei un professionista, hai capito subito! Ho fatto bene a chiamarti».

«Vuole che le faccia una seduta di agopuntura?»

«Secondo te riesco a salire le scale? Che situazione. Stavo sistemando i peperoncini per farli seccare e guarda te se non mi sono ritrovato con la schiena bloccata».

Il signor Choi si muoveva con difficoltà, e Seungbeom, per evitare che entrambi finissero per terra, cercò di rimanere saldo sulle sue gambe.

«Perché non ha fatto installare un ascensore nell'edificio? Ora sarebbe stato molto utile».

Con una risata, il signor Choi disse: «E chi se lo aspettava che mi sarebbe venuto il colpo della strega essiccando peperoncini in cortile?»

«Va bene, ho capito che è stata colpa dei peperoncini. Cerchi di mettere più forza nelle gambe. Mh... No, no, meglio che rimanga qui. Vada in negozio e mi aspetti, torno con gli aghi».

Gli occhi dell'uomo si arrossarono di lacrime.

«Mi dispiace aver detto che sei un maleducato. Non avevo idea che fossi così disponibile!»

A dir la verità, gli aveva rivolto insulti ben peggiori, ma Seungbeom si limitò a sorridergli. Dopotutto la sua 'gentilezza' era dovuta al fatto che voleva evitare di rompersi l'osso del collo cadendo dalle scale mentre lo accompagnava di sopra.

«Non si preoccupi. Ah, le visite a domicilio hanno un prezzo extra».

*

Gongsil guardò fuori dalla finestra. Suo marito, con un completo logoro e vecchio come lui, superò il ferramenta. Ogni giorno sempre la stessa storia. L'abito gli pendeva floscio dalle spalle smagrite, troppo grande per lui. Quando vide Seungbeom si fermò di colpo. Yeongho si sforzò di nascondere il suo disgusto.

«Signor Jang!» lo salutò il dottore, in maniera affabile. «Come sta?»

Il vecchio lo fissò. Spostò il peso su una gamba, mise una mano sul fianco e sbuffò.

«Che coincidenza, ti stavo proprio cercando. Mi hai creato un bel po' di guai, sai? Dopo essermi fatto in quattro per aiutarti e averti elogiato con tutti i miei amici, è così che mi ripaghi? Cos'hai da dire in tua difesa? Parla!» urlò.

Seungbeom abbassò la testa.

«Non ho scusanti per l'imperdonabile errore commesso con il signor Chang. A furia di lamentarsi, è riuscito nell'ardua impresa di farmi perdere la concentrazione. Si figuri che a un certo punto credevo che il medico fosse lui! Mi rammarica profondamente non aver saputo ricambiare la sua straordinaria gentilezza, signor Jang. Davvero riprovevole da parte mia».

Era ridicolo che il vecchio gli facesse le pulci su un episodio successo mesi prima. Seungbeom non era il tipo da ascoltare in silenzio le sue ramanzine e lasciarsi umiliare, così aveva infarcito le sue scuse di una buona dose di sarcasmo.

«Be', qualsiasi cosa abbia fatto il signor Chang, un dottore dovrebbe sempre essere cortese!»

«Ma certamente, lei ha ragione. È anche vero però che la fiducia tra medico e paziente è fondamentale. Senza, non ci sono le basi perché il rapporto vada avanti e accadono eventi spiacevoli come questo. Spero che possa comprendermi».

Il signor Jang si schiarì la voce ma non disse niente. Seungbeom allora lo salutò e s'incamminò verso la clinica. Un sorriso amaro si dipinse sulle labbra di Gongsil, che aveva osservato tutta la scena. Se lei avesse osato ribattere con tale audacia, il marito non gliel'avrebbe fatta passare liscia.

Attraversata la strada, il vecchio si avvicinò all'erboristeria. Nonostante la corporatura scheletrica, non aveva perso l'aria intimidatoria e autoritaria. Gongsil lo fulminò con lo sguardo, poi i suoi occhi si posarono sull'urna che teneva in braccio, dove le sue ceneri marcivano.

«Signor Jang, sta facendo una passeggiata?» chiese una donna uscendo dall'erboristeria con un sorriso forzato e un movimento della mano.

«Ah, salve! Come sta?»

«Sono venuta a prendere qualche medicina per i miei acciacchi. Lei invece sembra ringiovanire ogni giorno che passa!»

Soddisfatto delle lodi, Yeongho rise mettendo in mostra la dentiera. La donna diede un'occhiata all'urna.

«Vedo che porta ancora in giro la sua signora. Che marito devoto! Chissà quanti viaggi meravigliosi avete condiviso quand'era ancora in vita, innamorati come eravate».

«Eh, già. Ho fatto tutto quello che potevo per mia moglie. Ma avrei potuto fare ancora di più...»

'Che faccia tosta'.

Ogni volta che lo vedeva darsi arie come se quell'urna fosse una specie di premio per i suoi sforzi, a Gongsil veniva da vomitare. La donna salutò il signor Jang e non appena gli ebbe voltato le spalle, il sorriso di circostanza che le piegava le labbra sparì. Yeongho si avvicinò alla finestra e sbirciò all'interno, incrociando lo sguardo con Gongsil. Un brivido le percorse la schiena, preoccupata che potesse vederla, ma si trattava solo di una coincidenza. Yeongho distolse lo sguardo e sputò un grumo di catarro di fronte all'erboristeria. Gongsil strinse i pugni tremanti. Si alzò di scatto e uscì in strada.

«Dove vai?» chiese Sujeong dietro di lei, ma non rispose. Mentre si allontanava, udì l'amica che schioccava la lingua, sottolineando la sua disapprovazione.

*

«Quindi va a dormire alle otto di sera?» chiese Seungbeom guardando l'orologio da polso, in piedi sulla collina che offriva una vista diretta sulla casa del signor Jang. Teneva quasi sempre le luci spente. Solo il pallido bagliore della televisione illuminava il soggiorno, ma dopo qualche secondo l'abitazione piombò nel buio. Il cielo ormai scuro, la luce del lampione si rifletteva sul quadrante dell'orologio da polso: le otto precise.

«Con la vecchiaia ha iniziato ad andare a letto presto» spiegò Gongsil. «Ha anche smesso di assumere alcolici. Da giovane beveva come una spugna, ma ora non ha più il fisico. È deciso a vivere ancora a lungo, per questo ha preso abitudini sane. Sai perché è così magro? Perché una volta ha sentito che mangiare poco fa bene alla salute».

«Era così anche quando lei era viva?»

«Figurati! All'epoca s'ingozzava che era un piacere. Odiava che gli altri gli sottraessero il cibo». Gongsil arricciò il naso.

«Adesso è ancora troppo presto, potremmo incappare in occhi indiscreti. Aspettiamo le dieci, quando starà già dormendo da un po'. Sa se per caso ci sono telecamere di sorveglianza nei dintorni, oppure in casa?»

«E con quali soldi le avrebbe comprate?»

«Meglio così. Più tardi entriamo in azione. Wow, chi l'avrebbe mai detto che un giorno mi sarei ritrovato a intrufolarmi in casa d'altri? Ho già il cuore che batte a mille».

Seungbeom sfregò le mani sudate per l'agitazione, mentre Gongsil lo squadrò da capo a piedi.

«Guarda che io non vengo con te».

Lui si voltò di scatto verso di lei. «Ma che sta dicendo? Deve farmi da palo!»

«Con tutta la fatica che ho fatto per uscire da lì, col cavolo che ci torno».

«Ehi, si ricordi che mi sta chiedendo di commettere un crimine per lei, maledizione. Se non vuole che mi becchino, deve aiutarmi».

«Stai tranquillo, quando Yeongho dorme non lo svegliano neppure i botti. Tra l'altro è così convinto di essere la persona più importante e temuta del paese che nemmeno chiude la porta a chiave. Una volta scavalcato il muro devi solo prendere l'urna e uscire. Facile, no?»

Gongsil era serissima.

«A parole certo che è facile!»

«Non sopporto che anche dopo la mia morte faccia di me quello che vuole. Vederlo mentre se ne va in giro con le mie ceneri mi manda in bestia».

Non sembrava affatto uno scherzo a giudicare dal brivido di disgusto che la scosse. Seungbeom guardò in direzione della casa del signor Jang, avvolta nell'oscurità. Doveva rubare l'urna da solo? Con l'aiuto di Gongsil sarebbe stata una passeggiata, ma senza di lei si ritrovava improvvisamente ad affrontare difficoltà inimmaginabili.

Seungbeom si rabbuiò. Non era per niente semplice alleviare l'*han* dei fantasmi.

Erano quasi le dieci di sera quando un refolo di vento gelido s'infilò nell'erboristeria. Sujeong, intenta a consultare una prescrizione si portò un fazzoletto alla bocca per fermare un attacco di tosse che durò qualche lungo istante. Quando finalmente smise, si guardò attorno. Il negozio era insolitamente tranquillo. Di solito a quell'ora arrivava Seungbeom, che si piazzava sul divano con Gongsil a chiacchierare ad alta voce.

Immaginava che il dottore se ne andasse in giro a vantarsi per aver liberato la madre di Sora dal suo *han*. Era davvero una fortuna che le cose fossero andate per il meglio. Purtroppo, però, niente garantiva che Seungbeom avrebbe continuato a incontrare solo spiriti benevoli come quella donna. Se per disgrazia si fosse imbattuto in un fantasma maligno e ne avesse assecondato i desideri sarebbe finito nei guai. Gli spiriti avrebbero sfruttato la sua sete di avidità per ricattarlo e corromperlo, fino a impadronirsi persino del suo corpo.

'Gli serve una bella lezione'.

Le sfuggì un sorrisetto divertito. Poi di colpo si ricordò di quando Seungbeom, tremante, si era nascosto dietro di lei nella foresta, balbettando di aver visto un fantasma. Sujeong si guardò il braccio sinistro, come se percepisse ancora la mano di Seungbeom che lo stringeva. Con un gesto brusco scosse l'arto per liberarsi da quella sensazione.

Provò a concentrarsi di nuovo sulla prescrizione, ma Gongsil attirò la sua attenzione. Aveva un che di strano quella sera. Poco interessata al suo drama preferito, continuava a lanciare occhiate fuori dalla finestra, verso un punto invisibile, in attesa di chissà cosa.

«Che altro avete combinato?»

A quelle parole, Gongsil distolse rapidamente lo sguardo e si finse assorta nell'episodio. Sujeong ripiegò il foglio della prescrizione, rinunciando a leggerla.

«Niente» borbottò Gongsil fingendo innocenza.

«Dimmi dov'è andato Seungbeom. Passate ogni singolo giorno incollati l'uno all'altra, sono sicura che lo sai. Cosa gli hai detto di fare?»

«Proprio nulla. E comunque non sono mica al corrente di ogni suo movimento».

Sujeong tamburellò le dita sul tavolo.

«Preferisci che chieda ai fantasmi di trovarlo per me?»

Avrebbero impiegato un attimo a scoprire dov'era finito, e ancora meno a raggiungerlo. La sua vecchia amica, non avendo altro posto dove andare, aggrottò la fronte valutando le sue opzioni. Poi, con tutto il fiato che aveva in corpo, gridò:

«Va bene, hai ragione! Gli ho chiesto di liberarmi dal

mio *han*. Ho dovuto farlo visto che tu potresti schiattare domani e non vuoi aiutarmi!»

«Cosa? Hai così paura che io muoia prima di aver alleviato il tuo rancore che hai coinvolto un ragazzo che ignora tutta la storia?»

«Esatto! Mi sono stancata di vedere quel bastardo di mio marito che ogni giorno se ne va in giro a recitare la parte del buon samaritano. Sai benissimo perché sono morta!»

«Sei impazzita? Non puoi chiedere un favore del genere a Seungbeom. Gli hai chiesto di rubarla, vero? Ben sapendo che quel cretino di tuo marito non gliel'avrebbe mai data. Siete proprio una bella coppia. Tu che gli dai ordini ridicoli e lui ancora più scemo che ti dà retta».

Sujeong si rimboccò le maniche e uscì dall'erboristeria. Gongsil le andò dietro.

«È troppo tardi, sarà già dentro! Non c'è da preoccuparsi, mio marito starà dormendo della grossa».

«E se si sveglia e lo scopre? Sai perfettamente che ridurrebbe in poltiglia quel povero ragazzo. Non ti fa pena neanche un po'? E tu mi dici di non preoccuparmi! Non avresti mai dovuto chiedergli una cosa simile».

A quel punto, Sujeong si mise a correre verso la casa del signor Jang. Gongsil la guardò allontanarsi.

«Quella per cui provare pena sono io, altro che lui».

Gongsil pensò a Seungbeom. Quando gli aveva chiesto per la prima volta di portarle l'urna, era stato solo perché la disgustava che lui avesse provato a ingraziarsi suo marito. Ora però era nervosa. Aveva messo il muso e fatto i capricci finché Seungbeom non aveva ceduto, sfruttando il senso di colpa del giovane medico, ma così facendo l'aveva buttato nella gabbia del leone. Seungbeom non sapeva niente di suo marito.

Gongsil corse dietro a Sujeong.

*

Quella sera, Seungbeom aveva prestato particolare attenzione al suo abbigliamento, optando per un look total black che si confondesse nel buio completato da un cappellino con visiera che gli coprisse il viso. Proprio come avevano pianificato, alle dieci precise si trovava appiattito contro il muretto della casa del signor Jang, in un punto dove non arrivava la luce dei lampioni. Si guardò attorno. Una cane abbaiava in lontananza, accompagnato dal fruscio del vento che spazzava i cespugli e dal canto dei grilli che gli riempiva le orecchie. Concentrò tutto se stesso sui rumori attorno a lui, per essere sicuro che fra di essi non si nascondesse anche qualche vicino a passeggio che avrebbe potuto vederlo. Quando fu sicuro di essere solo, si aggrappò al bordo del muro e si tirò su con uno slancio. Si graffiò sulla pietra, ma ignorò il dolore e scavalcò.

Atterrato nel cortile, strofinò le mani arrossate e solo allora si accorse di avere ancora i guanti in tasca, dimenticati nella tensione del momento. Non poteva permettersi di lasciare alcuna impronta, così si affrettò a indossarli. Scrutò l'interno buio e silenzioso della casa. Tirò fuori la torcia poco più grande di un dito che aveva portato con sé. La accese e, aiutato dal debole bagliore, attraversò furtivo il cortile, raggiungendo la porta d'ingresso. Poggiò una mano sulla maniglia e fece una leggera pressione: proprio come gli aveva detto Gongsil, la porta si aprì con un cigolio. Appena varcò la soglia, fu avvolto da un'aria umida e stantia, talmente densa e pesante da fargli credere che stesse combattendo contro una bestia che lo respingeva via. La casa, complice la fine dell'estate, aveva un aspetto lugubre. Sforzandosi di ricordare la sua visita precedente, Seungbeom si mosse seguendo il fascio di luce.

Il silenzio assordante amplificava ogni suono all'inverosimile – il suo passo leggero, il fruscio degli abiti, persino il suo respiro. Era terrorizzato che il signor Jang potesse svegliarsi. Il cuore gli batteva all'impazzata, tanto che temeva sarebbe esploso fuori dal petto.

Seungbeom fece un respiro profondo per calmarsi, attento a non fare troppo rumore. Giunto in soggiorno, la torcia illuminò il vecchio divano di fronte al quale c'era il televisore spento e, di fianco, ecco la vetrinetta. All'improvviso, udì un cigolio: la porta della camera da letto che si apriva. D'istinto, Seungbeom si tuffò dietro il divano. Concentrò l'udito sullo scalpiccio dei piedi nudi del vecchio sul pavimento in linoleum, poi la porta del bagno si aprì. Il signor Jang non accese nemmeno la luce. Nell'oscurità, Seungbeom sentì lo sgocciolio svogliato di urina che scivolava lungo la ceramica del water. Senza tirare lo sciacquone, il vecchio uscì dal bagno. I suoi passi pesanti risuonarono per il soggiorno per poi sparire nuovamente all'interno della camera da letto. Dopo qualche minuto, ricominciò a russare.

Seungbeom tirò un sospiro di sollievo, alzandosi di nuovo in piedi, i muscoli delle gambe irrigiditi. 'Merda, giuro che non farò mai più una stronzata del genere'. Non vedeva l'ora di andarsene da quella casa. Lanciò occhiate nervose alla porta della camera mentre si avvicinava alla vetrinetta. Lo sportello si aprì con uno scricchiolio che lo fece trasalire. Deglutì nel tentativo di inumidire la gola secca. Allungò una mano tremante verso l'urna. Il battito del cuore gli rimbombava nelle orecchie e il russare del vecchio risuonava nitido nell'aria, quando qualcosa di freddo gli sfiorò il lobo.

Con la coda dell'occhio, Seungbeom notò una figura scura china su di lui e un attimo dopo una voce roca gli graffiò i timpani.

«Ma guarda un po' chi abbiamo qui. Il nostro caro dottore!»

La torcia cadde a terra. Spaventato, Seungbeom indietreggiò, andando a sbattere contro lo sportello semiaperto della vetrinetta, che si spalancò. Nella luce fioca, gli occhi del signor Jang lo seguirono. Il battito impazzito del cuore di Seungbeom gli impediva di pensare, e rimase fermo dov'era, rigido come uno stoccafisso e madido di sudore.

«Ehm, n-non è come sembra...»

Non aveva preparato niente da dire in caso fosse stato scoperto, nonostante una parte di sé sapesse che era una possibilità. Aveva pregato perché non succedesse, soprattutto perché Gongsil gli aveva garantito che il vecchio non si svegliava nemmeno con i colpi di cannone.

Seungbeom lo guardò dalla testa ai piedi. Il signor Jang indossava una vecchia canottiera logora e ingiallita, dei pantaloni del pigiama a righe con l'elastico slabbrato, e in mano stringeva un bastone.

«Restituire un favore con un furto! I tuoi affari andranno pure male, ma c'è un limite a tutto, dottore. Come ti permetti di intrufolarti in casa mia e rubare le mie cose?»

Il viso rugoso del signor Jang, nascosto nell'ombra, incombeva su di lui.

«So che non ci crederà, ma è stata sua moglie a mandarmi qui. Si calmi, la prego, e mi lasci andare».

«Ma che cazzo stai dicendo? Usare mia moglie come scusa! Sono decenni che è crepata, cosa ti importa di quello che faccio con le sue ceneri?»

«Sì, ecco, infatti sua moglie mi ha chiesto...»

Il braccio del vecchio si sollevò, e Seungbeom istintivamente si gettò di lato. Il bastone fendette l'aria, atterrando sullo sportello aperto che si frantumò in una pioggia di schegge.

«Mia moglie è schiattata! È morta in un incidente stradale, lo vuoi capire?» urlò il signor Jang mentre Seungbeom, ricoperto di frammenti di vetro, strisciava sul pavimento cercando di scappare.

«Si calmi, la prego! Se solo mi lasciasse parlare...»

«Zitto! Non ho intenzione di ascoltare un ladro!»

Alzò di nuovo il bastone, pronto a colpire. Questa volta, Seungbeom riuscì ad alzarsi e cominciò a correre, ma nel buio non aveva idea di dove stesse andando. Inciampò nel tavolo, poi in una sedia, e infine cadde a terra, capendo che era finito in cucina. Si rialzò aggrappandosi al frigorifero. Dalla finestra si allungava la luce arancione di un lampione.

Il vecchio gli era alle calcagna. Zoppicando, Seungbeom si riparò dietro al tavolo. Poco dopo, ci fu un rumore sordo: il signor Jang era inciampato in una sedia ed era caduto. Approfittando di quel momento, Seungbeom si lanciò verso la porta d'ingresso e cercò la maniglia nell'oscurità.

«Ti farò pentire di essere venuto!»

Seungbeom tastò la superficie fredda della porta, ma quella maledetta maniglia non si faceva trovare. Il ruggito di rabbia del vecchio gli fece perdere completamente il controllo. Se fosse rimasto lì, era sicuro che le avrebbe prese di santa ragione. Il più silenziosamente possibile, s'infilò in una delle due camere che si aprivano sul corridoio.

Il cuore in gola, deglutì guardandosi attorno. Un terribile odore di muffa aleggiava nella stanza, piena di oggetti di ogni tipo, inclusi un armadio e una toeletta per il trucco.

I passi del signor Jang risuonarono contro il pavimento mentre si avvicinava alla porta d'ingresso. Lo sguardo di Seungbeom fu catturato di nuovo dalla luce dei lampioni che filtrava dalla finestra. Se solo fosse riuscito ad aprirla e scavalcare... ma proprio allora, un'ombra nera attraversò la stanza alla velocità della luce. Spaventato, Seungbeom trattenne il respiro. C'era qualcuno? Muovendosi a quattro zampe, l'ombra si rannicchiò di fianco alla toeletta, nell'angolo dove c'era l'armadio.

Non si era minimamente aspettato che ci potesse essere qualcun altro in quella casa. A dir la verità, tutta la situazione lo aveva preso alla sprovvista. Avrebbe quasi preferito che la polizia lo portasse via in manette. Meglio che finire morto ammazzato per mano di un pazzo squilibrato. Si preparò ad andarsene da quel manicomio. Proprio mentre posava un piede sul davanzale, la luce aranciata dei lampioni illuminò una testolina. Sotto i capelli grigi, il viso rugoso e contorto di una vecchietta lo fissò prima che questa alzasse due braccia sottili come ramoscelli per nascondersi.

«Non picchiarmi!»

«Signora, mi scusi. Non le farò nulla. Voglio solo uscire dalla finestra, quindi per favore non urli...»

La donna si avvicinò in ginocchio con le mani giunte, gli occhi spalancati per il terrore. Si ripiegò su se stessa, le grida acute che gli laceravano le orecchie. Non sapendo che fare, Seungbeom allungò entrambe le mani.

«Non voglio farle del male, si calmi, la prego».

All'improvviso, la porta della stanza si aprì e comparve il signor Jang, le mani premute sulle orecchie.

«Ancora! Stai zitta, mamma! Smettila di gridare prima che ti ammazz… Oh? Ma che sto dicendo? Sono anni che mia madre è morta».

«Merda». Seungbeom spinse via il vecchio e si lanciò fuori, ma prima di raggiungere la porta d'ingresso, l'urna di Gongsil attirò la sua attenzione, come un granello di polvere che irriti l'occhio. A questo punto tanto valeva portare a termine la missione. Si precipitò in soggiorno, afferrò il vaso, si voltò e… il signor Jang era in piedi davanti a lui. Tutto d'un tratto, il respiro affannato di Seungbeom si calmò, ormai pronto ad arrendersi. Ma c'era qualcosa di più profondo dietro quella resa, una disperazione glaciale che lo fece rabbrividire.

Nella mano del signor Jang brillava un coltello da cucina. Fermo in mezzo alla stanza, era pronto a colpire ovunque Seungbeom provasse a fuggire.

«Non credo che la Corea accetti l'omicidio per legittima difesa…»

«Zitto!»

«Certo» disse Seungbeom serrando le labbra. Il silenzio della casa era rotto solo dalle urla di quella donna. Apparentemente confuso, il signor Jang continuava a lanciare occhiate verso la stanza, mentre lo sguardo di Seungbeom era fisso sul coltello, che fendeva l'aria seguendo i movimenti ansiosi del vecchio. Chi si sarebbe mai aspettato che la situazione sarebbe degenerata a quel modo? Sapeva che il signor Jang non era un tipo qualunque, ma non immaginava certo che forse un pazzo omicida.

Avrebbe dovuto scappare quando ne aveva l'occasione invece di lasciarsi trascinare dall'affetto che provava per Gongsil. Se avesse saputo che suo marito lo avrebbe minacciato con un coltello, si sarebbe lanciato attraverso la finestra, a costo di ferirsi con i vetri. Sicuramente avrebbe fatto meno male che morire pugnalato, anche tenendo in conto la sua soglia del dolore estremamente bassa (anche l'agopuntura gli faceva male).

«Perché sento le urla di mia madre? È morta. L'ho uccisa io» balbettò il signor Jang, il coltello ancora stretto in mano. Ma che stava dicendo? Anche lui vedeva quella donna? E cosa voleva dire che aveva ucciso sua madre? La testa affollata di pensieri, Seungbeom non ebbe tempo di fare mente locale. Un grido stridulo fendette l'aria, più forte degli altri.

«Non hai ucciso solo tua madre! Hai ammazzato anche me!»

«Gongsil?»

Il fantasma apparve dietro al signor Jang. Vedere la sua amica calmò per un attimo il cuore agitato di Seungbeom, ma non durò a lungo. Cosa diavolo stavano dicendo tutti quanti?

«Stai bene?» gli chiese Gongsil, ma l'urlo del marito soffocò quelle parole.

«AAAAH!»

L'uomo cadde all'indietro, gli occhi fissi su sua moglie, la quale lo guardò con la stessa sorpresa. Poi si voltò verso Sujeong, che era appena arrivata.

«Come fa a vedermi?»

Sujeong corse nella camera da letto. Sulle lenzuola giaceva il corpo rachitico del signor Jang, simile a una radice essiccata. Si avvicinò per controllare il polso. Non c'era battito, ma la pelle, coperta da uno strado di sudore, era ancora tiepida.

«Seungbeom!» gridò l'erborista posando le mani sul petto del vecchio.

Molto tempo prima, la casa del signor Jang, ora fatiscente, era stata la prima costruzione del paese. E in quei giorni lontani, Yeongho risplendeva di vitalità, il corpo giovane e agile che riempiva perfettamente l'abito elegante.

Gongsil era inginocchiata in soggiorno a pulire il pavimento. Di colpo, udì il cancello aprirsi e dei passi che si avvicinavano in cortile. S'irrigidì. Abbandonato lo straccio, si alzò in piedi, barcollando per un capogiro improvviso. Si appoggiò a una parete per ritrovare l'equilibrio. Nel cortile, suo marito fischiettava allegro. Il cuore le batteva all'impazzata. Sperava con tutta se stessa che fosse davvero di buon umore.

La porta d'ingresso si aprì. L'odore pungente di dopobarba invase la casa, facendole rivoltare lo stomaco vuoto. La gola secca, deglutì a fatica prima di correre ad accoglierlo.

«Ben tornato» lo salutò con un leggero inchino, le mani sovrapposte sul ventre.

«Mh» rispose lui sfilandosi distrattamente le lucide scarpe in pelle. La superò senza degnarla di uno sguardo. Gongsil si affrettò a inginocchiarsi per sistemare le calzature con la punta verso la porta, poi si alzò per seguirlo. Yeongho si tolse la giacca grigia, che lei prese un attimo prima che potesse toccare terra. Mentre si slacciava la cravatta, lui si diresse in cucina, passando un dito sopra la vetrinetta e le mensole. Non avrebbe tollerato nemmeno un granello di polvere. Aprì il frigorifero e il ronzio del motore riempì la cucina. I suoi occhi scrutarono ogni ripiano, per accertarsi che ci fosse ancora tutto il cibo che aveva visto quella mattina prima di uscire. Controllò anche la cuociriso e la dispensa, contando pannocchie e patate a una a una.

«Strano» mormorò Yeongho fermandosi con la mano a mezz'aria, la testa china da un lato. Le pupille di Gongsil tremarono. Lui si voltò a guardarla.

«Parla. Stai mangiando di nascosto, vero? Altrimenti non si spiega perché sei così grassa».

«Io...»

«Qui mi sembra tutto in ordine. È stata la vicina a portarti da mangiare? Ti ha fatto di nuovo rimpinzare come un maiale».

«No, non è vero».

«Guarda!» Yeongho afferrò il polso ossuto di Gongsil. «Hai le braccia enormi, i fianchi rotondi, ti è pure venuta la pancia!» Strinse lo strato di pelle sottile sul ventre della moglie, tirandolo. «Ti ho detto o no che ora che stai invecchiando devi controllare il peso? Vuoi diventare una vecchia grassa e malata come mia madre? E quando non riuscirai più a muoverti, come minimo pretenderai pure che ti pulisca la merda dal culo!»

Yeongho la spinse, e lei cadde a terra come un corpo senza vita. Dopo la morte della madre, suo marito viveva in una realtà completamente distorta. Era stato lui ad ammalarsi. O forse era sempre stato malato, Gongsil non si ricordava. Alzò la testa per guardarlo.

«Non mangio nulla da tre giorni. Guardami bene, sono pelle e ossa. Non arrabbiarti, ti prego». Avrebbe voluto dirgli che sua madre non era morta per una malattia, quindi non aveva motivo di infuriarsi.

«Stai cercando di impietosirmi? Pensi che sia un idiota? Io so tutto! E quante volte ti ho detto di non rispondermi a tono!» La strattonò violentemente per un braccio, tirandola su.

Proprio in quel momento suonò il campanello. Yeongho la lasciò andare spingendola via e si voltò verso il citofono. Sullo schermo, il volto sfocato del nuovo sindaco del paese sorrideva. Di colpo si ricordò di averlo invitato a cena quella sera. Yeongho premette il pulsante che apriva il cancello.

«Che fai lì impalata? Abbiamo ospiti. Va' a cucinare, muoviti! Tira fuori anche la carne». Poi andò ad accogliere l'uomo. «Chi si vede!»

«Buonasera!»

Gongsil sbirciò dalla cucina. Il sindaco sembrava più giovane di Yeongho di cinque o sei anni. Mentre suo marito lo faceva accomodare, Gongsil incrociò lo sguardo del nuovo arrivato e chinò la testa in segno di saluto. Il sindaco le rivolse un sorriso amichevole, gli occhi curvi in due mezzelune.

«Signora, sono contento di vederla. Ho sentito che non stava bene ed ero molto preoccupato. È ancora un po' pallida, forse dovrei venire un'altra sera?»

«Amico mio, ma cosa vai dicendo? Sta benissimo, non preoccuparti. La sua pelle ha sempre avuto questo colorito. Vieni, vieni».

«Sì, non ci faccia caso» rispose Gongsil, ma le sue parole caddero nel vuoto, ingoiate dalla voce risonante di Yeongho che conversava con il sindaco. Iniziò a cucinare. Prese della carne dal congelatore e tirò fuori dei *banchan*, che posizionò su vari piatti, poi mise sul fuoco una *doenjang-jjigae*.

Circondata da tutti quegli aromi, la pancia di Gongsil

brontolò. La bocca le si riempì di saliva che lei ricacciò in gola, leccandosi le labbra inconsciamente. Un piccolo boccone per controllare che fosse giusto di sale, cosa poteva succederle? Quando si voltò a controllare se Yeongho la stava osservando, incrociò il suo sguardo tagliente. Sembrava averle letto nel pensiero.

Adagiò il manzo marinato sulla pentola calda. La carne sfrigolò rilasciando un odore intenso nell'aria. Un conato le risalì per la gola, la testa le girò. Si appoggiò al lavello per tenersi in piedi e respirò a fondo per calmarsi. Percepiva lo sguardo del marito sulla schiena, appuntito come un ago. A malapena riuscì a ricomporsi e, ritrovata un po' di forza, andò a prendere il tavolo pieghevole che usavano per gli ospiti. Grande abbastanza da far sedere comodamente sei persone, lo apparecchiò con ciotole e piattini di ogni dimensione. Yeongho invitava spesso gente a cena e ogni volta le ordinava di preparare cibo in abbondanza. Oggi aveva cucinato granchio marinato in salsa di soia e piccante, vari *banchan* di verdure, *muchim* di razza, diversi tipi di *kimchi*, persino *pyeonyuk* di manzo. Una tavola degna di un re. Completò il banchetto portando le ciotole di riso, la zuppa di *doenjang* e il *bulgogi*. Infine, aggiunse una bottiglia di liquore al ginseng.

«Tutto qui?» domandò Yeongho avvicinandosi, apparentemente insoddisfatto. «Mi sembra una tavola piuttosto scarna».

Il sindaco, di fianco a lui, rimase senza fiato a quella vista. «Signora, non c'era bisogno di preparare così tante cose! Non la definirei una tavola scarna, signor Jang. Anzi, me ne andrò pieno come un uovo, poco ma sicuro».

Soddisfatto dalle lodi del sindaco, Yeongho lo osservò, poi afferrò la tavola da un lato.

«Gongsil poteva fare di meglio. Comunque, spostiamola in soggiorno. Ti spiace aiutarmi?»

«Ma certo».

Una volta posizionata la tavola, i due si sedettero uno di fronte all'altro. Ripresero a chiacchierare, versandosi liquore a vicenda.

«È un onore per me condividere un pasto con il sindaco del nostro paese».

«Oh, no, no! L'onore è mio. Non solo me ne andrò pieno di cibo delizioso, ma anche carico di complimenti a quanto pare. Senza contare tutto quello che posso imparare da lei, pilastro della nostra comunità».

«Mi rendo conto che non è molto, ma mangia quanto vuoi. E fammi sapere se ti serve altro».

«Grazie, e buon appetito».

Dopo aver svuotato i bicchieri iniziarono a servirsi. Discutevano degli affari del paese, annaffiando le loro chiacchiere con il liquore. A un certo punto, il sindaco notò con la coda dell'occhio Gongsil, in piedi in cucina che controllava che non mancasse nulla. I loro sguardi s'incrociarono, e l'uomo, dopo aver posato velocemente il bicchiere, si alzò.

«Signora, si unisca a noi. Dopo tutta la fatica che ha fatto per preparare, è giusto che si goda i frutti del suo lavoro».

«Cosa? No, io...»

«Più tardi dovrà comunque cenare, tanto vale che mangi con noi!»

Gongsil studiò l'espressione del marito. Non sembrava particolarmente contento di quella proposta, ma non si oppose apertamente. Gongsil prese una ciotola di riso e delle posate prima di accomodarsi insieme ai due uomini. Il sindaco tornò a sedersi e la conversazione riprese.

«Dunque, ho sentito che a Sucheong ricostruiranno il centro sociale. È vero?»

«Esatto. Il governo finanzierà i lavori, per cui vogliono creare un edificio di due piani. A quanto pare, i camion trasportano i materiali fino a tarda notte».

«Be', allora noi dobbiamo costruire un centro da tre piani!»

Il sindaco rise. «Mi servirà il suo aiuto in questo caso».

«Non c'è nemmeno bisogno di chiedere. Dopotutto il nostro paese è famoso per la sua splendida posizione secondo il *feng shui*, e per generazioni di laureati di altissimo livello! Non possiamo farci battere dal paese vicino».

Attenta ai movimenti del marito, Gongsil lo osservò mentre rideva con un bicchiere di liquore in mano, poi lo sguardo le cadde sul cibo davanti a lei. Esitava a sollevare il cucchiaio. Il sindaco le avvicinò i *banchan* così che potesse mangiare più comodamente. Con mano tremante, prese una cucchiaiata di zuppa e se la portò alla bocca. Il sapore corposo e dolciastro le avvolse la lingua. Passò al riso bianco, i chicchi lucidi e brillanti. Non dovette masticare a lungo prima che scivolasse morbido giù per la gola. I conati e la nausea che l'avevano accompagnata fino a un attimo prima sparirono come per magia e le sembrò di venir trasportata in un'altra dimensione. Le voci dei due uomini si allontanarono, fino ad arrivarle ovattati.

Le mani di Gongsil si fecero più veloci. La fame che aveva cercato di dimenticare tornò a tormentarla come un fantasma. Riempì la bocca di riso e lo mandò giù con del *kimchi* prima di passare al *bulgogi*. Le bacchette, traditrici, le scivolarono dalle dita. Senza tante cerimonie, le abbandonò sulla tavola e si servì usando le mani. La carne si scioglieva in bocca. Mentre usava il cucchiaio per il riso, le dita si allungarono sui *banchan*. Morse un pezzo di *chonggak-kimchi*, croccante sotto i denti. Succhiò la polpa dalle chele di un granchio in salsa piccante, avvolse fette di *pyeonyuk* con del *kimchi* di cavolo e se le ficcò in bocca. Nella foga, si sentì soffocare. Prese un bicchiere d'acqua fredda per buttare giù il boccone. Le vertigini che l'avevano perseguitata per giorni finalmente sparirono.

Nella stanza calò il silenzio e Gongsil tornò alla realtà. Lo sguardo si spostò dalle mani sporche di cibo a suo marito. Il volto di Yeongho era una maschera di rabbia. Gli occhi di Gongsil scivolarono al suo fianco, dove il sindaco la stava osservando sbalordito.

«Ah...» Non trovando le parole, l'uomo distolse lo sguardo.

Tac. Yeongho poggiò il bicchiere sul tavolo.

«Mi spiace, ma si è fatto tardi» disse.

«Come? Ah, sì».

Il sindaco se ne andò, quasi spinto fuori da Yeongho. Quando la porta si chiuse, un silenzio pesante riempì Gongsil di paura. Tremava dalla testa ai piedi. 'Cos'ho fatto? Cosa diavolo mi è preso?'

Di fianco a lei percepì la presenza soffocante del marito. Schiacciata dal terrore, Gongsil si raggomitolò su se stessa.

«S-scusa, io... ero così affamata, ho perso il controllo. Mi dispiace. Ti prego, perdonami».

Yeongho si slacciò la cintura. La lunga e spessa striscia di pelle scivolò dai passanti, allungandosi sul pavimento.

«Non solo ti sei permessa di sederti a tavola disturbando una conversazione tra uomini, ti sei anche ingozzata come il maiale che sei! E di fronte al *sindaco*!»

«Mi dispiace, perdonami! AH!»

Con un sibilo, la cintura sferzò l'aria e atterrò sulla schiena fragile di Gongsil.

«Zitta!»

Sotto la pioggia incessante di colpi, Gongsil implorava perdono, ma la rabbia di Yeongho non si placava.

«Mi hai mancato di rispetto di fronte a tutto il paese. Ti meriti una lezione, brutta ingorda!»

Mentre Gongsil si contorceva per il dolore delle frustate, il marito iniziò a prenderla a calci. Le urla della donna risuonarono per tutta la casa. Con le mani giunte, lo supplicò di smettere, ma il viso di Yeongho rosso di collera si torse in un'espressione indecifrabile, gli occhi ribaltati all'indietro, come il giorno in cui aveva picchiato a morte sua madre. Il terrore la sopraffece. Si rese conto che avrebbe potuto ucciderla. Nonostante il dolore che sembrava corroderla fino nell'anima, le uniche parole che uscivano dalla sua bocca erano suppliche. 'Mi dispiace, mi dispiace'. Sarebbe morta, ma cos'altro poteva fare? Non era altro che una donna, infinitamente piccola e impotente di fronte a suo marito, un uomo gigantesco e brutale.

Proprio allora, la porta d'ingresso si aprì.

«Signor Jang!» urlò il sindaco, che, a quanto pare, non era tornato a casa. Si lanciò su Yeongho.

«Si fermi. Sua moglie non ha fatto niente di male!»

«Lasciami andare! Si merita di morire. E tu non t'intromettere negli affari altrui!»

Intanto che i due uomini erano impegnati a urlare, gli occhi di Gongsil notarono la porta socchiusa. Quella lastra di legno, chiusa a chiave ogni giorno, era aperta, la luce del tramonto che si riversava sul pavimento dalla fessura.

'Scappa!' La voce di sua suocera le risuonò nelle orecchie. Le sembrò di sentire le mani della donna che la spingevano. Gongsil si alzò, ignorando il dolore che le pervadeva il corpo.

«Dove pensi di andare? Ferma dove sei!»

Le parole feroci del marito la raggiunsero a malapena mentre lei cominciava a correre. Superata la porta d'ingresso attraversò il cortile e uscì dal cancello. Senza scarpe, le pietruzze della strada le pungevano la pianta dei piedi. Non le importava. Ai lati della strada, gli steli del riso ormai gialli piegavano la testa, danzando nel vento, celebrando la fuga di Gongsil.

Arrivata al confine del paese, l'odore freddo della foresta le riempì le narici. 'Sono libera! Sono viva! Non tremerò più per paura di essere picchiata!' Corse con tutto il fiato che aveva in corpo, euforica. Senza accorgersi del camion in arrivo dall'altra parte della strada.

*

Seungbeom corse nella camera da letto, dove il corpo del signor Jang giaceva immobile sul materasso. Sujeong gli premeva il petto con entrambe le mani, nel tentativo di rianimarlo. Il dottore si voltò verso il soggiorno.

«Cosa fai lì impalato? Muoviti!» gridò l'erborista vedendo che esitava, e lui la raggiunse.

Posò la testa del signor Jang sul cuscino, poi prese il posto di Sujeong, premendo sul petto rigido. A ogni pressione, il corpo esile sobbalzava inerte. Seungbeom si chinò sulle labbra umide del vecchio, iniziando la respirazione bocca a bocca.

Il fantasma del signor Jang, che fino a proco prima urlava disperato, lanciò un'occhiata prima a Gongsil e poi al suo corpo senza vita. Di colpo capì cos'era successo.

«Aiuto! Salvatemi! Non posso morire così, qualcuno mi aiuti!»

Sopraffatto dalla paura, non riusciva a credere di essere morto. Strisciando sul pavimento, cercò di avvicinarsi al cadavere, ma Gongsil lo fermò. Lacrime di sangue le scorrevano sulle guance.

«Come ti permetti di crepare così facilmente? Maledetto! Anche tu avresti dovuto fare una fine orribile e dolorosa, come quella che hai fatto fare a me e a tua madre! Ogni giorno ci pestavi fino a ridurci in poltiglia, e hai finito per ammazzare la tua stessa madre. Non contento hai cercato di farmi morire di fame, finché non sono scappata e un camion mi ha investito. Guarda come mi hai ridotto!»

Gongsil alzò la maglia mostrando il ventre lacerato. Seungbeom, impegnato nella rianimazione, si fermò un attimo per guardarla.

«AAAAH!» Il vecchio Jang agitò le braccia ossute allontanandosi da lei. Si trascinò fino al divano, nascondendosi dietro lo schienale. Brividi scossero il corpo scheletrico, e l'uomo mormorò fra sé: «No, tutto questo non ha senso. Non posso essere morto!»

Le urla del fantasma della madre continuavano a risuonare per la casa, così Gongsil la raggiunse nella stanza. Superata la soglia, tra le grida le sembrò di sentire la suocera che le diceva: 'È colpa tua, meriti di essere picchiata'.

Gongsil trasalì. Quelle erano le parole che le aveva rivolto i primi tempi del loro matrimonio, quando Yeongho l'aveva pestata per la prima volta perché non sapeva preparare il cibo per il *jesa*. Il ricordo dello sguardo gelido che le aveva lanciato la suocera era ancora vivido, quasi fosse accaduto il giorno prima. Con il tempo, però, Yeongho aveva iniziato a picchiare anche lei.

«Signora!»

Sua suocera era rannicchiata in un angolo della stanza, la bocca spalancata in un urlo incessante. In quel momento madre e figlio si assomigliavano terribilmente, entrambi incapaci di accettare la realtà.

«Signora» chiamò di nuovo Gongsil, afferrandola per le spalle. La vecchia sobbalzò e alzò lo sguardo.

«Gongsil?»

«Perché è ancora qui? Perché?!»

«Dove sei stata? Yeongho… Yeongho mi picchia ogni giorno, ero così spaventata, perché sei venuta solo ora?»

«È tempo di andare».

Gongsil la aiutò ad alzarsi e la trascinò fino alla porta, ma prima che potessero varcare la soglia, la suocera si tirò indietro.

«No! Se esco da qui, Yeongho mi ucciderà. Non posso uscire!»

«Non si preoccupi, ora è tutto finito».

«No!»

Di fronte a quel rifiuto testardo, Gongsil s'infuriò.

«Perché non mi ascolta? Le ho detto che ora può uscire. È già morta! Quanto ancora vuole rimanere intrappolata qui dentro? Finalmente è arrivato il suo momento per lasciare questo mondo e riposare in pace!»

«Sento qualcuno che piange... È il mio Yeongho, il mio Yeongho sta piangendo». Udendo i lamenti del figlio, la suocera sbirciò fuori dalla stanza.

«Non voglio morire. Tutte le mie cose sono qui, non voglio lasciarle. Non voglio morire!» stava dicendo Yeongho. La paura ora si era trasformata in un pianto d'indignazione.

«Oh, il mio bambino!» La donna anziana superò Gongsil e si precipitò in soggiorno. Si avvicinò al figlio, nascosto dietro al divano, e gli carezzò la schiena per consolarlo. «Cosa succede, tesoro? Chi è che ti fa piangere così?»

«Mamma?»

«Sì, amore, mamma è qui. Non piangere».

Singhiozzando, Yeongho l'abbracciò. «Mamma! Dicono che sono morto. Non voglio. Ho ancora tante cose da fare, voglio vivere».

«Chi è il bugiardo che ti ha detto questa cosa? È stata quell'ingrata di tua moglie?» La donna fulminò Gongsil con lo sguardo.

«Signora, la smetta. Quello è lo stesso figlio che l'ha picchiata a morte! Può lasciarlo andare...»

«Stai zitta, infame! Come puoi dire che è morto? È pur sempre mio figlio, tuo marito! Se ti ha picchiata, è perché te lo meritavi! Il capofamiglia deve tenere gli affari di casa in ordine, anche a costo di fare l'impensabile».

Le loro discussioni finivano sempre così. Tutte le ingiustizie che Gongsil e la suocera avevano subito in vita erano racchiuse in quella frase. Perché era un uomo, un figlio, un marito, e loro dovevano sopportare. Mai far capire agli altri gli orrori che accadevano fra le quattro mura di casa propria; non dire niente delle botte, del digiuno forzato, per paura delle voci che sarebbero girate. Fino a che non erano diventate altro che due oggetti appartenenti a quell'uomo orribile, costrette da un legame indissolubile di sangue e legge.

Gongsil si torse le mani tremanti e puntò gli occhi in quelli della suocera.

«No. È sbagliato picchiare qualcuno, non importa cos'abbia fatto. Ed è sbagliato girarsi dall'altra parte e chiudere gli occhi di fronte alla violenza. Non sono mai stata un oggetto, ma una persona che viveva e respirava! Sarà pur stato mio marito, ma non ha mai avuto il diritto di controllare la mia vita. Tanto meno ora che è morto!»

«Che idiozie vai dicendo?»

Gongsil fece un profondo respiro per calmarsi. Si sentiva finalmente leggera, libera dal macigno che le gravava nello stomaco nonostante la perenne fame che l'aveva tormentata. Passò una mano sugli abiti per lisciarli, raddrizzò la schiena in una postura fiera. Non aveva pensato molto a cosa dire, ma le era sembrato un discorso niente male.

«D'ora in poi, sarò io a decidere come vivere».

Le parole di Gongsil raggiunsero Seungbeom, le cui braccia si fecero pesanti. Ansimante per lo sforzo, smise di provare a rianimare il vecchio Jang. Osservando il volto livido dell'uomo, rifletté sul motivo per cui era diventato un dottore di medicina orientale. Ma la nube oscura di morte che aleggiava nella stanza lo sopraffece, e non gli venne in mente niente. In effetti, non voleva nemmeno pensarci.

Sujeong guardò prima lui poi Gongsil. Quest'ultima, in piedi nel soggiorno, aveva il viso rilassato, mentre Seungbeom sembrava perso nei suoi pensieri. Sujeong si alzò per chiamare la polizia.

Poco dopo, il bagliore rosso e blu delle volanti s'insinuò nel buio silenzioso della notte, e le luci del villaggio si accesero a una a una.

Gli agenti sollevarono il lenzuolo che copriva il cadavere del signor Jang per verificare che fosse effettivamente una morte naturale.

«Cosa ci fate qui a quest'ora?» chiese uno di loro a Seungbeom, ma lui non seppe come ribattere.

«L'altro giorno, il signor Jang ha incontrato il dottor Kim dal ferramenta e gli ha chiesto di passare da casa sua» rispose Sujeong al posto suo, che li stava osservando lì di fianco. I due uomini si girarono verso di lei.

«E perché?» domandò l'agente.

«Ah, le solite cose. Il dottore qui, sperando di guadagnare qualcosa, ha chiesto al signor Jang di aiutarlo, ma poi non ha fatto altro che lamentarsi dei pazienti che gli mandava. Secondo il dottore erano maleducati e di conseguenza il signor Jang non stava mantenendo la sua promessa. Immagino che il vecchio Yeongho avesse intenzione di fargli una bella ramanzina, lo sa come sono gli anziani».

La storia reggeva.

«E lei, signora Go, cosa ci fa qui?»

«Questa schiappa aveva paura di venire da solo, così l'ho raggiunto qualche minuto dopo. I giovani d'oggi non ascoltano, ho pensato che fosse meglio essere in due a farlo ragionare».

«È andata così?» L'agente si voltò verso Seungbeom, che ancora una volta non rispose.

«*Aigo*, dev'essere sotto shock. Ha fatto di tutto per salvarlo» disse Sujeong corrugando le sopracciglia. L'agente si scambiò un'occhiata con il suo collega, rimasto in silenzio alle sue spalle, che solo allora si fece avanti.

«Servirà un'autopsia per capire cos'è successo davvero».

«Scusi?»

«Per ora, andiamo in questura per compilare il verbale».

Il secondo poliziotto non sembrava credere a Sujeong. In quel momento, il fantasma del signor Jang smise di piangere e afferrò Seungbeom per i pantaloni.

«Sei tu che mi hai ucciso!» urlò. «Ti sei intrufolato in casa mia per rubare la mia urna, devi dire la verità!»

Gongsil sbuffò, frustrata.

«La *tua* urna? Guarda che io non sono mica di tua proprietà. Anche da morto rimani il solito avido bastardo. Un uomo come te meriterebbe di essere fatto a pezzi per punizione. Invece sei morto bello tranquillo nel sonno. Dopo tutto quello che hai fatto passare a me e tua madre!» Di colpo, si accovacciò di fronte al marito, un sorrisetto maligno sulle labbra. «Sai, non dovresti rimanere qui».

«Mh?»

«A breve arriveranno i messaggeri dell'aldilà. Se non te ne vai, ti trascineranno con loro all'inferno».

Il marito, le pupille che si muovevano ansiose, balzò in piedi.

«Figlio mio!»

Ma lui spinse via sua madre e si mise a correre. Uscito dalla porta d'ingresso, si spaventò alla vista dei panni stesi ad asciugare, mossi dal vento, e inciampò. Di fronte a quello spettacolo, Gongsil scoppiò in una risata, che si trasformò di nuovo nel sorrisetto maligno di poco prima quando Sujeong la rimproverò con uno schiocco di lingua.

«Scappa pure, cagasotto che non sei altro, tanto i messaggeri ti prenderanno lo stesso».

Mentre osservava Yeongho sparire nell'oscurità, il volto di Gongsil si tinse di malinconia. Si era sforzata di ridere e scherzare, ma la tristezza che aveva nascosto per tutto quel tempo le si riversò addosso come un'onda. Seungbeom si alzò. Poi, avvicinatosi alla vetrinetta con lo sportello rotto, prese l'urna con le ceneri di Gongsil. Uno degli agenti lo additò.

«Ehi, che sta facendo? La metta giù».

«L'ultimo desiderio del signor Jang era che queste ceneri venissero seppellite in un luogo degno» spiegò Seungbeom, ma l'agente gli afferrò il braccio.

«Sono decisioni che deve prendere la famiglia del defunto. Lo riponga dov'era».

«Mi dispiace, me ne devo occupare io. L'ha richiesto a me personalmente».

Seungbeom digrignò i denti e si scrollò di dosso la mano del poliziotto. L'immagine dello squarcio sulla pancia di Gongsil gli danzò nella mente. Più di una volta l'aveva trovato disgustoso. Spesso aveva pensato che fosse uno spreco farle mangiare tutte quelle merendine e patatine, senza sapere quale fosse il vero significato dietro la sua fame incontrollabile.

«Se continua così saremo costretti ad arrestarla».

L'agente lo afferrò di nuovo per il braccio, ma Sujeong si mise in mezzo.

«So cosa stai pensando» disse a Seungbeom, «e ti prometto che convincerò la famiglia a...»

«No! Se non la ascoltano, vorranno seppellirla con lui. Non posso lasciare che accada!»

«Cos'ha appena detto?»

I due agenti si lanciarono su di lui, cercando di strappargli di mano l'urna. Seungbeom la tenne stretta a sé per proteggerla, ma quando i poliziotti lo agguantarono per le braccia, il vaso che aveva giurato di non lasciare gli scivolò dalle mani e cadde.

Crash.

L'urna bianca si frantumò in mille pezzi
e le ceneri di Gongsil si sparsero sul pavimento,
sollevando una nuvola di polvere grigia.

«NO!» urlò Seungbeom, scrollandosi di dosso i due uomini. Si accasciò a terra. «No...»

Con le mani, cercò di raccogliere i resti della sua amica. I frammenti di ceramica gli graffiarono la pelle. Il rosso del sangue macchiò le ceneri grigie. Una dopo l'altra, lacrime scure si sciolsero fra la polvere. Sujeong provò a fermarlo.

«Smettila. Finirai per farti male!»

Seungbeom la scacciò via. L'*han* di Gongsil, morta ingiustamente, era rappresentato dalle ceneri che ora ricoprivano il pavimento. Si sentiva come se tutti i suoi sforzi di aiutarla a superare la sua sofferenza e rancore si fossero vanificati, scivolandogli tra le dita.

«No...» gemé Seungbeom. Gongsil gli si sedette accanto e gli passò una mano sulla schiena per consolarlo. Lui scoppiò in un pianto disperato. «Mi dispiace. Mi dispiace così tanto».

«Va tutto bene. Ora non ho più rimpianti».

Un piccolo sorriso incurvò le labbra di Gongsil, mentre la sua mano continuava ad accarezzargli la schiena dolcemente.

Capitolo 13
Song Giyun

Un cigolio risuonò nella strada vuota, invasa dalla nebbia di un primo mattino nuvoloso. Sujeong, come suo solito, aprì la porta di legno dell'erboristeria e uscì. Allacciò i bottoni dello spesso cardigan che l'avvolgeva e guardò prima a sinistra e poi a destra. Passò un lungo minuto. Sospinta dal vento freddo, una foglia secca rotolò sull'asfalto prima di fermarsi contro la punta dei suoi stivali di gomma. L'odore umido delle foglie marce che aleggiava nell'aria la fece tossire. Si coprì la bocca, ma una volta che iniziavano, quegli attacchi non si fermavano facilmente.

Sujeong portò la mano destra all'altezza degli occhi. Una rete di rughe simili a ragnatele si propagava sulla pelle sottile del dorso; le dita, dopo anni passati a lavorare con le erbe, erano nodose e piene di calli. Con mano tremante sistemò una ciocca di capelli grigi sfuggita all'elastico. Si avvicinò alla vetrina dell'erboristeria e si guardò: per la prima volta realizzò quanto fosse invecchiata.

'E io che speravo di morire di vecchiaia'.

Un altro colpo di tosse la scosse. Le mani infilate nelle tasche del cardigan, Sujeong si perse nei suoi pensieri, mentre i piedi la portarono verso la sponda del fiume.

'Non mi manca molto, devo sbrigarmi a trovarlo. Come faccio se fallisco?'

Ultimamente non aveva più tanti pazienti fantasma come prima, e le informazioni che le portavano non erano mai soddisfacenti: 'Non lo so', 'Non è più qui', frasi che sentiva da decenni, ma che ora più che mai la rendevano ansiosa. Non c'era più tempo. Doveva incontrare nuovi fantasmi che potessero aiutarla nella ricerca, altrimenti...

Sujeong si fermò e alzò lo sguardo verso la clinica di Seungbeom.

Negli ultimi tempi, molti spiriti si rivolgevano a lui.

Sbuffò.

Alzò il colletto del cardigan fino a coprirsi la gola dal vento freddo, e riprese a camminare. Ben presto, la sua figura fu inghiottita dalla nebbia.

*

A mezzogiorno di un giovedì in cui soffiava una brezza leggera, una berlina di lusso parcheggiò davanti alla clinica. Il signor Choi, proprietario del ferramenta, era impegnato a contrattare con un cliente, ma si fermò per studiare il giovane uomo che scese dall'auto. Alto e incredibilmente bello, si capiva subito che era nativo di Seoul. L'abito firmato, le scarpe eleganti lucide e i capelli tirati indietro, tale e quale a Seungbeom il primo giorno che era arrivato a Uhwa. L'uomo si guardò intorno, incrociando lo sguardo del signor Choi.

«Salve. Sa dirmi dove si trova la clinica Seungbeom Hanuiwon?» Il navigatore mi ha portato qui, ma non vedo nessun altro negozio, oltre all'erboristeria».

«Guardi in alto» rispose il signor Choi indicando il piano sopra il proprio negozio.

L'uomo alzò lo sguardo e finalmente notò l'insegna

della clinica. Forse un po' imbarazzato, si schiarì la gola.

«Grazie. A proposito, che reputazione ha qui il dottor Kim?»

«Reputazione?»

«Se è un bravo medico, gentile con i pazienti, eccetera».

Per tutta risposta, il signor Choi incrociò le braccia e lo squadrò dalla testa ai piedi. Uno che veniva da Seoul per visitare una clinica in provincia doveva per forza essersi informato prima di mettersi in viaggio. Il ferramenta provò a capire quale risposta si aspettasse.

«È bravo».

«Cioè?»

«Dopo solo un paio di sedute di agopuntura ha guarito completamente il mio colpo della strega, e proprio qualche giorno fa è andato a casa di un anziano del paese che viveva da solo perché era preoccupato per lui. È morto mentre il dottore era lì, nonostante abbia provato a rianimarlo. Sta facendo molta fatica a superare il senso di colpa per non essere riuscito a salvarlo. Insomma, se è venuto per farsi curare, è nel posto giusto. Ma se è qui per creare problemi, fa meglio ad andartene».

Il signor Choi avanzò di un passo e guardò lo straniero in modo minaccioso. Si era avvicinato solo di qualche centimetro, ma fu abbastanza per intimidire il forestiero, che dopo un rapido inchinò sparì all'interno dell'edificio.

«Ah, che fatica!»

Jeongmi uscì dalla *tangjesil*, il laboratorio dove preparavano decotti e tisane curative, e si afflosciò sulla sedia dietro la scrivania. Negli ultimi giorni il sole doveva essere sorto a ovest, o comunque c'era sicuramente stato qualche miracolo, perché incredibilmente avevano una marea di clienti. Si era sparsa la voce che i medicinali di Seungbeom fossero migliori di quelli di Sujeong, e che abbinati con l'agopuntura accelerassero la guarigione. Lei e Seungbeom bollivano decotti e tritavano erbe dalla mattina alla sera. La ragazza si accasciò sulla scrivania. Sorpresa da quell'ondata di lavoro improvvisa, i muscoli irrigiditi le dolevano nonostante gli anni di yoga. Oltre alla preparazione dei trattamenti, ciò che la distruggeva fisicamente era poi dover confezionare ogni singola medicina in pacchettini monodose.

«Forse dovrei convincere Taegyeong a tornare».

Ci rifletté, la guancia appiccicata al legno della scrivania. Non poteva certo raccontargli che era stato uno spirito maligno a mettere sottosopra la clinica. Magari sarebbe tornato se gli avessero offerto abbastanza soldi. Jeongmi poggiò il viso sulle braccia incrociate.

In quel momento, Seungbeom uscì dal suo studio, in mano dei fogli. Doveva aver controllato la posta. Incurante dei ciuffi di capelli che spiccavano disordinati e con un'espressione scura in volto, incrociò lo sguardo con Jeongmi. Subito, lui nascose la lettera dietro la schiena.

«Che cos'è?»

«Cosa?»

«Quello che stai ovviamente cercando di nascondere» disse Jeongmi con un cenno della testa. Gli occhi di Seungbeom si spostarono per una frazione di secondo verso la lettera, ma poi fece spallucce.

«È solo un avviso della banca. Sono indietro con dei pagamenti. Niente di cui preoccuparsi, comunque. Ora che Geunwoo si occupa dei fantasmi, abbiamo molti più pazienti, di questo passo...» il tono inizialmente deciso si affievolì. Considerando che per mesi non avevano avuto alcuna entrata, Jeongmi immaginò che il suo debito non avesse fatto altro che aumentare. I pochi soldi che aveva racimolato erano finiti in bollette, affitto e stipendi. Lei lo guardò: era bastata una lettera di sollecito per demoralizzare lo stesso uomo che fino a poco tempo fa le aveva assicurato che poteva fidarsi di lui.

«Basta che continuiamo a impegnarci...»

Le parole di Seungbeom furono interrotte dal suono della campanella all'ingresso. La porta della clinica si aprì.

«Benve... Giyun?»

Jeongmi, credendo fosse un paziente, rimase esterrefatta nel vedere Song Giyun varcare la soglia. Era l'ultima persona che si sarebbe mai aspettata di vedere lì.

«Che ci fai qui?» Seungbeom, preso alla sprovvista, infilò la lettera di sollecito in tasca. Giyun osservò l'interno della clinica.

«Be', prima o poi dovevo venire a dare un'occhiata allo studio del mio ex collega, no?»

«Siamo aperti da un pezzo, mi sembra un po' tardi. E poi, ti presenti a mani vuote? Non siamo nemmeno amici».

Giyun rimase impassibile di fronte al brusco benvenuto di Seungbeom.

«Il direttore si sta facendo in quattro per Sora, sai? Quando lui non ha tempo invece me ne occupo io. Immagino tu sappia che è migliorata molto».

Come si permetteva di parlare di Sora? Seungbeom fu sul punto di insultarlo, ma si trattenne e mise su una facciata di cordialità.

«Certo, lo so bene. Accomodati, sarai stanco dopo il viaggio. Vuoi qualcosa da bere? Del caffè magari? Purtroppo abbiamo solo quello solubile, spero vada bene». Si girò verso Jeongmi e Giyun rivolse un sorriso smagliante all'infermiera. «Ma che sciocchezze che dico, no, no, me ne occuperò io stesso! Dopo tutta la fatica che hai fatto per venire mi sembra il minimo».

Nonostante il tono affabile, appena diede le spalle a Giyun il volto di Seungbeom s'irrigidì, mentre le sue labbra si mossero impercettibilmente per formare insulti silenziosi.

'Questi due non cambiano mai' pensò Jeongmi rivolgendo un sorriso forzato al suo capo, il quale le disse di prendersi una pausa prima di andare a preparare il caffè. Nel frattempo, Giyun allungava il collo per esaminare ogni angolo della clinica. Seungbeom, dal canto suo, era intento a capire lo scopo della visita, osservandolo di sottecchi. Sebbene Giyun ostentasse la sua solita aria rilassata che tanto lo irritava, notò che la sua gamba si muoveva su e giù nervosa.

«È quasi ora di pranzo, ma vedo che non avete pazienti» notò Giyun.

«Stamattina eravamo pieni, la clinica si è svuotata solo poco fa. Come puoi vedere, i bollitori vanno a pieno regime».

Non erano mai stati in confidenza, tanto che pure un'osservazione del genere sembrava un'invasione della sua privacy. Seungbeom era ormai sicuro che fosse venuto per un motivo specifico. Gli porse il caffè e si sedette di fronte a lui.

«Vuoi andare a pranzo?»

«No, grazie. So che sei impegnato. Sono giusto passato a salutare, ma devo tornare a Seoul. È un bel viaggetto da qui».

Giyun agitò la mano in segno di rifiuto prima di bere il suo caffè. Seungbeom continuò a fissarlo con un sorriso forzato, fino a quando l'impazienza di Giyun ebbe la meglio.

«Per caso sei in contatto con il direttore?»

«No, non siamo così intimi».

L'ultima conversazione che avevano avuto risaliva al giorno in cui gli aveva affidato Sora. Da allora, era stata la sua segretaria a dargli aggiornamenti tramite e-mail, e se Seungbeom poneva domande, riceveva solo risposte formali, e sempre e solo da lei.

Giyun lo guardò con un'espressione ambigua, come se stesse cercando di capire se fosse una bugia. Infine, incapace di trattenersi, Seungbeom scoppiò.

«Insomma, cosa vuoi? Perché mai dovrei mentirti su una cosa del genere?»

«Con tutto quello che mi hai fatto passare, non mi stupirebbe».

«Vorrei farti notare che sei stato tu a fregarmi l'ultima volta» disse Seungbeom riferendosi alla promozione che gli aveva soffiato.

«Eh no, caro mio» sbottò Giyun. «Sei stato tu a trattarmi come un'idiota davanti a tutto l'ospedale, e neanche molto tempo fa. A causa tua girano strane voci sul mio conto e nessuno mi rispetta più come prima».

«Be', avranno scoperto la verità. Pensavi che non si sarebbero mai accorti che ti nascondi dietro i soldi dei tuoi genitori?»

«Sei sempre il solito stronzo!»

«Ehi, smettetela!» Ben sapendo che la situazione sarebbe degenerata, Jeongmi si piazzò fra i due con un sospiro esasperato. Davvero non comprendeva perché mai finissero sempre per cercare di staccarsi la testa a vicenda. «Volete smetterla di comportarvi come due poppanti? E tu, Giyun! Cosa diavolo sei venuto a fare?»

Spiazzato da quel rimprovero, Giyun si strinse nelle spalle, poi con cautela disse: «Ecco, è che… qualche giorno fa ho sentito il direttore che diceva alla segretaria di non prendergli appuntamenti per il quindici del prossimo mese».

«E quindi?» chiese Seungbeom, che non capiva cosa c'entrasse lui in tutto questo.

«Jintae ha detto che sarebbe venuto qui!» urlò Giyun frustrato, facendo trasalire la povera Jeongmi.

Seungbeom rimase a bocca aperta. Più rifletteva su quelle parole, più confuso si sentiva.

«Cosa viene a fare qui quel vecchio?»

«E io che ne so, sono qui proprio per scoprirlo. E comunque, come ti permetti di rivolgerti a lui in questo modo? 'Vecchio'?!»

«Non è mica il mio capo».

«Basta!» s'intromise di nuovo Jeongmi. «Se quello che dice Giyun è vero, mancano meno di trenta giorni. Non capisco cosa voglia da noi. Forse vuole scusarsi per qualcosa?»

«Sì, dev'essere per questo, oppure...»

Jeongmi interruppe le elucubrazioni di Giyun. «Oppure è un buon segno».

Seungbeom, immerso nei suoi pensieri, non aveva ancora detto niente. Dubitava che quella del direttore fosse una visita di cortesia. Era più probabile che volesse rivolgergli delle scuse: di errori Jintae ne aveva fatti eccome.

«Per caso lo hai supplicato di farti tornare a Seoul?» chiese Giyun lanciandogli uno sguardo tagliente.

«Sì, ma ha rifiutato subito» rispose Jeongmi al posto di Seungbeom. Giyun annuì.

«Non è mai stato un tipo che dimentica facilmente».

«Allora dev'essere un test!» Jeongmi batté le mani. «Una visita improvvisa per vedere quanti pazienti abbiamo, se Seungbeom lavora bene e se si è guadagnato la fiducia degli abitanti».

Era un'opzione plausibile.

«Forse ha intenzione di riassumerti a seconda di come va questo test» propose Giyun.

«Wow. Seungbeom, finalmente il tuo desiderio di tornare a Seoul si avvererà!»

Jeongmi era euforica, tanto che sembrava sarebbe stata lei a essere riassunta. Se Seungbeom avesse ripreso a lavorare al Jeil, avrebbe potuto ripagare i suoi debiti, e finalmente le difficoltà che aveva affrontato a Uhwa avrebbero avuto un significato. Notando l'espressione inacidita di Giyun, Jeongmi gli tirò una pacca sulla spalla.

«Il viaggio è lungo, mangia qualcosa prima di partire. C'è un buon ristorante qua vicino».

«Assurdo. Il direttore non ti riassumerà mai. Guarda questo posto: siamo nel bel mezzo della giornata e non c'è nessun paziente. Riesci a pagare almeno l'affitto?»

Giyun non poteva credere che il direttore avesse intenzione di riassumere Seungbeom. Non era nemmeno sicuro che avessero tanti pazienti come gli avevano raccontato. Per non parlare di quella storia inverosimile che gli aveva riferito il ferramenta riguardo al suo ex collega, tormentato dal senso di colpa per non essere riuscito a salvare un vecchio che aveva assistito personalmente. Come poteva quell'egocentrico, un dottore che aveva sempre trattato i pazienti come semplici banconote, essere cambiato così tanto? Un arrogante del genere che ora si prendeva cura delle persone? Impossibile. Non aveva idea di come avesse fatto Seungbeom a ingannare l'intero paese, ma era sicuro che fosse solo una facciata. Nessuno cambiava con tale facilità.

«Mi pare che Seungbeom ti abbia già dato una spiegazione. Siamo impegnati soprattutto la mattina e la sera, nel pomeriggio le persone qui lavorano. Questo è l'unico motivo per cui adesso siamo tranquilli. Abbiamo cinque enormi bollitori e sono tutti in funzione, non ci vedi?»

Giyun rispose impettito: «Dubito che il direttore si prenderà la briga di andare a controllare la *tangjesil*. È ovvio che baserà la sua decisione solo sul numero di pazienti».

Jeongmi s'infuriò.

«Giyun, se non la smetti con questi commentini idioti, col cavolo che ti offro il pranzo».

«Che esagerata. E comunque non mi pare di averti chiesto di offrirmi da mangiare».

«Staremo a vedere cosa succede. Dopotutto, se il direttore vuole venire qui, è perché ha visto che Seungbeom è cambiato».

«Quel cretino? Figurati!» esplose Giyun. L'infermiera sorrise vittoriosa.

Più tardi, Jeongmi li portò al ristorante. Ma sia durante il pasto, sia quando Giyun, umiliato, si rimise in macchina per tornare a Seoul, Seungbeom aveva la testa da tutt'altra parte.

Mentre si preparava per tornare a casa, Jeongmi lanciò un'occhiata a Seungbeom. Non spiccicava parola da quando erano andati a pranzo.

«A che pensi?»

«Niente di particolare».

La notizia del direttore avrebbe dovuto farlo sentire sollevato – finalmente il suo valore sarebbe stato riconosciuto! Poteva tornare a Seoul, ripagare i suoi debiti, abbandonare la vita noiosa di quel misero paesello insieme ai suoi fantasmi, non avrebbe più dovuto competere con la vecchia erborista e subirne le umiliazioni. Eppure, si sentiva vuoto. Cercò di scacciare quella malinconia, ma continuava a pesargli sul cuore.

«Non sei contento che venga il direttore?»

«Ovvio che sono contento. Perché?»

«Mi aspettavo di vederti saltare di gioia, urlando cose tipo 'Finalmente è arrivata la mia occasione! Tornerò a Seoul e diventerò il miglior dottore dell'universo!' Invece mi sembri un po'...»

«Un po' cosa?»

«Depresso».

«Certo che tu non hai proprio peli sulla lingua». Seungbeom si passò una mano sul viso, e Jeongmi ridacchiò.

«È davvero la tua occasione per essere riconosciuto da quel traditore però. Sai che rivincita».

«Una gran bella rivincita» confermò Seungbeom.

Jeongmi aveva ragione, avrebbe dovuto essere felice per quella opportunità di vendetta. E invece, la sua mente era occupata da una sola immagine: le ceneri di Gongsil che gli scivolavano fra le dita, e la robusta mano di Sujeong che lo consolava. Di nuovo, il suo umore si arenò.

«Sai, pensavo che...» disse Jeongmi tutto d'un tratto.

«Mh?»

«Be', che fossi geloso».

«Geloso?»

«Non hai visto che Giyun mi ha dato il suo numero?»

«Quando?»

«Prima di andarsene. Mi ha detto che nessuna donna lo aveva mai trattato con tale schiettezza, e poi ha salvato il suo numero sul mio telefono. Non sembra proprio una scena presa da una soap opera? Ormai la tv ci ha rovinato».

'Quel playboy di Giyun! Ha approfittato della mia distrazione per provarci. E con chi, poi!' Furioso, il viso gli divenne di un rosso accesso, ma subito dopo si chiese perché mai fosse così arrabbiato. Inspirò a fondo e rilassò le spalle. 'No, è giusto che Jeongmi trovi qualcuno'. Una donna straordinaria come lei non poteva stare tutta la vita appresso a lui, per quanto profonda potesse essere la loro amicizia.

«Capisco» disse infine.

«Ah, non ti interessa… Allora io vado a casa».

«No, è che…»

Seungbeom allungò una mano, alla ricerca di una risposta plausibile, ma Jeongmi aveva già preso la sua borsa ed era uscita senza nemmeno voltarsi. Lui rimase lì, lo sguardo fisso nel vuoto, poi lasciò ricadere la mano lungo il fianco.

Proprio in quel momento, sulla soglia apparve Geunwoo, il medico fantasma. Vedendo che Jeongmi andava via, le disse: «Stai andando a casa? Riposati, e buona notte». Sapeva benissimo che l'infermiera non poteva sentirlo, però lui non mancava mai di salutarla.

Seungbeom si affacciò alla finestra. Le lunghe giornate estive si stavano accorciando. Il cielo serale, più scuro del solito, sembrava minacciare pioggia da un momento all'altro, mentre Venere brillava tra le nuvole grigie. I suoi occhi seguirono la figura di Jeongmi che usciva dall'edificio e s'incamminava verso casa, per poi posarsi sull'erboristeria, la cui luce arancione filtrava dalle finestre. C'era ancora qualche cliente, ma appena questi se ne fossero andati, sarebbe iniziato il turno serale.

«A proposito…» gli sussurrò Geunwoo nell'orecchio.

«Maledizione, mi hai spaventato!» trasalì Seungbeom girandosi di scatto.

Il fantasma gli era strisciato di fianco senza il minimo rumore, e ora lo stava osservando accigliato.

«Che colpo... Lo so che sei un fantasma, ma non puoi spuntare così all'improvviso! Scusami, oggi ho troppi pensieri. Comunque, che succede?»

Geunwoo scosse la testa e gli fece cenno di seguirlo. Il dottore di solito arrivava in clinica di sera, per occuparsi dei fantasmi in fila nella sala di agopuntura. Quel giorno aveva un'operazione, e così era arrivato in anticipo.

«Volevo parlarti di Yoo Siyeong, il paziente che si sottoporrà all'intervento di ricongiunzione» disse il fantasma mentre camminavano verso la sala. Per fargli capire di chi stesse parlando, Geunwoo afferrò la propria testa, la staccò con incredibile facilità dal collo e la porse a Seungbeom.

«Che schifo!» gridò inorridito lui. La testa lo seguì per qualche secondo, poi Geunwoo la sistemò di nuovo al proprio posto. Incredibile cosa potevano fare i fantasmi. A ogni modo, avrebbe preferito non assistere a scene del genere, grazie tante. Fulminò con lo sguardo il suo collega. «So chi è».

Si ricordava benissimo di quello spirito. L'aveva incontrato per la prima volta da Sujeong, un uomo giovane e pallido che reggeva il capo sottobraccio come una palla da basket. Gli era preso un coccolone quando l'aveva visto. Si sentì un po' in colpa per aver reagito a quel modo.

«Caro dottor Jo, lascio tutto nelle tue mani, mi fido di te».

«Sì, ecco, il punto è che credevo sarebbe bastato ricucire le due parti, ma a un esame più attento, ho riscontrato un problema».

«Che problema?»

«Ora ti mostro». Geunwoo aprì la porta della sala di agopuntura.

C'erano otto letti nella stanza, con un divisorio ogni due. Avevano fatto in modo che l'ultima coppia di letti fosse inaccessibile ai pazienti umani, riservandoli ai fantasmi. Geunwoo aprì la tenda che proteggeva l'ottavo letto, rivelando Yoo Siyeong seduto ad aspettarli, la testa poggiata in grembo con estrema delicatezza. Seungbeom inclinò il capo, perplesso. Ora che se lo trovava di fronte, notò che la pelle del corpo, in contrasto con il viso pallido, era di un color bluastro che non gli era mai capitato di vedere negli altri fantasmi. Fece un appunto mentale di chiedere a Gongsil e Sujeong non appena le avesse viste, e puntò lo sguardo su Geunwoo.

Yoo Siyeong, all'arrivo dei due medici, smise di giocherellare con le ciocche di capelli arruffati e alzò una mano in segno di saluto. Nei suoi occhi infossati baluginò un lampo di felicità, mentre le labbra screpolate si allargarono in un sorriso.

«Buonasera! Che giornata splendida per un intervento, non trovate?»

«Buonasera a lei signor Yoo» rispose Geunwoo. «Oggi sembra in ottima forma».

«Mai avrei immaginato che sarebbe arrivato questo giorno!»

«Per me è un onore operarla. Le spiace darmi la sua testa per un momento?»

Il sorriso di Siyeong svanì, ma dopo un attimo di esitazione eseguì. Geunwoo prese con cautela la testa e fece segno a Seungbeom di avvicinarsi. Quando gli fu di fianco, il dottore fantasma allineò la testa del paziente con la superfice squarciata del collo.

«Dovrò tagliare le estremità lacerate prima di riunire le due parti. Per fortuna, trattandosi di uno spirito, non ci sarà bisogno di ricorrere a punti in metallo».

Piegato in avanti ad ascoltare la spiegazione di Geunwoo, Seungbeom si bloccò.

«Ha capito ora?»

«Questo...?»

Gli occhi di Geunwoo, attento a non far preoccupare il paziente, si spostarono sul collega. Seungbeom lo guardò, poi tornò a osservare il punto in cui testa e corpo avrebbero dovuto essere ricongiunti. Si sentì mancare. Le due parti non combaciavano.

Testa e corpo appartenevano a due persone diverse.

*

«Come facciamo?»

Esausto, le pupille di Geunwoo tremarono. Una profonda stanchezza gli segnava il viso. Seungbeom si afferrò i capelli con entrambe le mani prima di alzare lo sguardo.

«Non è che, magari, la pelle si è seccata dopo il distacco e così il collo si è ristretto?»

Con la scusa di doversi preparare per l'intervento, erano andati nello studio di Seungbeom a discutere sottovoce.

«Sarebbe plausibile se il paziente fosse ancora vivo, ma per un fantasma è impossibile».

«Non possiamo proseguire con l'operazione comunque?»

«No, siamo dei medici. Dobbiamo tener fede alla nostra coscienza».

Certo, sarebbe stato sbagliato buttare la coscienza fuori dalla finestra solo perché il paziente era un fantasma. Anche se, fosse stato per Seungbeom, lui non si sarebbe fatto tanti scrupoli.

«E quindi come facciamo?» chiese chiaramente infastidito. A forza di pensare così tanto gli stava venendo un'emicrania.

«Non è qualcosa che mi compete, però...»

«Be'?» incalzò Seungbeom, stufo di quelle pause. Che si muovesse a dire quello che gli frullava per la mente!

«Bisognerebbe trovare il corpo della persona a cui appartiene la testa, e viceversa».

«E chi dovrebbe cercarli?»

«Secondo te?» disse Geunwoo con uno sguardo eloquente.

Seungbeom era a tanto così da strapparsi i capelli. Chiuse gli occhi, frustrato. Che situazione assurda. Come diavolo avrebbe fatto a trovare il proprietario di quella testa, e dove soprattutto? Un gemito gli sfuggì dalle labbra, mentre Geunwoo si massaggiò il collo, come se i muscoli di un fantasma potessero indolenzirsi.

«In ogni caso, dobbiamo avvertire il signor Yoo che non possiamo portare avanti l'operazione. E se tu non sai da dove iniziare la ricerca, perché non chiedere direttamente al paziente?»

«Cosa dovrei chiedergli?»

«Dove ha trovato la testa, ovviamente. A meno che non si sia trattato di un evento traumatico, immagino il corpo si trovi nelle vicinanze».

«Un evento traumatico?»

Geunwoo cominciava a spazientirsi di fronte a quella sfilza di domande.

«Sappiamo che ci sono almeno due fantasmi che sono finiti decapitati» disse il ragazzo prima unendo e poi separando i palmi delle mani. Nella mente di Seungbeom apparve l'immagine di qualcuno che segava il collo di un cadavere. «Disgustoso!» gridò, ma subito si zittì.

«Hai chiesto al signor Yoo cosa gli è successo?» domandò Geunwoo infilando le mani nelle tasche del camice bianco.

Ovvio che no. Il fantasma aveva fatto richiesta di essere operato e lui aveva accettato, fine. Notando il colorito grigiastro di Seungbeom, Geunwoo dedusse da solo la risposta, annuendo.

«Be', possiamo rimediare ora» disse con un'alzata di spalle, poi rientrò nella sala di agopuntura.

Seungbeom si morse le labbra. Più scavava nell'*han* dei fantasmi, più il macigno che gli premeva sul petto si faceva pesante, infiammandogli lo stomaco. Il calore risaliva fino alla gola, inumidendogli gli occhi di lacrime. Odiava quella sensazione. Perché non poteva limitarsi a curare le ferite invece di indagare nel passato dei suoi pazienti? Non voleva ritrovarsi di nuovo a piangere come un moccioso come era successo con Gongsil.

«Signor Yoo, abbiamo alcune domande da farle».

«Di cosa si tratta?»

«Non è nulla di grave, ma da alcuni esami abbiamo concluso che la sua testa…» La voce di Geunwoo raggiunse Seungbeom, ancora nel suo ufficio.

'Okay. Intanto gli chiediamo dove l'ha trovata. Se anche così non riuscissi a rintracciarla, procederemo con quella che ha già. In questo modo, la coscienza di Geunwoo sarà a posto. Negoziare è il mio punto forte dopotutto'.

Non fece in tempo a raggiungere questa conclusione, che dalla sala di agopuntura udì un gran trambusto. Siyeong, la testa sottobraccio, si precipitò fuori dalla stanza, con Geunwoo che lo rincorreva barcollante. Seungbeom allungò le braccia per fermare il paziente.

«Aspetti, si calmi signor Yoo!»

«Prendilo!» gridò Geunwoo.

Dopo un attimo di esitazione, Siyeong cominciò a correre in direzione di Seungbeom. Nella confusione, provò ad acchiapparlo, ma il fantasma, nemmeno fosse un giocatore di rugby, strinse la testa contro il fianco e si scagliò su Seungbeom con una spallata in pieno petto. Una fitta lancinante lo pervase mentre sentì i piedi sollevarsi da terra. Non ebbe nemmeno il tempo di urlare prima di schiantarsi contro il muro e rotolare sul pavimento. Rimase a osservare impotente i piedi di Siyeong che sparivano, contorcendosi dal dolore. Aprì la bocca cercando di inghiottire aria, ma senza riuscirci. Un rivolo di saliva forse, o sangue, gli colava giù per il mento.

Geunwoo lo raggiunse e si inginocchiò accanto a lui, allungando le mani per aiutarlo. Le sue dita lo attraversarono come aria.

«Dottore, stai bene?»

No, non stava per niente bene. Seungbeom si strinse il petto, nel punto dove il fantasma lo aveva colpito. Da lì il dolore si irradiava per tutto il corpo. Boccheggiava, mentre la voce di Geunwoo gli arrivava ovattata.

«Cerca di respirare, lentamente!»

Seguendo le indicazioni del collega, Seungbeom si sforzò di inspirare, espirare, inspirare, espirare…

«Bravo. Continua così, dentro, fuori».

L'ossigeno s'infilò nella trachea fino a raggiungere i polmoni. Seungbeom fece un altro respiro, due, tre. Tossì. Inspirò a fondo, e mentre rilasciava l'aria, i muscoli irrigiditi si rilassarono. Finalmente, la vista si fece di nuovo nitida e vide il viso stanco e preoccupato di Geunwoo. Seungbeom si pulì la bocca con il dorso della mano. Niente sangue.

«Stai bene?»

«Come ti sembra che stia?»

Anche se il dolore non era più acuto come poco prima, non accennava a sparire.

«Non molto bene, in effetti. Prova a muovere le dita».

Seungbeom eseguì. Prima le mani, poi i piedi, infine riuscì a mettersi a sedere, tenendosi ancora il petto. Solo allora le spalle di Geunwoo si rilassarono.

«Meglio?»

«Mi sento come se qualcuno mi avesse lanciato addosso una gigantesca pietra».

«Potresti aver subito delle fratture. Domani vai in ospedale per una radiografia». Inclinando la testa di lato, Geunwoo osservò Seungbeom, ancora ansimante, che si girò a guardarlo. «Ma ora che ci penso… Io non riesco a toccarti. Come ha fatto il signor Yoo?»

Capitolo 14
Yoo Siyeong

«Probabilmente vi siete ritrovati sulla stessa onda» rispose Gongsil seduta al suo solito posto sul divano dell'erboristeria, sgranocchiando gallette di riso. Seungbeom, sdraiato con un impacco medicinale sul petto, alzò la testa.

Gongsil fluttuò davanti alla porta della stanza di Sujeong e schioccò la lingua con disappunto. Era preoccupata per il livido sulla pelle del dottore, visibile sotto lo strato di unguento verdastro che lo ricopriva. Nudo dalla cintola in su, Seungbeom percepì un moto d'imbarazzo e tentò di portarsi le mani al petto per coprirsi, ma rinunciò quando si trovò le dita appiccicose.

«Temo che il dolore andrà avanti per un bel po'» disse Gongsil.

«Se non altro non ci sono fratture. Senta, che cos'è questa storia delle onde?»

«Non ne so molto, ma pensa alla corrente elettrica. Quando le lunghezze d'onda fra il nostro mondo e il vostro coincidono, noi fantasmi possiamo prendervi per mano, abbracciarvi, e ovviamente anche colpirvi. Se invece si è su due lunghezze differenti, è impossibile. Ogni tanto può capitare che ci siano dei brevi contatti, tipo una scintilla improvvisa. Se le onde coincidono, possiamo interagire con tutto, anche con animali e oggetti».

A Seungbeom tornò in mente la mano di Gongsil che

lo accarezzava sulla schiena, o come la donna fosse in grado di afferrare il cibo e mangiarlo. Ora che ci pensava, anche il signor Jang aveva brandito un bastone e aperto la porta. Adesso sì che aveva senso.

«Cosa sono queste sciocchezze sulle onde?»

Sujeong apparve portando un vassoio di plastica, che sbatté sul tavolo con un'espressione glaciale. Da una vecchia ciotola salivano spirali di vapore bianco. Gemendo per il dolore, Seungbeom si mise a sedere, alternando lo sguardo fra il decotto marrone scuro e Sujeong. Dopo essersi schiarito la voce, inghiottì il medicinale tutto d'un fiato. Era tanto amaro quanto le parole dell'erborista.

«Immagino tu sia consapevole di aver rischiato di morire. Pensavi che sarebbe stato facile occuparsi dei fantasmi? Sei approssimativo in ogni cosa che fai. Basta che ci sia del denaro di mezzo e ti ci butti a capofitto!»

Seungbeom aggrottò le sopracciglia. Sujeong aveva ragione, ma sentirsi rimproverare con tale schiettezza lo irritò. Le sue labbra fremettero, pronto a risponderle per le rime, ma Gongsil batté le mani portando l'attenzione su di sé.

«Il signor Park saprà sicuramente dirci qualcosa riguardo Siyeong. Quello è un gran ficcanaso».

«Vorrei ricordarti che Seungbeom è quasi morto».

«Certo, perché secondo te questo lo fermerà. Hai intenzione di lasciar perdere?» chiese Gongsil con un gran sorriso.

Seungbeom, che si stava rimuovendo l'unguento dal petto, ribatté: «E chi sarebbe il signor Park?»

«Il fantasma giocatore d'azzardo».

Gli tornò in mente il guanto di gomma rosa. In effetti, il giorno che aveva incontrato Siyeong per la prima volta, c'era anche questo signor Park. Magari i due si conoscevano. Seungbeom prese la camicia che aveva lasciato di fianco a sé, ma quando infilò le maniche un brivido di freddo lo scosse, risvegliando il dolore.

«Vorrei proprio sapere cosa vorresti fare in quelle condizioni» sbottò Sujeong frustrata.

«Innanzitutto, devo rintracciare Siyeong e chiedergli dove ha trovato la testa. Cosa farebbe lei al suo posto?» chiese Seungbeom.

«Pensi davvero che te lo direi?»

«No, ma se non altro ci ho provato».

«Credo che questo caso sia bello complicato. Sujeong, perché non provi anche tu?» Un sorriso malizioso si dipinse sulle labbra di Gongsil, che incrociò le braccia. Seungbeom scattò in piedi. Pensava che fosse dalla sua parte, cosa diavolo stava dicendo?

«Yoo Siyeong è un mio paziente!»

«Mh, non proprio. Te lo sei lasciato scappare. Ormai la fiducia tra medico e paziente si è rotta, non hai più nessun diritto su questo fantasma. O sbaglio?» Gongsil guardò Sujeong, la quale prese il vassoio e si diresse verso il suo ufficio. Una volta che fu di fronte alla porta, Gongsil le chiese: «Rinunci?»

Sujeong sbuffò incredula.

«Perché mai dovrei sistemare i suoi casini?»

«È solo gelosa dei fantasmi che le hai rubato. Non te la prendere» disse Gongsil a Seungbeom, sventolando una mano. Sujeong la fulminò con lo sguardo. La luce fioca dell'erboristeria rendeva l'atmosfera ancora più cupa. Seungbeom, stordito dall'odore pungente dell'unguento e un po' febbricitante, non capiva perché Gongsil fosse così determinata a convincere Sujeong.

«Questo caso potrebbe ribaltare le sorti. Sarà la vecchia erborista a riconfermarsi come migliore, o il trono passerà al giovane talento, con i suoi trattamenti innovativi?»

Sujeong si girò, facendo vibrare la ciotola sul vassoio, che emise un lieve tintinnio. Gli occhi allungati in due fessure, osservava Gongsil pronta ad accettare la sfida. Il cervello di Seungbeom si mise in moto. Questo caso era davvero complicato, e considerando che lui aveva perso la fiducia del paziente, Sujeong aveva ottime possibilità di vincere. Doveva intervenire prima che fosse troppo tardi.

«Ehi! No, assolutamente no!»

Si gettò tra le due donne, agitando le braccia per fermarle. La camicia ancora sbottonata svolazzò, spargendo l'odore dell'unguento. Il dolore ritornò bruciante. Non era giusto che Sujeong gli soffiasse quel caso. Era di vitale importanza che, almeno fino all'arrivo del direttore del Jeil, la sua clinica brulicasse di clienti. Non poteva perdere l'occasione di dimostrare quanto valesse. Ogni fantasma equivaleva a dieci pazienti umani, e non poteva permettersi di perderne nemmeno uno.

«Lei stessa ha detto che è pericoloso» disse rivolgendosi a Sujeong, sperando di dissuaderla.

«Per te, certo» rispose lei. «Cos'è, hai paura di perdere la tua gallina dalle uova d'oro?»

Sarà pure stato vero, ma non capiva perché Sujeong continuasse a tirar fuori la questione dei soldi. Ogni volta che lo faceva, sentiva una fitta al cuore. Seungbeom si posò una mano sul petto. Forse era solo colpa della botta.

«Lei non lo sa, ma l'unico posto in cui possiamo ricongiungere corpo e testa è la mia clinica».

«Mica per merito tuo. È il tuo collega fantasma che si

occupa delle operazioni. Senza contare che l'*han* non sparisce solo per mezzo delle cure fisiche. È importante ascoltare con attenzione il proprio paziente, capire quali ingiustizie ha subito, il motivo della sua tristezza e rabbia. Solo allora si può valutare come procedere. Ma ovviamente tu non ne hai idea, altrimenti non saremmo arrivati a questo punto».

Le parole sprezzanti di Sujeong ferirono l'orgoglio di Seungbeom, che sbraitò: «Lei ha sempre lavorato solo in provincia, quindi non sa che la maggior parte degli ospedali orientali ormai collabora con la medicina occidentale. Uniscono le forze per offrire ai pazienti un'assistenza a trecentosessanta gradi. Io ho semplicemente adattato questo approccio anche ai fantasmi, con l'aiuto di Geunwoo».

I due si guardavano con occhi fiammeggianti, quasi ringhiando. Gongsil, spettatrice silenziosa fino ad allora, alzò la mano.

«Bene, allora è deciso: parteciperete entrambi. Vado a chiamare il signor Park».

Né Sujeong né Seungbeom diedero segno di averla sentita. Sembravano sul punto di saltarsi addosso. L'atmosfera gelida fece tremare perfino Gongsil, che non provava freddo dal giorno della sua morte. Sospirò sconfortata. Era stata lei a proporre la sfida, ma temeva che i due avrebbero finito per tirarsi indietro. Quando però si rese conto che entrambi si stavano trattenendo dallo staccarsi la testa l'un l'altro nel tentativo di mantenere un certo decoro, Gongsil ritrovò un po' di fiducia.

Guardò Seungbeom, sul cui petto ancora nudo spiccava il grosso livido blu-viola. A dir la verità, le rincresceva molto che fosse stato ferito, ed era preoccupata per lui. Come aveva detto Sujeong, trattare con i fantasmi era pericoloso. Misurare la loro forza era praticamente impossibile. Alcuni erano innocui verso gli umani, ma altri potevano ferirli con estrema facilità. Seungbeom aveva già rischiato di morire per mano di suo marito, e ora era successo di nuovo con Siyeong.

Dall'altro lato invece c'era Sujeong, che si occupava di spiriti da anni, e sapeva come sconfiggere quelli maligni. Aveva contatti con molti esorcisti, *mudang* e monaci, ed era l'unica che conoscesse il segreto per liberare i fantasmi dal proprio *han*, motivo per cui nel regno dei morti vigeva il tacito accordo di non farle del male. Eppure, nonostante tutte queste risorse, valutava con attenzione caso per caso, e se lo riteneva troppo difficile, rifiutava senza esitazione.

Seungbeom invece, benché debole ed esposto totalmente alle minacce dei fantasmi, non si fermava davanti a niente. Gongsil temeva che questa sua imprudenza un giorno gli sarebbe costata la vita, e avrebbe finito per accompagnarlo nell'aldilà. Anzi, ne era sicura, e questa cosa la rendeva irrequieta. Dopotutto era stata lei a proporgli di curare i fantasmi, e il senso di colpa non le dava pace. Per questo voleva coinvolgere Sujeong. Sperava che con lei al suo fianco, Seungbeom sarebbe stato meno vulnerabile. Inventandosi quella competizione ridicola, era riuscita a irritare Sujeong abbastanza da farla abboccare. A quanto pare ci aveva visto lungo: la sua vecchia amica era davvero scocciata di aver perso pazienti.

'O forse ritiene Seungbeom del tutto inaffidabile'.

Gongsil osservò Sujeong, ma la sua espressione era indecifrabile.

*

Yoo Siyeong si rifugiò sulla montagna di Ami, un luogo a lui familiare. Mancava da talmente tanto tempo che la foresta gli sembrava diversa. Le chiome rigogliose degli alberi si erano tinte di rosso e giallo, mentre il canto delle cicale era sparito insieme all'aria umida e tiepida, lasciando solo il freddo d'inizio autunno.

Attraversando la foresta ormai spoglia, Siyeong risalì la montagna. Di tanto in tanto si fermava per controllare che nessuno lo avesse seguito, ma l'unico rumore che udiva era lo sciabordio del torrente che scorreva in fondo alla valle. Dopo una lunga camminata, giunse di fronte a una tomba dissotterrata e s'inginocchiò.

La malinconia lo avvolse. Era rimasto dentro quella bara buia, stretta e infestata da insetti per un tempo infinito, oppresso da una solitudine immensa. Aveva pianto a lungo chiamando sua madre, ma nessuno aveva mai risposto.

Era stato dimenticato.

Lo sapeva, ma non era facile rinunciare a quel barlume di speranza che qualcosa potesse accadere, che qualcuno sarebbe infine arrivato per lui. E così le sue orecchie erano tese a captare qualsiasi suono, il lieve fruscio di una foglia trasportata dal vento, le zampe di un cinghiale o di un cervo che correva nella foresta. In quei momenti chiamava sua madre, sperando che fra quei passi ci fossero anche i suoi, venuta a cercarlo. O se non lei, che almeno un forestiero di passaggio, chiunque, lo sentisse. Il suo pianto era incessante quanto quello delle cicale. Poi, un giorno, captò un rumore di terra scavata. Andò avanti per un po', fin quando ci fu un forte colpo. Qualcosa bussava sul coperchio marcio e umido della sua bara. Dei sassolini e un millepiedi che strisciava sul legno gli caddero sul viso.

'Mamma?'

Con uno scricchiolio, un angolo del coperchio si ruppe, lasciando che la luce argentea della luna si riversasse nella bara. Poco dopo, due mani fredde, morbide e forti al tempo stesso, si poggiarono sulle sue guance.

Era così felice di essere finalmente fuori dalla tomba. Arrivato nel suo vecchio villaggio, rimase stupito nel vedere quanto fosse cambiato. Scoprire che al posto di casa sua ora si estendeva una larga strada lo lasciò svuotato e deluso.

Nessuno sapeva. Nessuno voleva sapere.

«Ehi, nuovo arrivato. Come hai fatto a ridurti in quel modo?»

Siyeong alzò la testa e notò un uomo di mezz'età a cui mancava una mano. Era la prima volta che qualcuno gli parlava dopo anni passati in solitudine.

«Perché, c'è qualcosa che non va?»

«Sei andato a cena col boia?»

Siyeong cominciò a piangere, anche se dai suoi occhi non scesero lacrime. Il signor Park, vedendo che le sue parole sembravano aver ferito il ragazzo, si grattò la testa con il moncherino, imbarazzato.

«Era solo una battuta».

«Vengo dal profondo della montagna Ami. Sono stato solo per tanto, tanto tempo. Lei è la prima persona che mi parla».

«Non ne avevo idea, ma ora che lo so, sono felice di conoscerti. Piacere, io sono Park Jaeho. Puoi chiamarmi semplicemente Park».

«Piacere, Park. Io mi chiamo Yoo Siyeong».

*

Seungbeom parcheggiò alle pendici del monte Ami, in uno spiazzo, fiancheggiato da un campo di riso che scintillava dorato nel vento. La foresta si era colorata d'autunno. Nelle vicinanze scorse un paio di case, ma per il resto regnava un silenzio assoluto.

«Non so nemmeno cosa sto facendo» borbottò mentre tirava fuori dal bagagliaio un bastone da trekking. Di fianco a lui, il signor Park osservava la montagna. Infilando alcune bottigliette d'acqua nello zaino, lo sguardo di Seungbeom si fece determinato. Se avesse perso la sfida contro Sujeong, si sarebbe giocato la sua reputazione e Jintae si sarebbe fatto una grassa risata, contento di vedere che aveva avuto ragione a licenziarlo. Avrebbe perso tutto. Zaino in spalla, alzò gli occhi sulla cima di fronte a lui. Il signor Park indicò la foresta.

«Il sentiero è bello ripido fino a quella collina. E comunque non abbiamo garanzia che Siyeong sia lì. Non sarebbe meglio lasciare che siano i fantasmi a cercarlo?»

«In quel caso il vantaggio è di Sujeong, lei ha molti più clienti abituali di me. No, anche a costo di scandagliare l'intera montagna, lo troverò!» annuì determinato Seungbeom.

«Ah, vedo che hai già deciso. Però non credo che la signora Go si fidi dei fantasmi fino a questo punto».

In piedi all'entrata del sentiero, Seungbeom si girò verso di lui.

«Cosa intende dire?»

«Per decenni ha cercato un fantasma, ma nessuno è riuscito a rintracciarlo. Crediamo tutti che ormai sia passato dall'altra parte. Comunque, il punto è che dubito che la signora Go farà affidamento sui fantasmi per trovare Siyeong. Vorrà occuparsene di persona. È una tipa davvero tosta».

«Quale fantasma?» Era la prima volta che Seungbeom ne sentiva parlare.

«Mh?»

«Chi è il fantasma che sta cercando Sujeong?»

Le sopracciglia del signor Park si sollevarono, il suo istinto da giocatore d'azzardo all'erta. Possibile che nessuno gliene avesse mai parlato? E sì che andava in erboristeria ogni giorno! Si chiese se l'ignoranza di Seungbeom riguardo l'argomento non fosse dovuta più che altro al suo disinteresse, ma poteva anche darsi che la signora Go lo avesse tenuto all'oscuro di proposito. Dopotutto, Sujeong mal sopportava il giovane medico. 'Sarà meglio che stia attento a quello che dico' pensò il signor Park. Poi, con un sorrisetto furbo, disse: «Ti sembra il momento di preoccupartene? Pensiamo piuttosto a tirarti fuori da quest'impiccio».

Seungbeom lo guardò sospettoso. Vedeva le rotelle nel cervello del signor Park girare a tutta velocità. Se fosse riuscito a trovare Siyeong, avrebbe dovuto sdebitarsi con il fantasma.

«Ha ragione. Ora abbiamo altri problemi».

Seungbeom s'incamminò verso la foresta. Le pietre scricchiolavano sotto le suole dei suoi scarponi, alzando una nuvola di polvere a ogni passo. Nell'aria si sentiva il frinire degli insetti, le libellule che sbattevano le ali in mezzo all'erba alta. Mentre scandagliava la zona, si assicurò di non tralasciare nemmeno un angolo inesplorato.

«Temo che non ti sarò di grande aiuto, sai?» disse dopo un po' il signor Park.

«Siyeong si fida di lei. Quando lo troveremo, dovrà solo convincerlo ad ascoltarmi».

«Non sono nemmeno sicuro che mi darà retta».

«La smetta con questa negatività. Piuttosto, tenga gli

occhi aperti e si guardi bene attorno. Le prometto che, se questa faccenda va a buon fine, potrà abbandonare quel guanto».

Se quello che voleva Park era una mano nuova di zecca, Seungbeom gliel'avrebbe trovata a ogni costo.

«Musica per le mie orecchie» sorrise soddisfatto il fantasma, gonfiando il petto. Poi, mentre accarezzava il guanto con l'arto sano, si guardò attorno stupito. Borbottando, girò la testa a destra e a sinistra. Si strofinò gli occhi e fissò la boscaglia di fronte a loro.

«Oh? Ma...»

«Lo vede?»

Seguendo lo sguardo del signor Park, Seungbeom osservò il fitto della foresta. Tra le foglie cadute s'intravedeva qualcosa di bianco. Che avessero già trovato quello che stavano cercano?

«È proprio lei! La signora Go! È arrivata prima di noi» esultò di gioia il signor Park scorgendo la sagoma di Sujeong.

Seungbeom, invece, fece una smorfia. Al posto di trovare Siyeong, il vecchio aveva individuato la persona che meno avrebbe voluto incontrare in quel momento. L'entusiasmo iniziale sparì di colpo. Prima che potesse fermarlo, il signor Park sventolò un braccio per salutare.

«Ehi! Signora Go!»

Sujeong, poco più avanti, si voltò.

«Si fermi, la smetta!» implorò Seungbeom, ma il fantasma lo ignorò e corse incontro alla sua rivale. Una folata di vento sollevò alcune foglie secche e della polvere, che finì negli occhi di Seungbeom. Serrò le palpebre, e un paio di lacrime involontarie gli rigarono le guance mentre percorreva barcollante il sentiero. Si strofinò gli occhi un paio di volte per scacciare la polvere e finalmente tornò a mettere a fuoco la scena. Il signor Park, agile come una gazzella, aveva già raggiunto Sujeong, e ora sventolava la mano in direzione di Seungbeom. L'erborista invece lo osservava con evidente disapprovazione.

«Sei così felice di vederla da metterti a piangere?» domandò Park fraintendendo.

«Ma no, è stato il vento che... Va be', lasciamo stare».

Seungbeom si asciugò le lacrime in fretta e furia.

«Che ci fate qui?» chiese tagliente Sujeong guardandoli.

Il signor Park, le mani dietro la schiena, percependo l'atmosfera glaciale tra i due rispose: «Sto aiutando il dottore. Spero non ti dispiaccia, è che sono preoccupato per Siyeong, tutto qui. Alla fine, che importa chi viene con me? Anzi, ora che ci siamo incontrati, possiamo unire le forze!»

Senza rispondere, Sujeong si voltò e riprese la salita.

«Se preferisci di no basta dirlo» borbottò un po' in imbarazzo il signor Park.

Seungbeom gli lanciò un'occhiataccia. «Unire le forze, eh?»

«Tranquillo, ricordo bene la promessa che ti ho fatto».

Rendendosi conto che si era messo automaticamente a seguire Sujeong, Seungbeom scosse la testa. 'No, se le vado dietro mi accuserà di averla usata. Sarà meglio iniziare da un'altra parte'.

Invece di puntare subito alla cima, l'avrebbe raggiunta dal versante opposto. Nel frattempo, il signor Park era sparito. Dedusse che si era messo a cercare Siyeong per conto suo. Dalle sue parole, sembrava non aver dimenticato la loro promessa, e così Seungbeom decise di fidarsi del fantasma. Sistemò lo zaino in spalla. Da quando aveva iniziato a curare gli spiriti, si allenava regolarmente, ed era molto più in forma rispetto a quando aveva seguito Sujeong durante l'estate.

Due ore dopo, Seungbeom dovette ricredersi. Tutto l'esercizio che aveva fatto si rivelò inutile.

Curvo sotto il peso della fatica, il suo respiro si faceva sempre più affannato a mano a mano che il sentiero – o meglio, la parete rocciosa – si inerpicava ripido su per la montagna. Ansimando mentre si aggrappava a tronchi d'albero per avanzare, un fiume d'imprecazioni gli sgorgava incessante dalle labbra. Grosse gocce di sudore cadevano sul tappeto di foglie secche, che rendevano lo sterrato ancora più scivoloso. Più volte rischiò di cadere. Attaccato a un ramo robusto, si fermò per riprendere fiato.

'Riuscirò a trovarlo?' Già si stava pentendo per aver accettato la sfida. 'Devo ricordarmi il motivo per cui sono qui: i soldi'.

Si girò a osservare il tratto di strada che si era lasciato alle spalle, ma era talmente ripido che gli vennero le vertigini. Non poteva tornare indietro. Si passò la lingua sulle labbra secche e riportò lo sguardo davanti a sé. Ancora un po' e sarebbe arrivato in cima. 'Mi riposerò lì'. Annuendo, riprese la salita, usando i rami come appigli. Ogni volta che le braccia, con le vene gonfie, tremavano per lo sforzo, temeva che il legno si sarebbe spezzato da un momento all'altro. Scosse la testa, doveva pensare positivo. Aveva sentito in un programma televisivo che in posti come quello crescevano il ginseng selvatico e il vischio, o forse erano i funghi poria e matsutake?

'Maledizione, sono così preso a cercare Siyeong che non ci ho fatto caso!'

Scosse ancora una volta la testa. Non era una buona idea mettersi a raccogliere erbe, doveva concentrarsi sulla missione. Ripensò a Siyeong che correva per lo studio con la testa stretta sottobraccio, al dolore che aveva provato quando si erano scontrati, come se fosse andato a sbattere contro una roccia. Siyeong avrebbe potuto benissimo attaccarlo di nuovo. Le braccia tese tremarono. 'Se dovessi scegliere fra la vita e i soldi, sinceramente preferirei vivere. No, smettila! Nemmeno questo pensiero aiuta'.

Quando finalmente raggiunse la cima, Seungbeom prese una lunga boccata d'aria. Le gambe molli, s'inginocchiò, poggiando entrambe le mani sul terreno.

«Per questo ho portato Park, così magari addolcisce Siyeong. Ma dove diavolo sarà finito?»

Era sicuro che ci avrebbe messo un lampo a trovare il fantasma, e invece...

Proprio in quel momento, udì uno scricchiolio di foglie secche provenire dalla boscaglia. Seungbeom sollevò lo sguardo. Tese i muscoli delle gambe tremanti. Che fosse un animale? O forse un fantasma? Nessuna delle due opzioni lo rincuorava. Studiò i dintorni alla ricerca di una via di fuga. Si tirò su a fatica e una mano spuntò tra i cespugli. Seungbeom balzò indietro per lo spavento, ma subito dopo sospirò di sollievo vedendo il viso rugoso di Sujeong.

«Ancora tu?» sbottò lei aggrottando le sopracciglia.

Seungbeom poggiò le mani sui fianchi. «È silenziosa come un ninja! Mi ha fatto prendere un colpo, diamine».

«Un ninja? *Tsk*. Mica è colpa mia se sei un fifone» disse Sujeong facendo schioccare la lingua mentre gli passava accanto. Lo sguardo di Seungbeom fu catturato dalla borsa di cotone che le pendeva lunga dalla spalla: steli di foglie verdi spuntavano rigogliosi. 'Wow, è riuscita anche a trovare il tempo di raccogliere le erbe! È proprio una professionista' pensò Seungbeom, ma subito scosse la testa. 'Per caso le ho appena fatto un complimento?'

Accelerò il passo, superandola. Anche Sujeong, dopo averlo fulminato con lo sguardo, aumentò il ritmo e in un attimo gli fu davanti. A quel punto, non accettando la sconfitta, Seungbeom si mise quasi a correre per raggiungerla, ma la donna non dava segno di cedere. Le spalle sottili di lei sbattevano continuamente contro il suo braccio mentre si inerpicavano su per il sentiero ripido e stretto. Un colpo di vento fece cadere altre foglie, che si mescolarono alle miriadi che già ricoprivano il cammino infinito.

Dopo un tempo indefinito passato a cercare di tenere il passo, Seungbeom dovette ammettere che Sujeong era troppo veloce per lui, tanto che da un momento all'altro temeva le sue cosce sarebbero esplose per lo sforzo.

«Ho una domanda» chiese all'improvviso sperando che parlare l'avrebbe rallentata. Sujeong non rispose, ma vedendo che non lo stava ignorando del tutto, continuò: «Perché è così arrabbiata con me ultimamente? Cioè, so che non mi ha mai sopportato, ma pensavo che dopo la faccenda di Sora e quello che è successo con Gongsil mi avesse un po' rivalutato. È davvero perché ora i fantasmi vengono più da me che da lei?»

Parlare alleviava un po' la fatica. Lo sguardo puntato sui piedi, a un certo punto Seungbeom andò a sbattere contro Sujeong, che si era fermata. La scrutò sorpreso.

«Certo che sei proprio arrogante. Guarda come ti gonfi d'orgoglio solo per aver aiutato con successo un paio di spiriti! Perché mai dovrei rivalutare uno che pensa solo ad arricchirsi?»

«Mi spiega perché questa cosa le dà improvvisamente così fastidio? Lo sa dall'inizio che m'interessano i soldi, non capisco perché solo adesso ha cominciato a insultarmi per questa cosa. A tutti piace il denaro. Non vedo cosa ci sia di male nel guadagnare per permettermi una vita migliore. Non fa lo stesso anche lei? Ogni fantasma che cura le porta dieci pazienti dopotutto. Vuole forse dirmi che non è per i soldi? Perché sono io a essere strano?»

«Tu faresti qualsiasi cosa per i soldi, invece bisogna avere una coscienza. Sbaglio o non ti fai scrupoli a dare mazzette a destra e a manca? So benissimo che hai pagato anche il marito di Gongsil per aiutarti. Per te è un'abitudine».

«Abitudine? Come lo sa? Ha letto qualcosa? O forse ha sentito delle voci quando siamo andati al Jeil?»

«Impara cos'è la vergogna».

Il volto di Seungbeom s'indurì.

«Certo che deve odiarmi proprio tanto. La gente penserà che sono il suo nemico giurato. Ma mi dica una cosa: a lei non è mai capitato di spingersi oltre i limiti per guadagnare di più?»

Sujeong rimase senza parole. Era stata lei a ferirlo per prima, ma di fronte a quella domanda si sentì esposta e vulnerabile, come se tutte le sue colpe fossero venute a galla. Seungbeom non era l'unico ossessionato dal denaro. Senza rispondere, Sujeong si voltò e riprese a camminare. Seungbeom le ricordava se stessa da giovane, ostinato e cieco verso il futuro.

Il vento si era fermato, e ora si udiva solo uno sciabordio di onde. Dopo una curva, la foresta si aprì su una valle attraversata da un torrente piuttosto largo. Il turchese dell'acqua brillò davanti ai loro occhi e di colpo Seungbeom sentì la gola secca. Se fosse stato da solo, avrebbe preso una bottiglia dallo zaino e se la sarebbe scolata in un sol sorso, ma adesso erano nel bel mezzo di una gara di orgoglio per vedere chi sarebbe arrivato prima.

«Ehi!»

Dalla parte opposta della valle apparve il signor Park, che di nuovo si mise a sventolare un guanto rosa per salutarli. Sorrideva. La fitta al petto che Seungbeom aveva sentito fino a poco prima scomparve, dando spazio a una scintilla di speranza.

«Be', allora io vado».

Seungbeom cominciò a correre. Il vantaggio dell'essere giovani era proprio questo: la prestanza fisica! Il sorriso smagliante del signor Park lo aveva rinvigorito. Non gli mancava molto, solo qualche metro.

'Arriverò io per primo!'

Lasciandosi alle spalle una Sujeong esausta, Seungbeom correva sul tappeto di foglie secche quando, di colpo, scivolò. Cielo e terra si capovolsero. Il volto di Sujeong, increspato da un'espressione di sorpresa, scomparve. Con un battito d'ali, un uccello attraversò alto il cielo ormai grigio.

Poi,

il buio.

*

Un clangore metallico gli rimbombava nelle orecchie, come se qualcuno stesse colpendo ripetutamente del ferro, ma non riusciva a capire se fosse solo nella sua testa. Quel suono acuto e grave penetrava nel profondo della sua mente, insistente. A ogni colpo, sentiva un terribile dolore irradiarsi vivido dalla testa ai piedi.

Sentì una risata. Forse Sujeong che lo stava deridendo? No, era un suono troppo roco, e non era una sola voce ma diverse. Che anche Siyeong e il signor Park si stessero prendendo gioco di lui? Doveva ammettere che si trovava in una situazione piuttosto ridicola. Probabilmente era meglio fingersi svenuto ancora per un po'. L'umiliazione era tale che non si permetteva nemmeno di lamentarsi per il dolore.

«Quella testa è troppo pesante per uno solo. Hai davvero intenzione di riportarla in Giappone con noi?»

Giapponese. Perché stavano parlando in giapponese?

Seungbeom ebbe il dubbio che quel suono metallico fosse solo nella sua testa, un risultato della brutta caduta. Si concentrò sui colpi: in effetti la sua nuca pulsava allo stesso ritmo.

«Non posso mica portarmi via la testa di quelli che abbiamo ammazzato. Considererò questa statua come un oggetto commemorativo di tutte quelle che ho tagliato. Poi mia moglie è buddista, le farà piacere. Non ne so molto di religione, ma ha un che di dignitoso. Sai che figurone se espongo questa in casa? Tutti mi invidieranno. Prendiamo solo la testa però. Su, aiutami a staccarla».

Seungbeom cercò di muoversi, ma senza risultati. Lo schiocco di qualcosa che si spezzava risuonò in lontananza, rotolando giù per la montagna con un tonfo sordo.

Le risate dei due giapponesi si fecero sempre più flebili, fino a quando Seungbeom non sentì più la loro conversazione misteriosa. Cessarono anche i colpi che gli rimbombavano dentro la testa. Lo sciabordio del torrente che scorreva pacifico nella valle era l'unico suono a rompere il silenzio tombale.

'Non potete lasciarmi qui!'

Un'ondata di rabbia e angoscia lo travolse. Non poteva accettarlo. Strinse i pugni e cercò di alzarsi. I suoi muscoli tremarono, ma non riuscì a muoversi. Che frustrazione. Si sentiva pesante come pietra. Furioso, colpì ripetutamente il terreno con i pugni, alzando schizzi di acqua gelida.

'Non abbandonatemi qui come un'inutile roccia! È orribile, mi sento così solo!'

Spalancò gli occhi disperato, urlando: «Almeno chiamate il 119!»

Il suo sguardo incrociò quello di Sujeong, inginocchiata di fianco a lui.

«Come stai? Ti sei ripreso?»

«Non mi ha lasciato qui da solo, allora» sussurrò Seungbeom.

Sujeong aggrottò le sopracciglia e sollevò tre dita. «Quante sono?»

«Tre, e mi ballano davanti agli occhi».

Con un gemito, Seungbeom si mise a sedere. Il giorno prima quel colpo terribile al petto e adesso questa caduta. Proprio non ci voleva. Passandosi una mano sulla nuca notò che era gonfia. Sujeong gli porse una mano per aiutarlo ad alzarsi. Lui accettò, ma mentre si tirava su, un dolore lancinante alla caviglia destra lo fece piegare in due, irradiandosi fino alla testa.

Vedendo che zoppicava, Sujeong disse: «Credo sia solo una slogatura, ma se la sforzi potrebbe rompersi».

«Mi chiedo da quand'è che la sfortuna ha deciso di perseguitarmi. Forse da dopo che mi ha lanciato addosso l'acqua sporca? Mh, no, credo sia iniziato tutto con il licenziamento. Oddio, che sia il *samjae*? Questo vuol dire che mi aspettano tre anni di sfortuna!»

«Certo che piuttosto che prenderti le tue responsabilità tu ti ammazzeresti».

«Perché, cos'ho fatto adesso? Il cielo dovrebbe ricompensarmi dopo tutte queste disgrazie, invece guardi qui! Non capisco» borbottò allargando le braccia e muovendole per bilanciarsi mentre arrancava giù per il sentiero. Ogni volta che poggiava il piede destro, il dolore si propagava fino alla punta dei capelli. Era sicuro che sarebbe caduto da un momento all'altro.

«Come pensi di continuare la ricerca con quella caviglia? Devi andare in ospedale».

«Mica sono scemo. Il signor Park è lì che ci aspetta, perché mai dovrei tornare indietro?»

«Quante idiozie che dici. Sarebbe stato meglio ti fossi morso la lingua».

Sujeong scosse la testa e lo afferrò per il braccio. Le sue dita ossute e segnate dall'età lo sorressero con fermezza, impedendogli di cadere. Seungbeom abbassò lo sguardo su quella mano. Era gelida. Che avesse problemi di circolazione?

Sebbene con fatica, riuscirono a guadare indenni il fiume sfruttando alcune rocce che spuntavano tra le onde, e finalmente raggiunsero il signor Park.

«Dottore, non hai un gran bell'aspetto».

«Ha trovato Siyeong?»

«Sì! Se ne sta lì a piangere. Che ti avevo detto? Dovevi solo fidarti di me». Il slogatura indicò un punto dietro di sé.

Dimentico della slogatura, Seungbeom fece per spingere via Sujeong e lanciarsi in una corsa disperata, ma appena si mosse il dolore lo travolse nuovamente, rischiando di farlo cadere nel torrente che scorreva giù nel dirupo. All'ultimo riuscì ad aggrapparsi a un ramo e salvarsi. Enormi rocce si alzavano fra i mucchi di foglie marce. La vista offuscata, ebbe un capogiro. Se non fosse stato attento, avrebbe potuto facilmente andare a sbattere la testa su una di quelle pietre appuntite e tanti saluti ai suoi sogni di gloria.

«La tua avidità non ha confini».

«Direi che questo l'abbiamo stabilito mesi fa. Comunque, non mi può abbandonare solo perché mi odia. Non mi lasci morire».

Sujeong guardò quell'uomo patetico. Anche il signor Park lo osservò: il viso rosso fuoco, la caviglia slogata. Aggrappato con tutte le sue forze alle braccia sottili dell'erborista, sembrava a un passo dal diventare un fantasma proprio come lui. Non poteva permetterlo. Sfiorò il guanto rosa. Quell'umano che aveva giurato di ridargli la mano era ormai un suo compagno.

«Vi ho preceduto per spiegare la situazione e controllare che fosse tutto in ordine. E dottore, non c'è alcuna traccia di quel tipo pericoloso di cui blateravi».

«Chi?» chiese Sujeong.

«Il tizio che decapita le persone!» disse Seungbeom. «Potrebbe essere un serial killer. Scommetto che ci sono almeno due corpi sepolti su questa montagna. Per fortuna il cellulare prende, così possiamo chiamare i soccorsi in caso di emergenza. Ho anche detto a Jeongmi di avvertire la polizia se non fossimo tornati entro sera».

Sujeong gli rivolse uno sguardo esasperato.

«Che c'è? Meglio essere preparati!» si difese lui.

«E la tua caviglia non ti sembra un'emergenza?»

«Ah...»

«Guarda che alla mia età non posso certo caricarmi in spalla un uomo adulto e vaccinato come te!»

«Ehi, è Siyeong!» gridò Seungbeom interrompendo la ramanzina di Sujeong. Un corpo senza testa giaceva fra i cespugli.

Portata dal vento, sentirono la sua voce mugolare: «Vi prego, qualcuno mi aiuti...»

Quelle parole risuonarono familiari alle orecchie di Seungbeom, come se le avesse sentite per anni. Gli si mozzò il respiro. Con le pupille tremanti, osservò il corpo decapitato del ragazzo. Non aveva più quel particolare color bluastro. No, sembrava, in tutto e per tutto, una statua. Un braccio di pietra si protese verso un teschio umano in avanzato stato di decomposizione.

«Cos'è questa... cosa?» chiese Seungbeom a Sujeong con voce incrinata. Lei lo guardò senza capire perché fosse così spaventato. Spostò lo sguardo sul corpo di Siyeong e inclinò la testa da un lato.

«Be'? Non è certo la prima volta che vedi un fantasma» sbottò, ritraendo la mano che lo sosteneva con un movimento brusco. Erano ancora in gara dopotutto. Seungbeom però vacillò, agitò le braccia per evitare di cadere, e finì per stringersi di nuovo a lei.

«La smetti di starmi appiccicato?»

«No, è che... Ha mai visto il film *Sleepy Hollow*? Immagino di no. Ma questo corpo...»

«Questo corpo cosa?»

«È una statua di Buddha».

Dopo un attimo di silenzio, Sujeong gli spinse via la mano. Era evidente che aveva preso una brutta botta alla testa. Seungbeom la seguì zoppicando, mentre mormorava: «Dico sul serio».

«Non mi farà del male?» domandò flebile Siyeong a Sujeong, forse confortato dalla sua presenza. L'erborista lanciò un'occhiata a Seungbeom, che si trascinava dietro di lei aggrappandosi agli alberi.

«Il dottore ha cercato di ferirti?» chiese con gentilezza. Siyeong scoppiò a piangere.

«Voleva rubarmi la testa! Lei non lo farà, vero?»

Sujeong annuì. Era una fortuna per lei che il fantasma provasse risentimento nei confronti di Seungbeom, ma quest'ultimo si affrettò a mettere le cose in chiaro.

«Signor Yoo, è tutto un equivoco. Io non ho nulla contro di lei».

«Non menta! Ha annullato la mia operazione!»

Certo, ma aveva finito per rimetterci lui, pensò Seungbeom massaggiandosi il petto ancora dolorante.

«L'ho fatto perché la testa che mi ha portato non è la sua».

«Cosa sta dicendo? Ovvio che è mia. Questo corpo, questa testa, sono io!» Siyeong afferrò il teschio ingiallito sollevandolo. Le poche ciocche di capelli rimaste ondeggiarono fiaccamente. Le orbite vuote e nere degli occhi si fissarono su Seungbeom, il quale indietreggiò spaventato. Sujeong schioccò la lingua irritata.

Temendo che di questo passo Seungbeom avrebbe perso, il signor Park decise di intervenire.

«Su, su, calmiamoci. Il dottore ora mi sembra solo impaurito, ma non credo volesse fare nulla di male. Dimentichiamo ciò che è successo. Non è troppo tardi per risolvere questo malinteso. Ora che sappiamo cosa provi, Siyeong, sono sicuro che il dottore farà solo quello che è meglio per te. Forza, torniamo alla clinica così il chirurgo fantasma può riattaccarti la testa».

Sujeong fulminò con lo sguardo il signor Park. Si vedeva lontano un miglio che lui e Seungbeom avevano un accordo. Non poteva rimanere lì a farsi soffiare l'ennesimo paziente.

«Pensate che sia così scemo da farsi fregare per ben due volte? Siyeong, non potrò fare operazioni chirurgiche, ma posso occuparmi del tuo *han*».

«Signora Go, capisco il suo punto di vista, ma il ragazzo vuole ricongiungere testa e corpo, e l'unico in grado di aiutarlo è il dottore. O sbaglio?» chiese il signor Park guardando Seungbeom. Quest'ultimo, terrorizzato, aveva abbondonato la sua solita arroganza e se ne stava in piedi in silenzio. «Dottore, che succede?»

Sujeong si voltò verso di lui: era pallido e madido di sudore.

«Se ti fa così male siediti. E chiama il 119!»

«Non è per quello».

Seungbeom si asciugò la fronte con il dorso della mano. Inizialmente si era detto che avrebbe riattaccato testa e corpo anche se non fossero stati compatibili. Essendo un fantasma, non sarebbe incorso in infezioni o complicazioni simili. Era solo una questione di apparenza, ma era l'ultima cosa di cui un fantasma si sarebbe preoccupato. Il problema però era che quello che aveva davanti agli occhi non era un fantasma, ma una statua e un teschio. Come poteva ricucirli? E soprattutto, cosa diavolo stava succedendo?

«Stai bene? Sono morto da talmente tanto che non ricordo più quanto dolore si prova da vivi». Il signor Park, la voce tinta di angoscia e le dita che giocherellavano con il guanto rosa, tentò di incoraggiarlo. «Non ho idea di quanto tu stia soffrendo, ma devi rimanere lucido. È un momento cruciale!»

Seungbeom fece un passo avanti, poi con voce risoluta

si rivolse a Siyeong. «Signor Yoo, capisco che sia difficile da accettare, ma la testa con cui va in giro non è la sua».

«Non è vero!» strillò il fantasma.

Una folata di vento fischiò tra gli alberi, spogliando i rami dalle ultime foglie ingiallite, che caddero sul terreno con un fruscio. Seungbeom si passò una mano sul viso, sentendo il sudore appiccicoso sul palmo. Si trovava in una situazione orribile. Si arrovellò il cervello per capire come uscirne, ma il dolore alla caviglia gli impediva di pensare.

«Signor Yoo, dovrebbe smettere di negare la realtà dei fatti. Non è per questo che è scappato dalla clinica?»

«Dottore, che sta dicendo?» chiese il signor Park frustrato.

«Davvero non si rende conto della sua condizione?» continuò Seungbeom.

«È un fantasma come tanti altri, non capisco».

«Io vedo una statua e un teschio!»

«Ma che assurdità è mai questa?»

Il signor Park guardò Siyeong da capo a piedi. Sujeong sospirò e indicò al vecchio fantasma di spostarsi. Siyeong era suo!

«Dottore, non capisco cosa stia dicendo» disse il signor Park con le mani sui fianchi, «ma se anche si trattasse davvero di una statua e un teschio, puoi comunque riattaccarli! Che importa se usi la colla o i chiodi?»

Seungbeom sollevò la testa. Era vero! Il signor Park aveva ragione. Bastava incollare le due parti.

«Signor Yoo, vuole davvero riunire il suo corpo e la sua testa?»

«Come?»

«È l'unica cosa che desidera?»

Sentendo che Seungbeom stava riacquistando fiducia,

Sujeong corrucciò la fronte. Il signor Park batté le mani – che però non produssero alcun suono – e guardò Siyeong.

«Non me la porterà via?» domandò il ragazzo.

«No, glielo prometto. Ricongiungerò le due parti». Seungbeom si avvicinò zoppicando a Siyeong e scrutò i dintorni. «Dov'è la tomba?»

«Da quella parte».

Le dita che stringevano il teschio, Siyeong indicò un punto con lo sguardo, ma Seungbeom, ipnotizzato da quelle orbite vacue, non registrò il gesto. Fu il signor Park a indicargli la strada. In mezzo al tappeto di foglie, Seungbeom intravide del legno marcito. Cominciò a scavare aiutandosi con il bastone da trekking.

«Non so cosa ti frulli in testa, ma vorrei assicurarmi che stai bene, dottore. Sei bianco come un lenzuolo, non è che mi muori di colpo, eh?»

«Lascialo perdere» disse Sujeong. «Si darà una svegliata solo quando si sarà rotto le ossa per bene».

Seungbeom li ignorò. La tomba abbandonata aveva risentito degli anni esposta alle intemperie, e da un lato il terreno aveva ceduto. Non dovette scavare molto perché emergesse una bara sfondata. Con il fiato sospeso, Seungbeom sbirciò all'interno. Un odore acre e rivoltante si sprigionò da quell'abisso di oscurità. Aguzzò la vista: ossa. Sollevò lo sguardo.

«Signor Yoo, il suo corpo è qui. Il suo *vero* corpo!»

Incuriosito, il signor Park infilò la testa nella bara per controllare.

«Wow, ha ragione». La sua voce risuonò attraverso il legno.

Siyeong era riluttante a lasciar andare il teschio. Non voleva separarsene.

Seungbeom studiò il corpo di pietra del fantasma. A parte il collo spezzato, era integro, di un color grigio uniforme. Le pieghe dell'abito che gli ricadeva dalle spalle fino alle caviglie erano scolpite con precisione.

«Non si preoccupi, mi prenderò cura di entrambi. Se è d'accordo, richiederò a un abile artigiano di scolpirle la testa».

Dopo un attimo di esitazione, la statua di Buddha poggiò il teschio per terra. Dopodiché, il corpo rimase immobile, tornando a essere una semplice statua. Un vento malinconico soffiò fra di loro, portandosi via l'anima di Siyeong, finalmente libera.

Sujeong intrecciò le dita tremanti. Seungbeom ci aveva visto giusto. Aveva sempre deriso il giovane per le sue stranezze e mai gli aveva mostrato fiducia, ma ora si rese conto che la vera sciocca era lei. Seungbeom vedeva i fantasmi in un modo diverso da lei, e aveva un talento naturale per liberarli dal loro *han*.

'Pensavo che mi avesse rivalutato'.

Adesso davvero non aveva più scuse per sminuirlo.

*

«Forse la statua di Buddha si è animata per esaudire il desiderio di Siyeong» suggerì Gongsil mentre si infilava in bocca metà di un caco arancione brillante.

I raggi del sole filtravano dorati dalla finestra dell'erboristeria. Seungbeom, la caviglia ingessata poggiata su una sedia, rifletté su quelle parole.

Dopo la sua caduta in montagna, aveva sentito qualcuno parlare in giapponese, e una pietra che veniva spezzata. E quella solitudine che gli aveva stretto il petto... Doveva appartenere alla statua del Buddha, la stessa statua che non voleva lasciar andare la testa di Siyeong e che adesso era stata trasportata in un tempio sul monte Ami.

Seungbeom aveva rilasciato un'intervista al giornale locale riguardo al ritrovamento della statua. Si era inventato di essere andato in montagna alla ricerca di erbe medicinali e di aver trovato il Buddha senza testa a seguito di una caduta. Le fotocamere avevano immortalato il suo viso sorridente con una pioggia di flash. Una bella foto di lui vestito in un completo elegante seduto nel suo studio era stata pubblicata insieme all'articolo, che aveva portato un grosso aumento di pazienti. Proprio come aveva detto Giyun, qualche giorno più tardi Jintae fece visita alla clinica, la cui sala d'attesa brulicava di clienti.

«Dimmi un po', che ne dici di tornare a Seoul?»

Ed eccolo lì, il riconoscimento che tanto aveva desiderato.

Negli ultimi tempi, Seungbeom era così occupato che riusciva a passare in erboristeria solo a pranzo. Durante quelle brevi pause, si concedeva un po' di riposo in compagnia di Gongsil.

Nonostante avesse vinto la scommessa contro Sujeong, i pazienti fantasma non erano aumentati. A ben vedere, molti degli spiriti che ancora vagavano sulla terra erano morti decenni prima. La loro mentalità antiquata li portava a credere che fosse meglio attenersi a quello che già conoscevano invece di avventurarsi in nuovi territori. Alla fine della fiera, il vero vincitore era il signor Park, che aveva ottenuto la mano che tanto desiderava. Ne era molto soddisfatto sebbene fosse solo una protesi.

Seungbeom, dal canto suo, non capiva perché la situazione non si smuovesse.

Aveva letteralmente rischiato la vita su quella stupida

montagna pur di liberare Siyeong dal suo *han*, eppure i suoi sforzi si erano rivelati vani. A ogni modo poco importava. Una volta tornato a Seoul, i numeri della clinica di Uhwa avrebbero perso qualsiasi significato, anche se stava ancora ponderando se accettare l'offerta. Non è che avesse questi gran bei ricordi della sua avventura in quel paesello ai confini del mondo, e ormi aveva risolto l'*han* di Gongsil, tenendo fede al loro accordo. Sapere che a breve avrebbe potuto finalmente liberarsi sia dai debiti che dai fantasmi bastava a renderlo felice.

Ma tralasciando tutto questo, Seungbeom rimase stupito nel constatare quanto silenziosa fosse diventata l'erboristeria. Tese le orecchie per cercare di capire dove si trovasse Sujeong e cosa stesse facendo. La quiete nel suo ufficio suggeriva che non fosse lì. Il giorno in cui erano saliti in montagna, Sujeong l'aveva lasciato nella foresta ed era scesa per conto suo. Quando le aveva urlato se davvero aveva intenzione di andarsene a quel modo, lei non si era nemmeno voltata. Una squadra di paramedici l'aveva raggiunto poco dopo, così Seungbeom non aveva dovuto fare chissà quali grandi sforzi, ma vederla sparire fra gli alberi con quella freddezza gli aveva ricordato di quando sua madre lo aveva abbandonato.

Forse la solitudine che aveva percepito in quella tomba non apparteneva solo al Buddha.

«Ultimamente è molto occupata» disse Gongsil avendo capito che stava cercando Sujeong. «Ed è anche particolarmente suscettibile, quindi eviterei di disturbarla inutilmente. Pure tu, non hai un sacco da fare?»

«Certo, però...»

«Non preoccuparti, continuerò a mandarti pazienti fantasma».

Seungbeom esitò a quelle parole. Come poteva dire

a Gongsil che forse sarebbe tornato a Seoul? Si limitò a sorriderle. Le avrebbe confessato tutto una volta presa la decisione.

*

Di ritorno da chissà dove, Sujeong aprì la porta in legno dell'erboristeria ed entrò, portando con sé una ventata di freddo pregna dell'odore pungente di acqua stagnante. Gongsil distolse lo sguardo dalla tv e la guardò mentre impugnava la scopa. Quella mattina aveva già spazzato e lavato il pavimento con lo strofinaccio, eppure eccola lì che ricominciava da capo.

«Rilassati un po', no? Tanto non serve a molto pulire un negozio vecchio quanto la sua padrona».

Per tutta risposta, Sujeong fu scossa da un attacco di tosse. Ultimamente erano sempre più frequenti. Al risveglio, si era ritrovata in un bagno di sudore, le mani sulla pancia mentre si contorceva dal dolore, e ora invece si comportava come nulla fosse successo.

Gongsil sospirò. Emaciata ed esausta, Sujeong continuava a strofinare il pavimento.

«Che cocciuta».

Con le labbra imbronciate, Gongsil si girò per evitare di guardarla, altrimenti avrebbe finito per schioppare di nuovo a causa della frustrazione. Cercò di concentrarsi sul drama che davano alla televisione, ma nulla. Se fosse stata viva, avrebbe almeno potuto aiutarla con le faccende, invece non poteva fare nemmeno quello. *Che rabbia.*

«Almeno parlane con il dottore!»

«Se gli spifferi anche solo una parola ti butto fuori di qui».

«Ma perché fai così? Vede i fantasmi come te ed è pure

un buon agopuntore. A parte la sua ossessione per i soldi, è una brava persona».

«Non esistono brave persone che amano la ricchezza. Non dargli troppa fiducia. Chissà cos'è disposto a fare per soldi».

Gongsil spalancò la bocca, sconcertata. «Come fai a parlare così dopo tutto quello che è successo?»

«Anche la vostra amicizia si basa su un accordo, o sbaglio?»

Gongsil rimase basita dall'accusa dell'amica. Non poteva negarlo, soprattutto perché era stata lei a proporre quel patto, ma l'aveva fatto per un tornaconto personale, non era stato Seungbeom a costringerla. Non volendo finire per strada però, Gongsil si tappò la bocca.

«Non ho idea di cosa tu stia cercando di fare, ma ti consiglio di non affezionarti o rimarrai delusa. Lascia perdere le tue ambizioni, così quando morirò ce ne andiamo insieme nell'aldilà».

Sujeong strinse la presa sul mocio, le vene ingrossate sotto il fine strato di pelle rugosa. Sentiva lo sguardo penetrante dell'amica sulla schiena.

«Anche se non si può salvare chi è già condannato a morte, i tuoi desideri potrebbero comunque avverarsi» disse Gongsil. «Credi sia così facile lasciare questa terra? E cosa ne sarà del fantasma di tuo figlio? Smettila di essere così ostinata e fidati del dottore!»

«Non dire sciocch...»

Le parole le morirono in gola. Si strinse il petto con una mano e un attimo dopo, Sujeong crollò a terra.

«Sujeong!»

*

Sujeong si svegliò, l'eco di una risata bambina che svaniva nella nebbia di un sogno. Serrò di nuovo le palpebre, sperando di afferrarla prima che fosse troppo tardi, ma l'oscurità non la riportò nel sogno. Quando finalmente si decise ad aprire gli occhi, si ritrovò sdraiata nella sua stanza, la luce dell'alba che filtrava dalla finestra dipingendo il soffitto di un lilla pallido. Non aveva memoria di essersi messa a letto. Ricordava, invece, di aver sentito Gongsil che, tra le lacrime, spiegava a Seungbeom del tumore, e di come avesse provato a zittirla, ma dalle sue labbra non era uscito alcun suono. La voce ovattata del dottore che chiedeva, sconvolto: «Cosa vuol dire che è malata?» riecheggiò nella sua testa.

A Sujeong venne da ridere. Anche lei aveva reagito con lo stesso stupore quando le avevano diagnosticato un tumore allo stomaco in fase terminale. Scoprire che la sua morte era dietro l'angolo le aveva donato un certo sollievo, come se si fosse liberata da un macigno che le pesava sul petto.

Negli ultimi tempi, il suo animo era in subbuglio, preso da un'insaziabile urgenza. Se solo non fosse stata malata, se solo fosse stata più giovane, se solo avesse avuto più tempo... Qualunque cosa facesse, non riusciva a concentrarsi. Le sembrava che sarebbe crollata a terra senza vita da un momento all'altro. Ma prima che accadesse, desiderava con tutta se stessa ritrovare lo spirito di suo figlio, morto tempo addietro. *Tic, tac.* Le lancette dell'orologio appeso sopra la testata del letto scandivano il tempo svogliatamente. Con un respiro profondo, Sujeong si alzò.

Si sentiva il corpo pesante. Un capogiro la destabilizzò, e usò lo stipite della porta per evitare di cadere. Oltre la soglia, lo sguardo le cadde sull'interno del negozio.

Ogni angolo portava il segno delle sue mani. Illuminata dalla pallida luce dell'alba, l'erboristeria stava morendo lentamente, proprio come la sua proprietaria.

Inspirò a fondo e s'infilò le scarpe. Varcata la porta scorrevole si ritrovò in strada, dove l'aria carica di umidità le riempì i polmoni.

«Dove sta andando?»

Gli occhi che vagavano sulla via deserta, Sujeong si voltò in direzione della voce. Seungbeom, appoggiato al muro dove era appesa l'insegna dell'erboristeria, raddrizzò la schiena. Doveva aver passato la notte in bianco, perché sembrava esausto. Di fianco a lui, la schiena leggermente ricurva, c'era Geunwoo, che le rivolse un cenno di saluto. Entrambi avevano una strana espressione in viso. Vedendo che Seungbeom si era portato appresso il giovane medico, Sujeong comprese che ormai era al corrente di tutti i dettagli della sua condizione. Lo ignorò e iniziò a camminare.

«Dove vuole andare con questo freddo?»

La voce di Seungbeom la inseguì, ma lei non rispose. Non ne aveva voglia.

Sorpassata la lavanderia e il negozio che vendeva riso, attraversò l'incrocio. Con grandi falcate si lasciò alle spalle il mercato, dove i preparativi per la giornata erano già in fermento, e passate le strisce pedonali s'incamminò verso i campi avvolti nella nebbia, fino a raggiungere il ponte. Oltre la fitta foschia si sentiva lo scroscio del fiume. La fronte imperlata di sudore freddo, Sujeong fu scossa da un brivido. Soffiava un vento gelido e lei si era vestita troppo leggera. Un altro capogiro la fece vacillare, costringendola ad aggrapparsi al parapetto in cemento per ritrovare l'equilibrio. Il fischio del vento le risuonava acuto nelle orecchie. Seppure nascoste dalla coltre di nebbia, riusciva quasi a vedere le canne sulla sponda piegate dalle folate. Qualcuno le afferrò il braccio: Seungbeom.

«Io l'ho avvertita che faceva freddo. Ha le mani gelate!»

Si sfilò la giacca antivento e la mise sulle spalle di Sujeong.

«Sto bene». Respinse la mano dell'uomo e tentò di scrollarsi di dosso la giacca, ma lui glielo impedì.

«Non è vero. Ha idea dell'aspetto terribile che ha?»

Seungbeom trattenne il colletto della giacca così che non potesse sfilarsela, le sopracciglia corrucciate. Notando quanto pallida fosse la donna, sentì la rabbia montargli dentro.

Aveva fatto di tutto per portarla in ospedale, ma Gongsil lo aveva fermato, spiegando che non era quello che voleva Sujeong, e che sarebbe comunque tornata lì. Geunwoo aveva scosso la testa. Non si occupava di tumori e comunque, dato che la malattia era ormai in fase terminale e Sujeong aveva rinunciato alle cure, la donna aveva vissuto più a lungo del previsto. Poi si era rivolto a Seungbeom, ricordandogli che lui doveva sapere meglio di tutti che la situazione era irrimediabile.

Il viso inespressivo di Seungbeom si arrossò e infine, incapace di trattenersi, sbottò: «Mi spiega come ha fatto a gestire l'erboristeria in queste condizioni? Non solo, ha fatto di tutto per eliminarmi! Dovrebbe riposarsi invece di incaponirsi così».

Di colpo, Sujeong gli afferrò la mano. Le sue dita nodose, fredde come ghiaccio, strinsero con forza. A Seungbeom tornò in mente quando, con la caviglia slogata, si era appoggiato a lei. Anche allora la sua mano era gelata. Perché il pensiero che Sujeong fosse malata non lo aveva mai sfiorato? Ora che ripensava ai mesi passati, si rendeva conto che c'erano stati diversi segnali: le spalle scosse dai brividi, il corpo emaciato che sembrava potersi spezzare da un momento all'altro.

Sujeong si morse le labbra. La mano che gli stringeva il braccio tremò.

«Che frustrazione!» urlò Seungbeom. «Che senso ha trattenere le lacrime? Pianga, per l'amor del cielo!»

Sulla sponda, le canne ondeggiavano nel vento. Quel fiume che tanto tempo fa aveva inghiottito suo figlio adesso scorreva tranquillo, come se nulla fosse mai accaduto. Ogni volta che lo guardava, si sentiva sopraffatta da un misto di rancore e profonda tristezza. Credeva di aver pianto tutte le sue lacrime dopo aver perso il bambino, ma alle parole di Seungbeom, Sujeong scoppiò in singhiozzi. Nelle orecchie le rimbombava il ticchettio dell'orologio. *Tic, tac.* Ormai il tempo era scaduto. Non aveva più la forza di fare nulla.

Percependo il calore e la forza che emanavano dalla pelle di Seungbeom, Sujeong alzò lo sguardo. Era stato lui a riconoscere la vera essenza di Siyeong, qualcosa che nemmeno lei era riuscita a cogliere. Forse quel dottore era la sua unica speranza. Fra le lacrime sempre più copiose, disse, la voce rotta dal pianto:

«Ti lascerò l'erboristeria, ma devi prima farmi un favore. Sono certa che lo porterai a termine. So di essere stata dura con te, ma è perché ogni volta che ti guardo sono costretta a ricordarmi della me da giovane. Sentivo una vergogna terribile dentro di me, e finivo per arrabbiarmi. Ti chiedo scusa. Ti prego, liberami dal mio *han*!»

Sujeong si accasciò di fronte a lui, le gambe incapaci di reggerla. In silenzio, Seungbeom le accarezzo la schiena ricurva. Finalmente il disordine che aveva in testa si chetò, trovando le risposte alle sue domande. Un'altra folata di vento piegò le canne ai lati del fiume, mentre l'acqua scorreva imperturbabile.

Esausta da quel pianto interminabile, Sujeong non riusciva a rialzarsi e così Seungbeom si offrì di portarla in spalle. Svuotata anche della forza di rifiutare, Sujeong si lasciò trasportare su quella schiena inaspettatamente ampia e accogliente.

«Avevo intenzione di accettare pazienti fino al mio ultimo respiro, perché c'è un fantasma che voglio assolutamente incontrare».

«E chi sarebbe?»

Il sole si ergeva sempre più alto nel cielo, spazzando via la nebbia. Le strade deserte fino a poco prima si animavano di persone che si preparavano a iniziare la giornata. Molti sguardi si posarono su quella strana scena, increduli nel vedere il direttore della clinica e l'erborista comportarsi come amici.

«Il suo nome è Jeong Kiwoon».

«Quanti anni ha?»

«Sette».

Sujeong guardò la nuca del dottore. Ora che ci pensava, se suo figlio fosse stato ancora in vita, avrebbe avuto pressappoco l'età di Seungbeom. A quella realizzazione, le tornò in mente la proprietaria del negozio di riso che le aveva raccontato orgogliosa di quando, per la sua festa dei settant'anni, il figlio se l'era caricata sulla schiena e le aveva fatto fare il giro del quartiere. Allora ne aveva riso, non capendo cosa ci fosse di tanto speciale in un compleanno che tutti prima o poi avrebbero festeggiato, ma ora dovette ricredersi.

«Chi è?»

«… Mio figlio».

«Ah…»

«È affogato nel fiume».

In quel momento Jeongmi, di ritorno dalla sua corsa mattutina, incrociò lo sguardo con Seungbeom. Vedendolo camminare con Sujeong in spalle, la ragazza rimase pietrificata di fronte al cancello della villetta, la bocca spalancata e gli occhi sgranati. Capendo che non era il momento per fare commenti, sgusciò veloce dentro casa.

«Non ha una foto?»

«No. Chissà come mai non ho mai pensato di scattargli nemmeno una comune foto».

La voce di Sujeong era ancora impregnata di lacrime e Seungbeom si pentì subito di quella domanda. Mentre pensava a cos'altro potesse dire, Sujeong lo precedette.

«Credo che stesse facendo la linguaccia».

«Mh?»

«L'ultima volta che l'ho visto».

«Quindi è lui il fantasma che voleva trovassero i suoi pazienti».

«Già».

Seungbeom si sentiva strano, come se un nodo gli stesse risalendo su per la gola. Nel tentativo di sopprimerlo, affrettò il passo.

«Non hai idea di quanto fosse carino» continuò Sujeong dopo un breve silenzio. «Che dolce la sua voce quando mi chiamava, 'Mamma, mamma!', o quanto adorabili fossero le sue manine quando mi massaggiava le spalle. Eppure, tutti questi bei ricordi sono annebbiati dal dolore. Temevo che la gente lo avrebbe giudicato per non avere un padre e così sono stata molto severa con lui. Ma ora me ne pento. Avrei dovuto accarezzargli più spesso i capelli invece di rimproverarlo, abbracciarlo di più».

La schiena bollente, Seungbeom continuò a camminare, incapace di parlare.

«Ho passato la vita a rincorrere i soldi, finendo per non avere abbastanza tempo per mio figlio. È colpa mia. È morto per colpa mia e sono sicura che mi odia per questo. Dev'essere stato terribile per lui. Ecco perché non si fa vedere, seppure lo aspetti ogni giorno. Fosse per me attenderei anche un milione di anni per il suo perdono, ma il mio corpo non reggerà ancora a lungo. Devo assolutamente trovarlo prima di diventare polvere. Solo così potrò chiudere gli occhi in pace».

Sujeong non riusciva a perdonarsi la morte del figlio. Vedere quella donna forte e testarda sgretolarsi a quel modo scioccò Seungbeom. Avrebbe voluto consolarla, ma le parole rimanevano incastrate in gola. Superarono l'erboristeria senza fermarsi. Seungbeom lasciò che Sujeong si sfogasse per tutto il tempo che voleva. Avrebbe continuato a camminare fin quando tutta la rabbia e il dolore che Sujeong aveva tenuto chiusi a chiave dentro il suo cuore fossero scivolati fuori da lei.

«Le prometto che troverò suo figlio, ma lasci che la curi. Può liberarsi dal suo *han* solo se vivrà abbastanza a lungo».

*

«Non torni a Seoul?!» strillò Jeongmi mentre Seungbeom era intento a preparare le medicine per Sujeong.

La sera prima non era tornato a casa, e quella mattina le aveva fatto prendere un colpo quando lo aveva visto con l'erborista in spalla, per poi scioccarla una seconda volta con la questione del tumore. E ora, Seungbeom le aveva riferito con nonchalance che non sarebbe tornato al Jeil. Era una notizia talmente sconvolgente che per un secondo Jeongmi si dimenticò persino di respirare.

«Sono serio, quindi puoi rilassarti».

«Davvero? Non vedevi l'ora di tornare a Seoul. Jintae ti ha anche promesso che una volta dimostrato che hai cambiato l'approccio a questo lavoro, ti avrebbe promosso a vicedirettore. Hai davvero intenzione di buttare via questa opportunità?»

«So che sarebbe la scelta migliore, ma ci ho pensato a lungo. Ero convinto che per uno come me, egoista e ossessionato dai soldi, fosse giusto vivere inseguendo il denaro. Però c'era sempre stata una parte di me che non sembrava convinta, e finalmente ho capito: la persona che volevo si accorgesse delle mie abilità non è Jintae, ma la signora Go. Nonostante i litigi, mi sono appoggiato a lei senza nemmeno rendermene conto. È stata lei a insegnarmi come gestire i fantasmi, e che i soldi non sono tutto. Ora che ho la sua approvazione, voglio curarla. Solo io posso liberarla dal suo *han*. Non preoccuparti, comunque, mi piacciono ancora i soldi. Semplicemente non ho scelto l'opzione più ovvia».

Jeongmi non poteva dire niente di fronte a quella risoluzione. Dopotutto la decisione spettava a lui. Sospirò.

«Se va male, io non ne voglio sapere nulla».

Malgrado quelle parole, Jeongmi decise che avrebbe rispettato la sua scelta.

Seungbeom entrò nella stanza di Sujeong con un vassoio in mano. Esausta, era sdraiata sul letto. Lui la aiutò a sedersi, facendole poggiare la schiena sul muro per supporto. Le porse una ciotola di *juk* caldo e un tonico rinvigorente.

«Le ho preparato una stanza in clinica. D'ora in poi alloggerà lì. Nelle sue condizioni non può occuparsi dell'erboristeria. Come ben sa, il nostro obiettivo al momento non è guarirla, ma guadagnare tempo. Non salti i pasti e prenda le medicine che le porto, è il primo passo perché riprenda le forze, altrimenti non può combattere la malattia. Quando avrà ritrovato un po' di energia, inizieremo con l'agopuntura e la terapia in ospedale. La accompagnerò io».

«Addirittura in ospedale? Mi sembra esagerato» disse Sujeong esprimendo il suo disappunto mentre mescolava la zuppa. Seungbeom aggiunse un po' di *jangjorim* di manzo.

«Tanto andremo solo un paio di volte».

«Tu sì che sai come convincere le persone. Non vedi l'ora che muoia, eh? E comunque, non serve che m'imbocchi, sono ancora in grado di mangiare per i fatti miei».

«Allora la smetta di giocherellare con il *juk*. Capisco che si sente lo stomaco sottosopra, ma deve mangiare tutto, anche se le sembra di non riuscire a digerire. Mastichi a lungo e lentamente. Quando ha finito, prenda la medicina e si faccia una bella dormita».

Riluttante, Sujeong prese una cucchiaiata di *juk*. Seungbeom se ne andò solo dopo averla vista mandare giù metà ciotola. Il sole di mezzogiorno inondava l'erboristeria deserta. Nella sala d'attesa Gongsil e il signor Park, con la sua protesi nuova fiammante, si voltarono verso il dottore. Dopo che la notizia del collasso di Sujeong si era diffusa tra i fantasmi, il signor Park era arrivato di corsa per offrire il suo aiuto.

«Pensi davvero di poterla curare?» chiese Gongsil titubante. Seungbeom scosse la testa, e il signor Park si lasciò cadere sul divano.

«Quindi le cose stanno così».

«Farò del mio meglio per darle più tempo possibile. Intanto voglio che si trasferisca in clinica. Dobbiamo assolutamente trovare suo figlio...» Seungbeom si avvicinò ai due. «Ho bisogno del vostro aiuto. Anzi, in effetti ci servirà l'aiuto di tutti i fantasmi che possiamo radunare. Fate girare la voce, per favore».

*

Qualche giorno dopo, la luce rosso-arancio del tramonto cadeva obliqua per le strade mentre la gente si affrettava verso casa. Le giornate si erano accorciate. Seungbeom, uscendo di corsa dalla clinica, s'imbatté nel signor Park.

«Dove vai così di fretta?»

«Hanno avvistato un fantasma simile al figlio di Sujeong a Pyeongjae-ri».

«Ah! Ci sono già stato, ma non era lui».

«In che senso?»

«Te l'ha detto quel fantasma dagli occhi lattiginosi e il naso grande come un pugno, vero?»

«Sì».

«Ecco, non è Kiwoon. È lo spirito di un bambino morto di fame durante la guerra. Da quando hai detto che chiunque avesse trovato il figlio della signora Go avrebbe avuto diritto a trattamenti gratis per sempre, gli spiriti sono impazienti e appena vedono un bambino fantasma ti chiamano. Ho preferito controllare io prima. Bastava una seconda occhiata per capirlo, ma... *tsk.* Gongsil è andata a verificare anche l'altro avvisamento, quello oltre la collina, quindi non serve che vai nemmeno lì».

«Ah...»

Seungbeom cominciava a perdere fiducia. Da quando aveva promesso cure gratuite, erano arrivate una pioggia di segnalazioni. Avevano controllato ogni minimo indizio, ma fino a ora non avevano trovato nulla di concreto.

«Non ti scoraggiare. Con tutti questi fantasmi che lo cercano, non ci vorrà molto a trovarlo».

Il signor Park lanciò un'occhiata di fronte all'erboristeria, dove era radunato un gruppo di fantasmi. Anche se Sujeong ormai non lavorava più, continuavano ad affollarsi alla sua porta. Da dove venivano tutti quegli spiriti?

«Questa volta mi assicurerò che non si dimentichino chi stiamo cercando, non preoccuparti. Il suo nome completo è Jeong Kiwoon, giusto? Sarà meglio che mi spieghi bene, o finiranno per portarci tutti i fantasmi bambini del mondo».

Dandogli una pacca sulla spalla, il signor Park attraversò la strada e si piazzò di fronte alla folla di spiriti per iniziare il suo discorso. Lo sguardo di Seungbeom si spostò sull'interno buio dell'erboristeria. Ora che la sua proprietaria non era più lì, quel posto emanava un'aria di malinconia. Curvò le spalle, abbattuto, trascinando i piedi pesanti come piombo.

A cosa servivano quelle preoccupazioni inutili? Dopotutto, Sujeong era ancora viva e vegeta, e si trovava proprio lì, nella sua clinica.

«Una volta trovato il bambino, i guai saranno finiti e finalmente potrò concentrarmi a guadagnare!» disse ad alta voce, raddrizzando le spalle. Quelle fantasie lo ringalluzzirono. Già si vedeva mentre contava il denaro con un sorriso ebete sulla faccia. Sarebbe diventato il direttore della miglior clinica della Corea! Il pensiero avrebbe dovuto rallegrarlo, ma per qualche motivo si sentiva svuotato.

Scuotendo la testa si diresse verso il fiume, nella remota possibilità che qualcosa potesse accadere.

Sujeong si era recata su quelle sponde un milione di

volte alla ricerca di Kiwoon. Seungbeom ripercorse la stessa strada e scese sull'argine del corso d'acqua. Voleva controllare di persona. S'infilò nel canneto, cercando tra le piante, nella vaga speranza di trovare anche il minimo indizio.

Mentre il sole si spegneva all'orizzonte, udì uno sciabordio oltre le canne secche frustate dal vento.

Un brivido gli percorse la schiena. Tremante, tirò su la cerniera della giacca. Intorno a lui era ormai buio. Sporse la testa e notò che l'acqua si era tinta di un rosso scuro. Guardò meglio. Perché era così viscosa? La brezza tiepida portò con sé l'odore metallico del sangue. Poi, un fruscio.

«Chi va là?»

L'unica risposta che ricevette fu il mormorio delle canne agitate dal vento.

Una, due gocce d'acqua gli macchiarono il colletto. Sollevò lentamente lo sguardo e si trovò di fronte il fantasma di un uomo che lo sovrastava con la sua figura imponente, il volto gonfio di chi è morto affogato. La figura spaventosa si avvicinò.

«*Argh*!»

Seungbeom cadde all'indietro e notò che lo spirito a un piede aveva una vecchia scarpa da ginnastica, mentre l'altro era fasciato solo da un calzino zuppo d'acqua. Temendo di ritrovarsi in trappola, Seungbeom si rialzò barcollando e iniziò a correre verso la sponda, ma si fermò di colpo. Dopo un attimo di esitazione, lanciò un'occhiata al fantasma. Se ne stava lì immobile, gli occhi fissi su Seungbeom. Cosa fare? Dopotutto era venuto al fiume per trovare indizi. Nervoso, valutò le sue opzioni, poi batté i piedi per terra un paio di volte per la frustrazione, le mani fra i capelli. Sospirò rassegnato e tornò verso lo spettro.

«Per caso ha visto il fantasma di un bambino di nome

Jeong Kiwoon? Pare sia morto qui, nel fiume. Saprebbe dirmi se vive da queste parti?»

L'uomo scosse la testa. Gocce d'acqua imperlavano il volto cereo.

«Ne è sicuro?»

Lo spettro lo fissò a lungo prima di rispondere: «Non mi credi? Posso affogarti se vuoi, così controlli tu stesso».

«N-no!»Il suo rifiuto fulmineo si trasformò in un grido strozzato. Be', il suo dovere l'aveva fatto. Incamminandosi verso la sponda, balbettò un saluto: «G-grazie mille per l'aiuto!»

Era ormai notte, e un buio denso avvolgeva la cittadina. Preoccupato che il fantasma lo seguisse, Seungbeom si mise a correre sulla strada, sotto la luce pallida dei lampioni.

*

Due signore in visita all'erboristeria, spiazzate dall'avviso di chiusura temporanea affisso alla porta, sbirciarono oltre il vetro della finestra. Era il loro punto di riferimento per curare gli acciacchi, e spesso si fermavano per un saluto e una chiacchera nei giorni di mercato, prendendo apposta l'autobus. Sembrava assurdo che la proprietaria non fosse lì ad accoglierle, e così rimasero per qualche minuto di fronte all'ingresso, indecise sul da farsi.

A quel punto che si accorsero della clinica orientale proprio di fronte, e ricordarono di aver sentito buone recensioni a riguardo. Ormai avevano fatto il viaggio, tanto valeva dare un'occhiata. Si diressero quindi al primo piano e una volta varcata la soglia ed entrate in sala d'attesa, ecco che incontrarono Sujeong, seduta sul divano a guardare la tv.

«Signora Go, ma che ci fa qui? Perché non è all'erboristeria?»

«Benvenute! A furia di lavorare, sono piena di dolori. Alla fine, sono un essere umano anch'io. Era arrivato il momento di rimettermi in sesto».

«È proprio vero che il calzolaio ha sempre le scarpe rotte!»

«Eh già, ha proprio ragione!» finì Sujeong con una risata.

Le pazienti si accomodarono una dopo l'altra di fianco a lei, chiacchierando in attesa di essere ricevute. Sembravano contente di vederla in un luogo diverso dal solito. Jeongmi offrì loro una tisana calda. Una delle due anziane, sorseggiando la bevanda, si guardò attorno. Per quanto strano fosse trovarsi lì, l'ambiente pulito e ordinato ispirava fiducia.

«Se anche lei signora Go si fa visitare qui, allora il dottore dev'essere bravo come dicono!»

«Oh sì! Ha un pessimo carattere, ma ottime abilità. Mi piace proprio per questo» disse Sujeong. Mentre porgeva la tisana anche all'altra paziente, Jeongmi si lasciò sfuggire una risata. L'anziana le rivolse un'occhiata perplessa e le disse: «Non vorrai mica dirmi che è ancora sgarbato come quando è arrivato? Oh, povera cara, dev'essere uno strazio per te».

«Non è così male, in realtà» rispose Jeongmi.

«Già. Non è male per niente» confermò Sujeong.

Ridendo, il gruppetto si apprestò a gustare la tisana quando una voce tagliente arrivò dalla sala di agopuntura.

«Se sono arrivate fin qui, lasci fare a me, no?»

I loro sguardi si spostarono in direzione della voce. A giudicare dal sospiro rassegnato di Jeongmi, non era la prima volta che succedeva. Un silenzio imbarazzato cancellò l'atmosfera vivace di poco prima. Sujeong si schiarì la voce.

«*Aigo*, che buona questa tisana! Su, bevete».

Quando le nuove clienti si sentirono di nuovo rilassate, Sujeong seguì Jeongmi nella sala di agopuntura, dove Seungbeom stava discutendo con un anziano basso e corpulento. Con un sussulto, Jeongmi si portò una mano alla fronte ed estrasse una caramella all'uva dalla tasca.

«Cavolo, me ne sono dimenticata».

«Cos'è?» chiese Sujeong.

«Vede, con questo tipi di pazienti Seungbeom ogni tanto, come dire... scatta» sussurrò l'infermiera.

Sujeong aggrottò le sopracciglia. Trovava strano che il dottore fosse così schizzinoso con i suoi pazienti, e non capiva perché avesse bisogno di una caramella per addolcirsi. Se l'irritazione nella voce di Seungbeom infastidiva lei, figurati come doveva sentirsi il cliente!

«Non posso trattare schiena e ginocchia nello stesso momento perché la postura non è corretta» stava spiegando Seungbeom. «Un giorno ci occupiamo della schiena, e l'altro delle ginocchia, solo così avremo...»

«Ma scusi, non può fare la schiena ora e tra qualche ora le ginocchia?»

«Mi ascolti invece di interrompermi. Se facessi come ha suggerito, si indebolirebbe troppo, e poi il trattamento non sarebbe concentrato, risultando inefficace. Gliel'ho già detto: è meglio fare una cosa per volta e farla bene».

«Abito troppo lontano per venire tutti i giorni. La smetta con queste idiozie e faccia il trattamento!»

«No!»

Per quanto la cocciutaggine di quel paziente potesse

essere indisponente, Sujeong trovava insopportabile il tono autoritario di Seungbeom. Alla fine, intervenne.

«Ehi, abbiamo bisogno di te di là. Vieni un attimo a vedere».

«Che è successo?»

Scusandosi con il paziente, Sujeong trascinò Seungbeom fuori in corridoio. Lontani da sguardi indiscreti, gli tirò una manata sulla schiena.

«Ma che fa!»

«Credi forse che i pazienti siano burattini? Non fare lo sbruffone solo perché sei intelligente!»

«Non capisco cos'avrei fatto».

Per essere un'anziana malata, l'aveva colpito piuttosto forte. Seungbeom si massaggiò la schiena con una smorfia.

«Invece di rifiutare e basta, spiega con calma il motivo per cui non puoi accontentarlo finché non lo convinci. Vorrai mica mandarlo via?»

«Gliel'ho già spiegato mille volte».

«Non è quello che hai detto, ma *come* l'hai detto. Ripetere le stesse cose non è sufficiente. Questo pover'uomo ha fatto la fatica di venire fin qui e tu non solo ti rifiuti di curarlo, ma lo mandi via arrabbiato? Cos'è, sei diventato dottore per farti delle belle litigate? Con questo atteggiamento non mi stupisce che i pazienti non tornino».

«Se non vogliono ascoltare i miei consigli, cosa diavolo vengono a fare?»

«Le persone diventano irritabili e piagnucolone quando stanno male. Devi offrirgli conforto. Un tono calmo e un sorriso fanno molto. Ho detto a tutti là fuori quanto sei bravo, vorrai mica farmi fare brutta figura con il tuo caratteraccio?»

A quelle parole, Seungbeom sbirciò in sala d'attesa:

non un solo posto vuoto. Tuttavia, notando le espressioni rigide sul volto dei clienti, si rese conto di aver sbagliato. Tornò nella sala di agopuntura. Jeongmi, in un sussurro appena udibile, disse: «Sorridere porta soldi. Forza».

«Signore, capisco che stia male, ma questo non è un problema che si risolve con una sola seduta. Altrimenti, finirei in uno di quei programmi sui miracoli della medicina. Quello che possiamo fare è concentrarci sulla schiena e occuparci delle ginocchia dopo, con calma. Come le ho detto, ha bisogno di più trattamenti, possibilmente giornalieri, ma se non ha tempo, venga quando può. Che ne dice?»

«Mh. E facendo così migliorerò?»

«Assolutamente».

«Bene. Guardi che deve rimettermi in sesto per benino, dottore».

«Non si preoccupi».

Dopo quell'anziano testardo, i successivi pazienti furono più facili. Con l'animo tranquillo, Seungbeom aveva appena finito con un cliente e, pronto a vedere il prossimo, uscì dallo studio quando qualcuno lo afferrò per il braccio. Era Sujeong. Credeva fosse tornata in sala d'attesa, e invece eccola lì.

«Be'?»

«Conosco bene il prossimo paziente».

«Ora vorrà mica intromettersi nei miei appuntamenti, spero».

«No, no. Il figlio sta male. Vivono con il poco denaro che ricevono dallo stato e devono prendersi cura anche del nipote che va alle elementari. Temo non possa permettersi di pagare».

Gli stava chiedendo di lavorare gratis? Seungbeom la

guardò corrucciato. Lei capì subito cosa stesse pensando e lo rimproverò.

«Hanno già molti debiti, digli di pagarti la prossima volta se non ce la fa».

«Non sono mica un ente di beneficenza».

«E allora? I pazienti si affidano a te perché tu li faccia stare meglio, è giusto che anche tu abbia fiducia in loro. Dagli un'opportunità, e vedrai che in qualche modo il karma ti ripagherà».

Accigliato, Seungbeom strinse le labbra.

«Non mi piace lavorare gratis».

«Se anche non dovesse pagarti, non saranno i soldi di questa seduta a risanare il tuo debito».

In effetti. Sbuffando, Seungbeom non rispose e si diresse nella sala di agopuntura. Più parlava con Sujeong, più gli ricordava la sua defunta nonna. Aveva un'aura di autorità attorno a lei che non ammetteva rifiuti.

Verso le tre del pomeriggio, la clinica si svuotò. Nella sala d'attesa non si sentivano più le chiacchiere dei clienti, l'unico suono erano le voci che provenivano dalla televisione. Jeongmi andò nella *tangjesil* a preparare alcuni rimedi mentre Seungbeom finiva con l'ultimo paziente.

Proprio allora, un uomo varcò la soglia. Il tintinnare della campanella attirò l'attenzione dei pochi rimasti in attesa, ma se ne disinteressarono subito.

Non trovando nessuno alla reception, il nuovo arrivato rimase un attimo interdetto.

«È venuto per una visita? In tal caso, compili il modulo sul bancone e si accomodi» disse Jeongmi affacciandosi dalla *tangjesil* per accoglierlo.

«Mi servono solo dei cerotti antidolorifici» disse l'uomo indicando la scatola di medicinali in esposizione vicino alla cassa.

«Ah, aspetti un momento». Jeongmi fece per sfilarsi i guanti e uscire dalla sala, ma Sujeong, vedendo che era impegnata, sventolò una mano per dirle di continuare con il suo lavoro.

«Posso occuparmene io» la rassicurò prima di rivolgersi al paziente. «Non siamo una farmacia, ma una clinica, quindi deve prima farsi dare la prescrizione dal dottore. Compili il modulo con il suo nome, data di nascita e numero di telefono. Una confezione contiene sei cerotti e viene quattromila won. Una volta che avrà compilato tutto, il dottore la potrà ricevere».

«Va bene».

L'uomo fece come gli era stato ordinato, e mentre era impegnato a scrivere le informazioni sul modulo, Seungbeom uscì dallo studio dando una pacca sulla spalla al paziente che lo affiancava. Vedendo Sujeong che aiutava il nuovo arrivato, rimase sbalordito.

«Tanto vale che l'assuma come infermiera» la prese in giro lui, e lei gli rispose con un sorriso sornione.

«Sbaglio o pochi mesi fa ti ho trovato che t'improvvisavi commesso nel mio negozio?»

«Magari dovremmo iniziare a vendere le medicine dell'erboristeria anche qui, eh?» disse lui sarcastico.

«E perché no? Per maggiori dettagli, parlane con la proprietaria. Ehi, aspetta! Sono io». Un sorriso si allargò sul volto di Sujeong.

Pensava che si fosse dimenticata di quell'incidente, e invece... Seungbeom sorrise a sua volta, imbarazzato. Le circostanze erano cambiate molto da allora, pensò mentre una strana sensazione lo invadeva. Un miscuglio di felicità, tristezza e solitudine. Incapace di capire da dove arrivassero quelle emozioni, Seungbeom si grattò la testa, confuso.

Capitolo 15
La casa abbandonata

Il sole tramontava dietro le montagne, i raggi deboli ma abbaglianti che filtravano tra gli alberi spogli. Con il vento freddo che gli sferzava le guance, Seungbeom prese un sorso di caffè istantaneo. Lasciò cadere le erbe medicinali che aveva portato con sé nell'acqua che sciabordava dentro il *gamasot*, poi si accucciò di fronte al fuoco. Posizionò la legna formando una specie di cancelletto e usò della carta di giornale per far partire il fuoco prima di prendere il ventaglio e sventolare. Ora che l'umidità estiva era solo un lontano ricordo, sostituita dal clima secco dell'inverno, accendere il fuoco non era poi così faticoso. Con uno scoppiettio, le fiamme presero vita.

Seungbeom tossì. L'odore acre del fumo però era disgustoso come sempre.

«Giovanotto, è la prima volta che accendi il fuoco?» chiese di fianco a lui la nonnina fantasma, impietosita da quell'attacco di tosse.

«Ho imparato poco tempo fa» rispose lui con le lacrime agli occhi. L'odore di legna bruciata gli fece tornare in mente quando aveva seguito Sujeong fino alla casa nel bosco. Ancora ricordava quanto lei l'avesse criticato per non sapere accendere nemmeno un fuoco.

«Comunque non capisco perché s'incaponisca a preparare i decotti qui, quando potremmo benissimo usare il fornello».

Mentre aggiungeva alcune pigne al fuoco, Seungbeom si guardò attorno alla ricerca di Sujeong. Come al solito gli aveva appioppato un lavoro per poi sparire chissà dove.

«Non credo che ci sia gas» disse la nonnina. «Normalmente è nostro figlio che si occupa di queste cose quando viene a controllare come sta, ma dev'essere occupato perché è da qualche giorno che non si fa vedere. Quel pover'uomo di suo padre, invece di fare una telefonata per farsi portare quello che gli serve, cerca di risparmiare su qualsiasi cosa e finisce per ammalarsi. Per questo prima di morire gli ho ripetuto fino allo sfinimento di pensare alla salute».

Gli colava il naso. Tirò su rumorosamente e, sentendo un pizzicore, ci passò sopra una mano.

«Signora, lei sa che oggi sono qui per lei, vero? Nonostante sia morta, continua a prendersi cura di suo marito e così rimane bloccata da questa parte. Ah, e deve sapere che le visite a domicilio di solito sono molto care, ma per lei faccio un'eccezione». Seungbeom le fece l'occhiolino, provocando una risata nella nonnina.

«Ecco, ti aspettavo al varco! Di nuovo 'sta storia dei soldi. Mi chiedevo quando l'avresti tirata fuori».

Sujeong, spuntata dal nulla, si lanciò subito in rimproveri. In effetti, gli era sembrato strano che non l'avesse ancora ripreso. Sujeong cominciò a tossire. Seungbeom pensò che fosse per il fumo, ma quando alzò lo sguardo per controllare, lei tossiva ancora, e non accennava a voler smettere. Nonostante le cure, le medicine e i pasti regolari, si stava indebolendo ogni giorno di più. Seungbeom prese un altro sorso di caffè, sperando di sciogliere l'amaro che sentiva in bocca. Il sapore zuccherato della bevanda ormai fredda gli rimase sulla punta della lingua.

«Le ho detto di rimanere al caldo» la sgridò Seungbeom, ma Sujeong si sedette accanto a lui.

«Senti che bel vento!» disse fingendo indifferenza in quell'aria gelida.

Sebbene Sujeong si mostrasse tranquilla, Seungbeom non poteva placare l'urgenza che rimestava nel suo cuore. La ricerca del figlio stava andando a rilento. Avevano incontrato una marea di spettri, ma del bambino non c'era traccia. Gongsil aveva ipotizzato che l'angelo della morte fosse stato mosso a pietà dai pianti disperati di Kiwoon e l'avesse portato con sé nell'aldilà. In tal caso, aveva risposto Seungbeom, per lui che vedeva i fantasmi si trattava di un vero e proprio rapimento, ma quelle parole gli erano valse solo una risata di scherno da parte di Gongsil.

«Comunque mi vuoi togliere una curiosità?» chiese Sujeong a Seungbeom, che aveva lo sguardo perso tra le fiamme. «Perché sei venuto a Uhwa? Con tutti i posti in cui potevi andare».

L'immagine di Gongsil che rideva a crepapelle svanì dalla sua mente. Spostò gli occhi su Sujeong.

«Be', per le sue belle montagne, l'acqua limpida, e la gentilezza degli abitanti». Un viso gli danzò davanti agli occhi mentre ripeteva a macchinetta quelle parole scontate.

«Ho sentito che alcuni pazienti ti fanno proprio perdere le staffe».

Seungbeom deglutì e si grattò la testa, insicuro su come reagire. Era certamente stata Jeongmi a spifferare tutto a Sujeong. Un terribile senso di vergogna s'impadronì di lui quando capì che si era accorta dei suoi cambi di umore. Quella ragazza lo conosceva meglio di quanto lui conoscesse se stesso. Improvvisamente, sentì il volto bollente. Con un gesto involontario, infilò le mani tremanti nelle tasche.

«Tempo fa lavoravo in un'altra clinica. Allora stavo cercando di farmi assumere al Jeil, e non avevo remore a usare qualsiasi mezzo possibile perché accadesse. C'era un paziente, un signore anziano, malato di cancro ai polmoni. I familiari non venivano mai a trovarlo, gli unici ad occuparsi di lui erano gli infermieri, e a volte io ci scambiavo qualche chiacchera. Mi ricordava la mia povera nonna, così mi sono affezionato a lui, a differenza di altri pazienti. Un giorno mi chiese se poteva passare un po' di tempo con la famiglia. Stava piuttosto bene, quindi gli prescrissi un medicinale diverso dal solito».

'Ripongo la mia fiducia in te' le parole del vecchio gli risuonarono nella mente.

Era un uomo robusto e di bassa statura, che parlava spesso della sua città natale. Considerava Seungbeom come un nipote e un giorno l'aveva portato in un ristorante per offrirgli il pranzo. Seduti al tavolo, l'uomo era scoppiato in un pianto disperato, e fra i singhiozzi gli aveva chiesto di aiutarlo. Seungbeom allora aveva setacciato ogni studio e dato su cui era riuscito a mettere le mani, e infine aveva deciso di utilizzare le foglie dell'albero della lacca. All'epoca, intorno al 2010, il rimedio aveva attirato attenzione anche all'estero per i suoi effetti curativi. Il principio era che, bloccando la stagnazione del sangue, potesse fermare la crescita dei tumori. Non sarebbe stata una soluzione definitiva, ma Seungbeom pensava avrebbe funzionato per regalargli un po' di tempo con i familiari. Tuttavia, era un preparato estremamente potente, e invece di aiutarlo, la salute del vecchio ebbe un rapido declino, e morì in poco tempo. La famiglia venne alla clinica a chiedere spiegazioni, ma l'unica cosa che riempiva la mente di Seungbeom mentre loro facevano domande incessanti, era il pensiero terribile che il sorriso innocente del vecchio nonno oramai non ci fosse più. Per questo aveva deciso di riporre quella vicenda in un cassetto chiuso a chiave della sua memoria.

Del vapore bianco si alzo dal *gamasot*. Con un lungo ramo, Seungbeom agitò le braci ardenti.

«Alla fine, non c'era molto che avrei potuto fare. Doveva andare così. Entrambi siamo stati sfortunati. È impossibile per un medico curare tutte le malattie. Ma quando ho perso tutto, mi sono ricordato di quando mi raccontava di Uhwa, delle sue montagne, dell'acqua limpida e dell'aria fresca. Mi sono incuriosito. Certo, non so se avesse ragione riguardo agli abitanti» concluse con nonchalance passandosi una mano fra i capelli. Non aveva il coraggio di incontrare lo sguardo intenso di Sujeong, e così tenne gli occhi fissi sulle fiamme che si alzavano in lunghe lingue arancioni.

Si aspettava che l'erborista lo avrebbe ricoperto di rimproveri, invece per fortuna non disse niente.

*

La macchina di Seungbeom correva lungo una strada di campagna che costeggiava un piccolo bacino d'acqua, attorno al quale sorgevano qua e là delle casette. Le montagne sullo sfondo parevano più imponenti del solito, svettando sopra la nebbia che risaliva dalla laguna per avvolgere le cime del bosco in un abbraccio spettrale. Superato il villaggio, l'auto s'inerpicò su una stradina di montagna, che presto venne inghiottita dall'oscurità, le sporadiche pozze di luce arancione dei lampioni l'unico conforto.

«È impossibile che qualcuno abbia costruito una casa qui».

Non appena Seungbeom aprì bocca per lamentarsi, Jeongmi strillò: «Guarda, eccola lì!»

Un po' infastidito, guardò nella direzione indicata, ma a parte qualche albero e rovi rinsecchiti, il buio regnava sovrano.

«Lì, non la vedi? Dopo il lampione, proprio sopra a quella collinetta!»

«Ah, eccola» confermò Sujeong dal sedile posteriore. Rallentando, Seungbeom si piegò in avanti, allungando il collo per vedere meglio, ma senza molti risultati.

«Ma dove?»

Finalmente, fra i rami intravide un tetto basso di tegole, poi una finestra scardinata che si apriva su un'oscurità impenetrabile. Seungbeom inchiodò con uno stridio di freni.

«Ma come guidi?!» sbottò Sujeong ritrovandosi a due centimetri dal sedile di fronte. Raddrizzandosi, slacciò la cintura di sicurezza e uscì dall'auto, subito seguita da Jeongmi.

«È incredibile che anche lei veda i fantasmi, signora Go! Che emozione, non ho mai assistito dal vivo a una seduta».

Jeongmi estrasse il telefono e iniziò a filmare. Ancora non aveva rinunciato al suo sogno di diventare una YouTuber ricca e famosa, e così li aveva seguiti nella speranza di riprenderli nell'atto di liberare i fantasmi dal loro *han*. Seungbeom le aveva ricordato che gli spiriti non uscivano in video, e le aveva ripetuto allo sfinimento che era più pericoloso di quanto pensasse, ma lei era troppo cocciuta per rinunciare.

Voltandosi per inquadrare Sujeong, Jeongmi domandò: «Perché siamo qui?»

«Per aiutare la signora Noh Sunrye. Abitava qua vicino, e quando è morta avrebbe voluto andare nell'aldilà con la sorella defunta. Purtroppo, però, quest'ultima non vuole andarsene».

«Quindi il fantasma della sorella è qui?»

«Pare sia molto legata alla casa, ma la signora Noh spera che riusciremo a convincerla a fare il trapasso».

Incredibilmente Sujeong, che di solito odiava ricevere troppe domande, rispondeva placida a qualsiasi cosa. Ora che le mancava poco tempo su questa terra, si era resa conto che non c'era motivo di essere così scorbutica.

«Che comportamento infantile questo spettro» borbottò Seungbeom ancora seduto al posto del guidatore, lanciando occhiatacce alla casa che sembrava sprofondare sempre più nell'oscurità. Ancora un po' e sarebbe svanita del tutto. Un brivido gli corse giù per la schiena.

«Ti muovi o no?» sbottò Sujeong, ma Seungbeom si sentiva pesante come piombo. Alla fine, costretto, si trascinò fuori dall'auto e recuperò una grossa torcia dal bagagliaio. Per verificare che funzionasse, Seungbeom direzionò la lampada verso il basso e premette il pulsante. Un fascio di luce fioca illuminò i suoi piedi, e quando pigiò una seconda volta, il bagliore s'intensificò. Sujeong strizzò gli occhi, schermandosi con una mano.

«Meglio non usare una luce troppo forte, i fantasmi la detestano e non possiamo rischiare che scappi. Ah, e non toccate nulla quando entrate, o potreste finire posseduti».

«Altro che devo tenere a mente?» chiese Jeongmi con la stessa voce di un alunno che prendeva appunti.

«Molte. Stammi vicino».

«Okay!»

Seungbeom, rannicchiato dietro all'infermiera, seguì le due donne e, facendosi coraggio, si avvicinò alla vecchia casa per primo. Districarsi fra quell'intreccio di rovi non era per niente facile. Si scrollò di dosso i rami attaccati all'orlo dei pantaloni, calpestandoli sotto le scuole delle scarpe, finché finalmente raggiunse l'ingresso. Un po' gli spiaceva di non aver trovato la porta serrata. In tal caso, avrebbe potuto usarla come scusa per evitare tutta la faccenda.

La porta si aprì con un cigolio da brividi, ma non riuscì a forzarla più di qualche decina di centimetri. Un alito di aria umida e fredda soffiò dall'interno. Seungbeom raddrizzò le spalle. Fece un respiro profondo e s'infilò nello stretto passaggio.

«C'è nessuno?»

Alle parole di Sujeong, l'aria sembrò raffreddarsi ancora di più. Il piccolo cortile interno era ricoperto da erbacce. Attraversandolo, Seungbeom tese le orecchie, gli occhi ben aperti mentre illuminava ogni angolo con la debole luce della torcia.

La casa a un piano contava meno di dodici *pyeong*. Quelle che all'inizio gli erano sembrate tegole, erano in realtà lastre di metallo grigio sbiadito, con dei buchi qua e là che offrivano poco riparo dalla pioggia. Ma non era solo quello il problema. Porte e finestre erano state scardinate e fatte sparire e sulle pareti le crepe dell'intonaco si allungavano come vene. Sembrava che la casa sarebbe crollata da un momento all'altro.

L'erba secca si aggrappava ai suoi vestiti con un fruscio terrificante. Gocce di sudore freddo gli impregnarono la camicia.

«Non capisco perché voglia rimanere in questa catapecchia» osservò Jeongmi mentre filmava.

Seungbeom, dietro di lei, disse: «Credo che lei la veda ancora com'era una volta».

«Certo che hai proprio una bella fantasia» lo prese in giro Sujeong.

Sentendosi trattato come un bambino, Seungbeom si offese. Con la torcia, illuminò le piante rampicanti che si avvolgevano attorno ai cocci delle *jangdokdae*; poi il suo sguardo esaminò l'interno della casa, dove vestiti e coperte giacevano nello stesso punto dove erano stati lasciati dai loro proprietari, ricoperti da uno spesso strato di polvere. Persino in cucina, i piatti usati e abbandonati erano coperti di polvere.

«Dove diavolo è la sorella? La vede?» chiese Seungbeom a Sujeong.

«Sarà qui da qualche parte, cerca bene».

L'erborista, intenta a scandagliare ogni angolo, si fermò a guardare Seungbeom.

«Che c'è?»

Gli occhi di Sujeong, diventati due fessure, erano fissi su un punto sopra la sua spalla. Un brivido lo scosse da capo a piedi. C'era qualcosa dietro di lui. Uno spiffero di aria gelida gli risalì la schiena. Sujeong alzò una mano.

«Rimani calmo».

«Cos'è?»

Seungbeom fece per voltarsi, ma Sujeong gridò: «Non girarti!»

Purtroppo, però, la curiosità ebbe la meglio e, incapace di resistere, Seungbeom si voltò.

La prima cosa che vide furono braccia e gambe sottili, scheletriche, immobili nell'ombra. Una massa di capelli arruffati ricadeva sul petto. Qualcosa non tornava… ma cosa? Il cuore gli si fermò un istante quando capì: il corpo del fantasma era rivolto verso di lui, ma la testa era girata di centottanta gradi.

«Aaah!»

«Aiuto! Che succede?» urlò Jeongmi di riflesso.

Il fantasma saltò agilmente e si aggrappò alla schiena di Seungbeom. Le braccia ossute gli si strinsero attorno alla gola, mentre lui cercava di liberarsi, terrorizzato. Un ghigno da far rizzare i capelli gli riecheggiò nell'orecchio.

«Sujeong, mi aiuti!»

«Stai fermo un attimo!»

Il corpo del fantasma era freddo e umido. Agitando le braccia, Seungbeom trovò la testa e, deciso a levarselo di dosso, la afferrò e tirò. Con un'incredibile facilità, la testa si staccò.

«Oh?»

Prima ancora di capire cosa fosse successo, un lampo di capelli neri gli scivolò accanto e un attimo dopo, la testa del fantasma gli levitava di fronte, la nuca rivolta verso di lui. Con uno scrocchio, il collo piegato innaturalmente si raddrizzò e piano piano la testa si girò fino a trovarsi faccia a faccia con Seungbeom, che si accasciò a terra dal terrore.

«Lascialo stare e parla con me» s'intromise Sujeon. «È stata tua sorella Sunrye a mandarmi qui. Siamo venuti per liberarti dal tuo *han*».

A quelle parole, il fantasma spostò lo sguardo su di lei. I capelli arruffati che fluttuavano in ogni direzione caddero ordinati in una cascata di ciocche nere, e il volto cereo riprese colore. Jeongmi corse di fianco a Seungbeom, ancora accucciato a terra che balbettava frasi sconnesse.

«Tutto okay?»

«Jeongmi, mi occupo io della signora. Tu porta Seungbeom alla macchina».

«Va bene». Poi, rivolgendosi al dottore: «Riesci a camminare?»

«Credo di essermi preso un'altra storta».

Prendendolo sottobraccio, la ragazza si avviò verso l'ingresso, ma dopo poco si bloccò e si mise in piedi di fronte a lui, dandogli la schiena.

«Sali».

«Cosa?!»

«Mi hai raccomandato di fare attenzione, e alla fine sei tu quello che si è fatto male».

«Io?»

«Di questo passo non arriveremo mai alla macchina. Su, non fare tante storie. Lo sai che sono più forte di te».

In effetti aveva ragione, però... Seungbeom si guardò alle spalle. Sujeong, intenta a parlare con il fantasma, lanciò un'occhiata nella loro direzione, poi riprese la conversazione. 'Oh, be', tanto peggio di così'. Salì sulle spalle di Jeongmi e, sentendola camminare svelta, si rese conto di quanto robusto in realtà fosse quel corpo che aveva sempre creduto così fragile.

Uscita dalla casa abbandonata, Sujeong si avvicinò a Seungbeom, seduto sul sedile del passeggero con la porta aperta.

«Cos'ha detto il fantasma?»

«A quanto pare sta aspettando di riunirsi con il marito e la figlia, morti in un incidente stradale. Questa casa l'hanno costruita insieme, ed è piena di ricordi accumulati durante gli anni che ci hanno vissuto. Capisco perché non voglia lasciarla. Le ho fatto notare che forse il marito e la figlia la stavano aspettando nell'aldilà. Ha detto che ci penserà e, quando avrà preso una decisione, verrà lei da noi. Comunque, fammi vedere un po' questa storta. Certo che sei proprio imbranato».

«Ehi, fa male!»

Mentre osservava la caviglia gonfia di Seungbeom, Sujeong lanciò uno sguardo a Jeongmi, che stava scattando foto della casa.

«Senti, devo farti questa domanda oppure temo che impazzirò».

«Cioè?»

«Quando vi sposate voi due?»

«Eh?! Ahia!»

Preso alla sprovvista dalla domanda, Seungbeom scattò in piedi, ma una fitta tremenda lo costrinse a sedersi di nuovo. Sujeong lo guardò esasperata.

«Sai benissimo di cosa parlo, smettila di fingere. Proprio non capisco quale sia il problema. Avete la stessa età, e lavorate assieme da più di cinque anni. Ormai sapete tutto l'uno dell'altra. È perché non hai soldi? Credi che senza non sareste felici?»

Seungbeom si coprì il volto arrossato con le mani. Certo che Jeongmi gli piaceva. Anzi, l'amava. Nessun uomo sarebbe rimasto indifferente di fronte alla sua bellezza. Aveva fatto di tutto per nascondere i suoi sentimenti, eppure a Sujeong non erano sfuggiti. Sospirò rassegnato.

«Sa perché sono così ossessionato dai soldi? Da piccolo eravamo talmente poveri che i miei genitori hanno divorziato. E mia madre, a cui volevo un mondo di bene, mi ha abbandonato perché non aveva abbastanza denaro per tenermi con sé. È per questo che credo che i soldi facciano la felicità. Pensavo che una volta diventato ricco, avrei finalmente rivisto tutte le persone che amavo... E invece, la mia avidità ha finito per uccidere una persona a me cara».

Seungbeom abbozzò un sorriso pieno di amarezza. Sujeong lo osservò in silenzio per un momento, poi premette sulla caviglia, facendolo urlare di dolore.

«*Tsk*, la ricchezza non sistema ogni cosa. Ti sembro felice e appagata io? Se ti piace davvero Jeongmi, agisci e afferra la felicità che hai davanti agli occhi. Impegnati e mostrale i tuoi sentimenti con orgoglio, o finirai per fartela scappare. E sai meglio di me che ragazze come lei non crescono sugli alberi. Certo, fosse per me consiglierei a Jeongmi di darsela a gambe... Ehi, vuoi che glielo dica io?»

«N-no, che c'entra lei? Me ne occuperò io. Lo giuro!»

«Alzati allora».

«Perché?»

«Dobbiamo andare dal prossimo paziente fantasma».

«Un altro?»

Capitolo 16
Madre e figlio

«Un matrimonio?»

Uscito per una commissione, di ritorno in clinica Seungbeom notò che il ferramenta era chiuso. Un telo ricopriva gli attrezzi esposti all'esterno, e davanti era appeso un avviso: OGGI SIAMO CHIUSI PER UN MATRIMONIO IN FAMIGLIA. Il proprietario del negozio, un uomo robusto e testardo, teneva aperto tutto l'anno, senza eccezioni, perché non voleva perdere nessuno cliente. Considerando che in quella strada non passava molta gente, soprattutto a causa degli orari degli autobus, ogni visita era preziosa. Pioggia o bufere, giorni festivi o domeniche, il signor Choi non chiudeva mai. A quanto pareva, però, anche lui partecipava alle feste familiari.

Era una giornata di neve. Seungbeom si chiese se, in caso avesse attaccato, il compito di spalare l'entrata fosse ricaduto su di lui. *Che scocciatura.* Proprio allora, vide un bambino accovacciato davanti alle scale, che giocherellava con un palloncino rosso sgonfio. Appena si accorse di lui, il bambino si coprì gli occhi con le mani. Forse era un'abitudine.

Le mani infilate nelle tasche per proteggerle dal freddo, Seungbeom lo guardò incuriosito, poi i suoi occhi fecero avanti e indietro tra il ferramenta chiuso e il bambino. Come mai non era alla festa con il padre? Il signor Choi non era il tipo da abbandonare il figlio così.

«Ehi, dove sono i tuoi genitori?»

Il bambino abbassò le mani, ma non rispose. Si limitò a fissare Seungbeom in silenzio, probabilmente ricordandosi che tempo addietro gli aveva intimato di non giocare lì. Sembrava intimidito dalla sua presenza. Sebbene fossero al riparo dalla neve, l'aria era fredda e il bambino era vestito troppo leggero. A ben vedere, indossava gli stessi abiti di quando l'aveva visto la prima volta. Di colpo, l'immagine del ferramenta si sovrappose a quella di suo padre, che lo aveva sempre trascurato da piccolo. Estrasse le mani dalle tasche e si accovacciò di fronte al bambino, guardandolo negli occhi.

«Perché sei qui da solo? Ti ricordi di me, vero? Lavoro alla clinica del primo piano».

Il bambino annuì.

«Non vuoi parlare con me?»

Questa volta, il bimbo scosse la testa. Dall'aspetto non sembrava denutrito, ma Seungbeom voleva comunque fargli qualche domanda. Se avesse avuto la certezza che qualcosa non andava, avrebbe chiamato subito le autorità. Cercò il cellulare, ma non era nel giubbotto.

«Tua mamma dov'è?» chiese rovistando nelle tasche dei pantaloni.

Il bambino indicò l'erboristeria, poi schiuse le labbra e dalla sua bocca si srotolò una lingua talmente lunga da toccare terra.

*

Da quando aveva scoperto della malattia di Sujeong, Seungbeom si era fatto in quattro per renderle la vita più facile. Aveva trasformato il magazzino di fianco al suo studio in una stanza per lei, e aveva addirittura deciso di dormire in clinica, nell'eventualità che ci fosse qualche emergenza. Sujeong mal sopportava questa sistemazione, sapendo che solo così avrebbe guadagnato tempo.

Toc, toc. Immersa nella lettura di un libro, Sujeong alzò la testa sentendo qualcuno bussare alla porta. Che fosse già ora della sua passeggiata serale? Guardò fuori dalla finestra. Grossi fiocchi di neve cadevano dal cielo grigio scuro, posandosi sul davanzale. La sua prima neve. Un sorriso le piegò le labbra. Pensava che sarebbe morta senza riuscire a vederla, e invece il filo della sua vita era piu resistente di quanto sembrasse. Assorta a contemplare i fiocchi, i colpi alla porta la riportarono alla realtà.

«Arrivo».

Posò il libro sul comodino e mentre si aggiustava gli occhiali da lettura sul naso, la porta si aprì e fece capolino il volto di Seungbeom.

«Dormiva?»

«No».

Sujeong scivolò fuori dal letto. Le gambe le tremarono leggermente quando provò a mettersi in piedi. Istintivamente, si massaggiò la schiena.

«A forza di stare sdraiata sono tutta indolenzita» borbottò infilando le ciabatte. 'Forza gambe mie! Non traditemi adesso!' Finalmente, le sue gambe le ubbidirono.

«Forse sarebbe meglio che rimanesse seduta».

«No, devo alzarmi e camminare un po'. Mangio e dormo, mi sento una mucca».

«A giudicare dalla voce squillante, direi più che altro un vitellino appena nato».

Tenendosi al letto con una mano, Sujeong si accigliò.

«Ti sembra il momento di fare battute?»

«Non l'ha fatta ridere?»

«Sono gentile, ma non fino a questo punto».

Seungbeom sbuffò, e lei lo guardò stranita, non capendo perché rimanesse lì bloccato sulla soglia.

«Be', che c'è? Cos'altro hai combinato stavolta? Appena mi assento succede sempre qualcosa, non posso riposarmi un attimo».

«Non è niente del genere. Ha un po' di saliva sul mento».

«Eh?» sbottò imbarazzata.

«E i capelli sembrano un nido di uccello».

Sujeong si avvicinò allo specchio per guardarsi. Non c'era alcuna traccia di saliva, e i capelli grigi, seppure un po' spettinati, non erano certo nello stato disastroso descritto da Seungbeom. Si voltò verso di lui con un'espressione contrariata, e il dottore, ancora in piedi sulla soglia, allungò un braccio verso di lei.

«Questo è per le sue labbra screpolate. Un regalo».

«Mi vuoi spiegare perché te ne stai lì impalato sulla porta invece di entrare?»

Afferrò l'oggetto che le porgeva: un rossetto. Rimase senza parole. Aprendo il tappo, vide che era di un rosa delicato, simile ai petali di un fiore primaverile.

«Stai sempre lì a lamentarti dei soldi e poi li sprechi in certe sciocchezze! L'hai davvero preso per me, una vecchia che ha un piede nella fossa? Che dovrei farmene?»

Continuando a borbottare insulti e prediche, Sujeong andò comunque a sciacquarsi il viso, poi si pettinò i capelli e prese il rossetto.

«Quasi mi dispiace usarlo».

La mano le tremò mentre lo applicava sulle labbra pallide e secche. L'ultima volta che si era truccata era stato per il matrimonio con suo marito, morto da tempo. Se solo si fosse curata di più quando era ancora giovane e bella... Con le dita sfumò il rossetto, che le tinse le labbra di un soffice rosa che le illuminò il viso. Si voltò verso Seungbeom, che la stava osservando.

«Contento adesso?»

Un po' imbarazzata, le parole risultarono più brusche di quanto avrebbe voluto, ma Seungbeom sorrise e alzò un pollice.

«Sembra una dea scesa dal cielo!»

Si divertiva proprio a prenderla in giro.

«Oh certo, proprio una dea! Già me li vedo i fantasmi di tutto il quartiere che si affollano attorno a me appena esco e s'inginocchiano di fronte alla mia grazia. 'Oh, dea celeste, esaudisci il mio desiderio!' Ma figurati...»

Proprio allora, il viso di Seungbeom sparì e al suo posto spuntò una testolina. Due occhioni incastonati su un viso pallido sbirciarono timidamente all'interno della stanza e quando si posarono su Sujeong, le pupille tremarono. Dopo uno sguardo veloce dietro di sé, il bambino si girò di nuovo verso l'erborista e le sorrise con tutti i denti, la lingua insolitamente lunga che penzolava dallo spazio lasciato dai due incisivi mancanti.

«Mamma!»

'Mamma...' quanto aveva desiderato sentire quella parola! I piedi di Sujeong, ben piantati per terra, si staccarono dal pavimento mentre correva verso il figlio con le braccia allargate.

«Kiwoon!»

«Mi dispiace, mamma».

Lo strinse forte a sé, ignorando la sensazione di freddo che il contatto con quel corpicino le provocava, facendola rabbrividire. Ci sarebbe voluto molto di più di un po' di aria fresca perché lasciasse andare suo figlio. Kiwoon scoppiò a piangere.

«Dove sei stato per tutti questi anni? Ti ho cercato dappertutto. Perché non sei tornato subito dalla mamma? Sai quanto mi sei mancato?»

«Mi dispiace. Mi hai detto tante volte di non andare al fiume, ma io ho disubbidito e… avevo paura che mi avresti sgridato, così mi sono nascosto».

«Tesoro mio, non ti avrei mai ripreso per una cosa del genere! E come hai fatto a nasconderti per tutto questo tempo?»

Il bambino si portò le mani sugli occhi.

«Se mi copro il viso così e prego di diventare invisibile, nessuno mi vede. Ma il dottore, lui mi ha visto lo stesso».

Il desiderio di Kiwoon lo aveva nascosto persino agli occhi di sua madre. Sujeong scosse la testa, sopraffatta dalla tristezza. Non poteva credere che suo figlio fosse stato talmente terrorizzato dai suoi rimproveri da pregare di sparire.

«Oh, bambino mio, non devi più avere paura. La mamma non ti sgriderà. È stata colpa mia. Devi esserti sentito così solo e spaventato…»

Mentre guardava il figlioletto adorato, Sujeong gli scostò i capelli bagnati dal viso e posò la fronte su quella del bambino, scusandosi all'infinito.

«Temevo che non mi avresti riconosciuto una volta invecchiata… Ero così spaventata di andarmene prima di riuscire a dirti quanto bene ti voglio. Tesoro mio, perdonami, sono stata una cattiva madre. Tu, invece, sei un figlio perfetto. Grazie per essere nato. Ci tenevo a dirtelo. Siamo rimasti separati a lungo, ma ora potremo rimanere insieme per sempre».

Seungbeom rimase a guardare quel lungo abbraccio bagnato di lacrime per qualche altro minuto, poi si richiuse la porta alle spalle.

Il giorno seguente, Sujeong annunciò che ora che si era ricongiunta con il figlio non avrebbe continuato le cure. Seungbeom sembrò sul punto di ribattere, ma alla fine ingoiò le parole e annuì. Quel pomeriggio, andarono al centro commerciale con Gongsil e Kiwoon e regalarono loro tutto ciò che volevano.

Sujeong lasciò che Kiwoon assaggiasse tutto quello che non aveva potuto mangiare negli anni che erano rimasti lontani, gli comprò vestiti di ogni tipo e lo riempì di giocattoli. Di ritorno all'erboristeria, Sujeong e il figlio si accoccolarono sul divano mentre ascoltavano del *trot*. Gongsil, seduta al suo solito posto, le allungò una busta di riso soffiato. Sujeong ne prese una manciata e prima di servirsene, ne offrì un po' a Kiwoon. Si sentiva leggera come l'aria.

Capitolo 17
Il funerale

Accanto a una strada alla periferia del paese, nel mezzo di una vasta pianura, sorgeva solitario l'edificio grigio della sala funeraria di Uhwa. Fin dal mattino, un gran viavai di macchine aveva rotto il silenzio: tutti erano in viaggio per rendere omaggio a Sujeong.

Nella camera allestita per il funerale, Seungbeom, che aveva assunto il ruolo di *sangju*, accoglieva gli ospiti. Vedendo il suo volto irrigidito dal dolore, molti ricordavano quanto all'inizio fosse stato maleducato nei confronti di Sujeong, ma alla fine i due avevano imparato ad apprezzarsi, e Seungbeom le era rimasto accanto come un figlio, fino all'ultimo giorno. Lo lodarono per averla accudita con tanto affetto, cercando di confortarlo, ripetendogli quanto Sujeong gli fosse grata. Era passato quasi un anno da quando si era trasferito a Uhwa, e finalmente tutti lo trattavano come uno di loro. Dopo aver affidato Sora ai parenti per le sue cure ambulatoriali, il padre aveva raggiunto la casa funeraria e cercava di aiutare Seungbeom svolgendo i compiti più faticosi. Era profondamente dispiaciuto per non essere mai riuscito a farsi perdonare da Sujeong per come l'aveva trattata. Era stato testardo e sciocco.

«Sono sicuro che la signora Go l'ha perdonata» disse Seungbeom dandogli una pacca sulla spalla per consolarlo. Accanto a lui, come sempre, c'era il fantasma della moglie.

«*Aigo*, dottor Kim!»

Tra singhiozzi incontrollabili, il signor Choi del ferramenta irruppe nella stanza e stritolò Seungbeom in un abbraccio da orso che gli mozzò il fiato. Invano, cercò di liberarsi.

«Ehm, signor Choi, potrebbe...»

Ma l'omone non accennava a mollare la presa, i singhiozzi talmente potenti che Seungbeom tremava a ritmo. Dovette sudare sette camicie per liberarsi da quella morsa soffocante. Quando ce la fece, aveva le gambe molli.

«Un altro abbraccio così e finisco per fare compagnia alla signora Go» mormorò fra sé e sé con un sospiro di sollievo. Dietro agli ospiti che si congedavano con un sorriso, Seungbeom scorse il fantasma di Sujeong che lo osservava divertita con le mani dietro la schiena. Seungbeom lanciò un'occhiata al ritratto della donna circondato da fiori che troneggiava sull'altarino. Magra come un chiodo, rideva a bocca aperta, proprio come adesso mentre lo affiancava.

«Grazie a me, la gente ha cambiato opinione su di te, eh? Hai vinto alla lotteria, ragazzo!»

«Sì, sì, grazie tante. Vuole un inchino?»

«*Aigo*, mi stai dicendo che per me piegheresti le tue preziose ginocchia? No, piuttosto vieni qui e riferisci qualche messaggio da parte mia».

Trascinando i piedi, Seungbeom la seguì nella sala attigua, dove Jeongmi e i proprietari dei negozi della loro strada stavano distribuendo cibo agli ospiti seduti ai tavoli.

«Per una come me, senza nemmeno mezzo parente, momenti come questo mi fanno rendere conto di quanto sia importante l'aiuto degli altri» disse Sujeong. «Non si sa mai cosa ci riserva il futuro, e coltivare buoni rapporti è l'unica garanzia che non rimarremo soli. Vedi di darti da fare anche tu. Invece di puntare il tuo sguardo verso l'alto, rivolgilo in basso, verso le persone umili. Ascolta con attenzione le loro parole e sfrutta la tua sensibilità per comprenderle e aiutarle, per quanto possibile».

Sujeong si avvicinò a una vecchietta, e Seungbeom la salutò goffamente.

«Ha la pressione alta, ma ogni sera beve un bicchierino di liquore» gli disse Sujeong. «Mi ha giurato di non farlo, ma l'ultima volta che sono andata a farle visita ho scoperto che mi ha mentito».

«Signora» la chiamò Seungbeom.

Una donna di mezz'età seduta lì di fianco posò la *jeon* che stava mangiando e diede un colpetto sulla spalla dell'anziana. Poi, avvicinandosi al suo orecchio, disse a voce alta: «Mamma, il medico ti sta parlando!»

«Mh?» La vecchietta si girò verso di lui.

«Salve signora. Ho parlato con Sujeong, che mi ha raccomandato di dirle che, con la sua pressione alta, non deve mangiare troppo salato e deve smettere con gli alcolici».

Quando Seungbeom alzò la voce, la figlia si mise a ridere.

«Non bevo. Ho smesso da un'eternità». La signora scosse le mani in segno di diniego, ma Seungbeom tornò all'attacco.

«Signora, guardi che non ci casco. La signora Go dice che la osserverà!»

«Eh? Possibile che non ha altro da fare da morta a parte tormentarmi?»

«Libera come un uccello! Ha tutto il tempo del mondo per divertirsi, quindi anche per controllarla».

«Va bene, ho capito» annuì la vecchietta.

Prima di andarsene, Seungbeom diede qualche dritta alla figlia.

«In giorni freddi come oggi, si assicuri che sua madre tenga calda la parte dietro le orecchie, la nuca e i piedi. Le faccia indossare un bel cappello di lana e delle calze spesse».

Salutò e si diresse verso un altro tavolo, dove era riunita una famiglia con un bambino piccolo. Sujeong gli indicò la moglie.

«Si chiama Sheila, viene dal sud-est asiatico. Veniva spesso in erboristeria. Diceva che le ricordavo sua madre. È una donna dolcissima, ogni volta che preparava il *kimchi* o qualche piatto tradizionale del suo paese, me li portava sempre. Ultimamente dorme male, e la mia morte temo che l'abbia stressata molto».

Seungbeom rivolse un sorriso alla coppia, poi disse:

«Grazie per essere venuti. La signora Go mi ha parlato molto di lei. Voleva ringraziarla per i manicaretti che le portava in erboristeria. La considerava come una figlia, ed era preoccupata per i suoi mal di testa che non la lasciano dormire. Dopo il funerale, venga da me in clinica, così possiamo trovare un trattamento adatto».

A quelle parole, Sheila si commosse, gli occhi lucidi di lacrime. Il bambino, che avrà avuto un paio d'anni, allungò la mano oltre la spalla della madre e Sujeong l'afferrò con un sorriso luminoso. Il bambino la osservò con i suoi occhioni limpidi, una risata cristallina che risuonava nell'aria.

Il rosso intenso del tramonto si scurì pian piano, fino a che calò la sera. Una volta che la sala si fu svuotata, arrivò il momento del secondo turno di ospiti. Seungbeom sistemò del cibo su una tavola ormai vuota, e una dopo l'altra delle ombre scure scivolarono nella stanza. Ben presto, la sala si riempì di spettri. Sujeong, abbracciata a Kiwoon, rideva.

«Il mio primo compleanno da morta!»

«Le sembra una cosa divertente?»

Seungbeom, in piedi di fianco a lei con le mani incrociate dietro la schiena, sospirò. Si sentiva un macigno sul petto. Ignorando i suoi brontolii, Sujeong accolse i fantasmi sventolando la mano.

«Sai che non ho nemmeno fatto la festa per i sessant'anni?» confessò al dottore. «È la prima volta che partecipo a un party così affollato! Peccato che non ci sia una macchina per il karaoke».

«Be'...» Seungbeom lanciò uno sguardo nella sala di fianco, dove regnava il silenzio. A parte alcuni impiegati della casa funeraria, erano soli. «Anche senza karaoke, secondo me potete fare quello che volete. Tanto chi vi sente? Siete fantasmi, godetevela».

«Dici? In effetti... Ehi, voi! Diamoci sotto!»

La folla di spiriti esultò. Sujeong prese il figlio per mano e si mescolò tra di loro. Anche Gongsil li raggiunse, e iniziò a scatenarsi in pista al suono di una musica che sentivano solo loro. Mentre Seungbeom osservava la scena, il signor Park lo affiancò.

«Sai cosa ci vorrebbe ora? Una bella partita di *Go-stop*» disse toccandosi l'arto artificiale.

«Ormai non si usa più».

Il signor Park si schiarì la voce, studiando l'espressione di Seungbeom. «Senti, ma... Non pensano di restare, vero?» gli sussurrò all'orecchio.

Nel mezzo della stanza, Sujeong cantava insieme a Kiwoon, circondata dalla folla che si era messa a ballare seguendo l'esempio di Gongsil, battendo le mani a tempo. Seungbeom sapeva benissimo a cosa si riferisse il signor Park. I fantasmi potevano decidere se passare nell'aldilà o rimanere nel mondo dei vivi. Spesso, però, la loro scelta veniva ostacolata dai rancori che li tenevano ancorati a quella realtà. Anche quando riuscivano a risolverne uno, subito ne spuntava un altro, incapaci di lasciar andare le loro preoccupazioni terrene. Era lo stesso motivo per cui il signor Park si trovava ancora lì, come tutti gli altri fantasmi.

«Gongsil ha detto che seguirà Sujeong, lo sai?» aggiunse il fantasma vedendo che non rispondeva. Seungbeom rimase sorpreso da quelle parole.

«Anche Gongsil vuole andarsene?»

«Già. Ora che si è liberata dal suo *han*, dice che non c'è più nient'altro che la trattenga. Per quanto mi riguarda, io sono abituato a veder sparire i miei amici fantasmi senza nemmeno una parola di addio, quindi il mio dispiacere è solo momentaneo. Ma credo che a te, ragazzo, mancheranno un bel po'. Ti sei affezionato».

«E lei signor Park, perché rimane?» chiese Seungbeom spingendo a fatica le parole oltre il nodo che gli stringeva la gola. Il fantasma sgranò gli occhi, stupito di vedere quel medico tanto orgoglioso sul punto delle lacrime. Il signor Park si schiarì la voce un paio di volte prima di rispondere.

«Io... ho ancora troppe cose in sospeso».

Seungbeom annuì, le labbra serrate mentre osservava la festa in pieno svolgimento.

«Che fai lì impalato? Su, unisciti ai festeggiamenti!» Sujeong chiamò il signor Park, il quale accorse al suo fianco e cominciò a cantare a squarciagola. Uno dopo l'altro, i fantasmi si alternarono intonando le canzoni delle lore epoche, riempiendo la sala del funerale di musiche di ogni genere. Alcuni recitarono delle poesie, altri si esibirono in brani tradizionali del *pansori*.

«Si stanno divertendo?» chiese Jeongmi spuntandogli di fianco. Seungbeom si girò verso di lei, che lo guardò con un sorriso imbarazzato. «No, intendo... Lo sai che io ho un certo sesto senso, e be', ecco, di solito ai funerali troppo tristi mi viene un gran mal di testa e mi sento da schifo, ma non oggi».

«Sono tutti presi a ballare e cantare».

«Ah, bene!»

Jeongmi, lo sguardo puntato nel vuoto, strizzò gli occhi come se sperasse di intravedere qualcosa.

«Ho una cosa da dirti» annunciò Seungbeom.

«Cioè?» Le facevano male gli occhi a forza di aguzzare la vista, così li chiuse un attimo.

«Mi piaci».

«Mh?» chiese lei con le palpebre ancora chiuse, senza aver capito.

«Jeongmi, mi piaci».

Di colpo, la ragazza sbarrò gli occhi e lo fissò. Seungbeom ripeté di nuovo quello che aveva appena detto, scandendo bene le parole.

«Lee Jeongmi, tu mi piaci».

Sconvolta da quella dichiarazione, lei boccheggiò come un pesce fuor d'acqua, poi gli diede uno schiaffo sulla spalla.

«Ti pare il luogo adatto per una confessione del genere? Siamo a un *funerale*!»

*

Un sole pallido fece capolino oltre le montagne a occidente. Sujeong, di fronte alla casa funeraria, diceva addio ai fantasmi che sparivano uno dopo l'altro sulla strada spazzata dal vento gelido. Dietro di lei, Gongsil prese la mano di Seungbeom fra le sue e puntò gli occhi dentro quelli di lui, spenti e malinconici.

«Sai, ho sempre saputo che sarei andata via con Sujeong quando fosse arrivato il momento. Ed eccoci qui. Addio, caro Seungbeom. Mi mancherai, ma spero che potrai capirmi».

«Certo».

«Grazie a te mi sono divertita, mi sono liberata dal mio *han* e ho mangiato cose deliziose. Grazie anche per avermi ricucito la pancia».

«Non me ne sono mica occupato io».

«Continua a vivere come adesso, con la stessa bontà d'animo che hai mostrato nei tuoi ultimi mesi a Uhwa. In questi giorni mi sembri stare così bene! Che sollievo».

Tenendolo per mano, Gongsil lo portò da Sujeong, che gli sorrise.

«Guardati, sei a un passo dallo scoppiare in lacrime! E perché mai? Ce ne andiamo in un posto migliore, libere dai nostri rancori».

«Non ho intenzione di piangere».

«Appunto, non ti si addice. Pensa solo a che fortuna ti è capitata!»

«Ma scusi, mi crede davvero una persona così fredda?» si lamentò Seungbeom, facendo ridere Sujeong. Accanto a lei, Kiwoon corse ad abbracciare una gamba del dottore.

«Grazie per il palloncino».

Seungbeom gli accarezzò i capelli.

«Mi raccomando, non lasciare più la mano della mamma» disse, e il bambino si affrettò a eseguire, stringendo le dita di Sujeong.

«A proposito, stasera avevo un paziente, ma dovrai occupartene tu».

«Ha preso un appuntamento per oggi?!»

«Eh, che ci vuoi fare, i vecchi si scordano qualsiasi cosa. Ma poi non eri tu a vantarti che giovane come sei hai tutto il tempo e le forze per lavorare? Su, non fare storie. È ora che vada».

«Fosse smemorata come dice, si sarebbe dimenticata quella stupida battuta» brontolò Seungbeom sottovoce. Sujeong si voltò di scatto.

«Be'?» sbottò lui.

«Buona vita» disse l'erborista con un sorriso.

Seungbeom serrò le labbra, la vista offuscata. Osservò mentre le sagome di Sujeong, Kiwoon e Gongsil si allontanavano sempre più, fino a sparire. Solo allora si lasciò andare, e grosse lacrime gli rigarono le guance. Jeongmi, in piedi di fianco a lui, gli sfiorò dolcemente la schiena.

*

Seungbeom entrò nell'erboristeria e accese la luce. Priva della sua proprietaria, sembrava essere appassita. Erano bastati pochi giorni senza che qualcuno passasse la scopa perché la polvere si accumulasse in spessi strati grigi, l'odore di stantio a coprire quello familiare delle erbe medicinali. Seungbeom si guardò attorno, sentendo il freddo penetrargli nelle ossa. C'erano tracce di Sujeong in ogni angolo del negozio. Si aspettava di vederla uscire dal suo ufficio da un momento all'altro, ma l'unica cosa che crebbe nell'attesa fu il peso del silenzio.

Rifletté per un attimo sul da farsi, poi decise di iniziare dalle pulizie. Diede una veloce spazzata e spolverò al volo le mensole, ma quel freddo terribile era insopportabile, e si rese conto che sarebbe stato meglio accendere la stufa.

Ormai aveva imparato come utilizzare il vecchio aggeggio. Ci buttò dentro della legna e il fuoco prese vita, rilasciando il suo fumo acre nella stanza. Nella quiete dell'erboristeria, l'unico suono era il crepitare delle fiamme. 'Maledetto fumo' pensò mentre una lacrima gli sfuggiva dalle ciglia, anche se sapeva che il vero motivo della sua tristezza era la consapevolezza che quel silenzio opprimente non sarebbe più stato rotto dalle risate sguaiate di Gongsil o dai dialoghi della sua soap opera, o dal ritmico cadenzare del coltello di Sujeong sul tagliere mentre tritava le erbe.

«'Spero che potrai capirmi', facile a dirsi!»

Accettare la scomparsa di qualcuno richiedeva tempo, e Seungbeom non aveva alcuna intenzione di dimenticare così in fretta. Il rimorso per non aver tentato di trattenerle lo travolse. Avrebbe dovuto aggrapparsi alle loro caviglie e pregarle di rimanere ancora un po', magari convincerle ad aspettare che fosse morto anche lui per poi andarsene tutti assieme. Ah, questo sì che era un buon piano! Perché non ci aveva pensato prima? Invece si era mostrato maturo e stoico, fingendo che la cosa non lo toccasse. Come pretendevano che andasse avanti senza di loro?

Dling. La porta si aprì, facendo tintinnare la campanella appesa all'ingresso, e il paziente di cui gli aveva parlato Sujeong entrò. Prima di alzarsi, Seungbeom si asciugò in fretta le lacrime.

«Benvenuto. Mi spiace informarla che la proprietaria non c'è più, e...»

Il fantasma, un uomo anziano, si tolse lentamente il fedora che gli copriva il capo. Di bassa statura e robusto, le labbra erano serrate in una linea inflessibile, mentre sulla fronte solcata da rughe profonde spiccavano due sopracciglia folte e contratte, sintomo di una cocciutaggine invincibile. Nonostante il suo aspetto fosse piuttosto differente da quando era in vita, Seungbeom lo riconobbe all'istante.

«Kangseong?»

Dai meandri della sua memoria riaffiorò una voce.

'Tanto morirò comunque, tanto vale provare! Io credo in te'.

Non era stata una buona idea. Anche se Kangseong non aveva niente da perdere, Seungbeom sapeva che, se qualcosa fosse andato storto, avrebbe dovuto convivere con le conseguenze per il resto della sua vita. Entrambi erano consapevoli che la morte di Kangseong era inevitabile. Avevano solo cercato di guadagnare tempo, ma la sorte non era stata dalla loro parte e le cose erano andate diversamente. Seungbeom si era aggrappato a questa scusa, cercando di seppellire quel ricordo, eppure nel profondo del suo cuore il senso di colpa non lo aveva mai abbandonato.

Guardando Kangseong in piedi davanti a lui, capì che Sujeong gli aveva regalato un'ultima opportunità.

Nel silenzio dell'erboristeria, Seungbeom si avvicinò all'uomo e s'inginocchiò. Di nuovo, lacrime bollenti gli bagnarono le guance. Finalmente riuscì a dire quello che la sua stupida presunzione gli aveva impedito.

«Lo so che è troppo tardi, ma mi dispiace... La prego di perdonarmi...»

Le sue scuse, pronunciate a capo chino, erano sincere. Nel silenzio, una mano fredda si posò dolcemente sulla sua schiena. Seungbeom, scosso dai singhiozzi, non osava alzare la testa. Kangseong lo abbracciò.

«Non c'è nulla da perdonare. Sono stato io a pregarti di aiutarmi, in qualsiasi modo possibile. Lasciamoci alle spalle i rimorsi e la sofferenza, pensiamo al lato positivo: puoi vedermi. Il destino ci ha dato un'altra possibilità».

«Io… non l'ho mai dimenticata…»

Dopotutto, erano stati i racconti di Kangseong a condurlo a Uhwa. Il fantasma scoppiò in una risata bonaria.

«Be', ragazzo mio, hai di nuovo l'opportunità di curare la mia malattia! Ah, nel mondo dei fantasmi si dice *han*, giusto? Questa volta, non faremo errori».

Epilogo

Qualche tempo dopo, Seungbeom trasferì la propria clinica nel negozio di Sujeong. Il giorno dell'apertura, i vicini si riunirono di fronte al cartello e quando la vecchia insegna dell'erboristeria fu sostituita da una che recitava SEUNGBEOM HANUIWON, esplosero in un fragoroso applauso. Il signor Choi del ferramenta, che aveva insistito perché si tenesse un rito propiziatorio, si era presentato con una testa di maiale. Proprio quando Seungbeom stava per inchinarsi di fronte all'animale, che teneva cinquantamila won tra i denti, il padre di Sora tirò fuori un bouquet di banconote e lo infilò nella bocca della bestia.

Dopo l'inaugurazione, la clinica divenne il primo esercizio ad aprire al mattino e l'ultimo a chiudere la sera. Si sparse la voce che il direttore era un medico molto capace che aveva addirittura lavorato a Seoul, attirando pazienti da ogni dove.

Durante la ristrutturazione, Seungbeom aveva rimodernato gli interni, seppur mantenendo il fascino tradizionale dell'erboristeria. Jeongmi registrava i pazienti su un computer, mentre Taegyeong – convinto a tornare con la promessa di un ottimo stipendio – usava un tablet per chiamarli appena era il loro turno.

«Ebbene, come si sente?» chiese Jeongmi quando una donna di mezz'età emerse dalla stanza per la fisioterapia e si avviò al bancone per pagare. La paziente fece roteare le spalle avanti e indietro, un'espressione stupita sul volto.

«Incredibile, mi sento come nuova! Tornerò sicuramente».

A quel punto, Seungbeom si sporse dal suo studio e dichiarò, con tono scherzoso: «Non torni, lei e io è meglio se non ci rivediamo!»

I pazienti in attesa risero di gusto, mentre lui usciva nella sala d'aspetto sorreggendo un anziano del villaggio vicino che aveva appena finito il suo trattamento.

«Suo figlio è con lei? Ah, eccolo, la sta aspettando fuori. Venga, l'accompagno».

I due uomini stavano camminando verso l'uscita quando un paziente che attendeva il suo turno gli fece un cenno con la mano.

«Seungbeom, ti ho portato delle cipolle appena raccolte. Sono dolcissime, perfette per cucinare i *banchan*».

Lui ringraziò e aprì la porta della clinica, trovandosi di fronte una donna che teneva in braccio una gallina.

«Dottor Kim, che coincidenza. Le ho portato una bella gallina! Ecco, tenga. La prossima volta che vengo, mi faccia un bel trattamento».

«Signora, le ho detto di non portarmi polli in clinica!»

«*Coccodè*!»

Con un goffo battito d'ali, la gallina si paracadutò a terra, spargendo piume per tutta la sala. Seungbeom, in preda al panico, abbandonò il signore che stava accompagnando su una sedia per lanciarsi alla rincorsa del pennuto, scatenando l'ilarità generale.

Qualche ora più tardi, dopo aver recuperato la gallina e riportato la situazione alla calma, Seungbeom fece segno a un uomo sulla cinquantina dai capelli radi di raggiungerlo di fronte alla vetrinetta delle erbe appartenuta a Sujeong, poi ne estrasse un flaconcino in vetro e glielo porse. Gli occhi ridotti a due fessure, un sorriso furbo gli piegò le labbra.

«Questa è una lozione per la calvizie a base di eclipta prostrata, anche conosciuta come 'falsa margherita'. L'ho preparata usando una tecnica segreta imparata dalla signora Sujeong in persona. Vedrà che risultati, si ritroverà con una testa piena di capelli in un batter d'occhio!»

I due si scambiarono un'occhiata complice, e l'uomo, stregato da quelle parole, afferrò il flacone annuendo convinto.

«Oh, e questo è un piccolo extra». Seungbeom si guardò attorno con fare cospiratorio, poi tirò fuori una scatolina da un cassetto e la infilò in mano al paziente. La sua voce si abbassò in un sussurro. «Sono sia per lei che per sua moglie. Sono caramelle all'artemisia. A cosa servono, chiede? Be', immagino l'abbia già intuito. Ha presente la stanchezza del dopocena? Bene, quando sente che sta per crollare, ne prenda una. Riscalda lo stomaco, aiutando la digestione. Addio pesantezza! Perché si arrabbia? Cosa pensava che fosse? Ma certo, capisco benissimo. La prossima volta preparerò un altro omaggino apposta per lei. Intanto provi queste, e se si trova bene, torni e gliene venderò un'intera confezione!»

*

Concluso il turno di giorno e salutato l'ultimo paziente, la sera scese sulla clinica. Le luci dell'ufficio di Seungbeom si accesero, insieme a quelle dello studio di Geunwoo, bagnando di arancio il marciapiede. Ombre scure iniziarono a radunarsi di fronte all'ingresso, in attesa di essere ricevute dai due medici, il profumo di erbe medicinali sul fuoco che impregnava l'aria. Il signor Park, che aveva preso il posto di Gongsil e si occupava di mantenere l'ordine fra i fantasmi in visita, sollevò le mani al cielo.

«Forza, mettetevi in fila!»

Glossario

Aigo. Espressione usata per mostrare sorpresa, dispiacere, stanchezza o preoccupazione. Può essere paragonata a un 'Oh no!' o 'Accidenti!' in italiano ed è molto comune nel parlato quotidiano.

Bacchus. Una bevanda energetica coreana non gassata, lanciata per la prima volta nel 1963.

Banchan. Contorni tipici della cultura coreana, serviti insieme alle portate principali.

Bindae-tteok. Frittella fatta con una pastella di fagioli mungo macinati, verdure e carne, poi fritta fino a diventare croccante.

Binyeo. Fermaglio tradizionale utilizzato per tenere raccolti i capelli. Può essere realizzato in legno, metallo o giada ed è spesso decorato in modo raffinato. Veniva usato dalle donne coreane come accessorio di bellezza e simbolo di status sociale.

Bulgogi. Carne di manzo marinata e grigliata, con un sapore dolce e intenso grazie alla marinatura a base di salsa di soia, zucchero, aglio e olio di sesamo. È uno dei piatti coreani più conosciuti nel mondo.

Changhoji. Carta tradizionale realizzata con fibra di gelso (*hanji*), spesso utilizzata per coprire porte e finestre negli *hanok.* È resistente, traspirante e aiuta a regolare la temperatura e l'umidità all'interno delle abitazioni.

Choco-pie. Snack popolare in Corea del Sud, è un biscotto ripieno di marshmallow e ricoperto di cioccolato.

Chonggak-kimchi. Un tipo di *kimchi* preparato con rapa coreana giovane (*chonggak*) intera, non tagliata. La radice viene marinata con peperoncino, aglio, zenzero e altre spezie, per poi essere fermentata.

Deodeok. Una radice commestibile simile al ginseng, utilizzata nella cucina e nella medicina tradizionale coreana. Ha un sapore leggermente amaro e terroso ed è spesso grigliata, marinata o aggiunta a zuppe e piatti salutari.

Doejang-jjigae. Zuppa tradizionale a base di pasta di soia fermentata (*doenjang*), con tofu, verdure, funghi e talvolta carne o frutti di mare.

Galbi. Costine di manzo o maiale marinate e grigliate, spesso condite con salsa di soia, aglio, zucchero e olio di sesamo.

Gamasot. Pentola tradizionale coreana in terracotta o ghisa.

Gongjindan. Un medicinale a base di polvere di corna di cervo, angelica cinese, corniolo e muschio, ridotto in polvere e compresso in forma di pillole. Viene usato come tonico per il sangue e per rinforzare il cuore.

Go-stop. Gioco di carte tradizionale molto popolare soprattutto tra gli anziani (giocato con un mazzo di carte chiamato *hwatu*) che si basa sul raccogliere diverse combinazioni di carte per guadagnare punti. È un gioco veloce e spesso giocato in gruppi sociali, come durante le festività.

Gujeung-gupo. Tecnica tradizionale che consiste nel cuocere e asciugare un ingrediente per nove volte. Questo processo viene spesso applicato alle erbe medicinali per potenziarne gli effetti benefici e la concentrazione di principi attivi.

Haejang-guk. Zuppa coreana conosciuta come 'zuppa per il dopo sbornia'. Viene preparata con brodo di ossa di manzo, cavolo, germogli di soia e a volte sangue di bue rappreso. È popolare tra chi ha bevuto troppo la sera precedente ed è ritenuta efficace per alleviare i postumi dell'alcol.

Han. Concetto culturale e filosofico che rappresenta un profondo senso di dolore, ingiustizia e nostalgia, spesso derivato da difficoltà storiche nel passato della Corea. È una caratteristica emotiva che si riflette in molti aspetti dell'arte, della musica e della letteratura coreana. In questo testo nello specifico, rappresenta il rancore dei fantasmi.

Hanbok. Abito tradizionale, composto da una parte superiore (*jeogori*), un'ampia gonna (*chima*) per le donne e dei pantaloni larghi per gli uomini (*baji*).

Hanok. Tradizionale casa coreana costruita con materiali naturali come legno, argilla e carta di gelso (*hanji*). Ha un'architettura armoniosa con la natura e spesso include un sistema di riscaldamento a pavimento chiamato *ondol.*

Hanuiwon. Clinica di medicina tradizionale che utilizza metodi naturali per curare il corpo, come l'agopuntura e le erbe medicinali, seguendo la filosofia orientale dell'equilibrio tra le energie.

Hyangsa-pyeongwisan. Rimedio a base di erbe usato per migliorare la digestione e alleviare disturbi gastrointestinali come gonfiore e nausea.

Jangjorim. Banchan a base di carne di manzo cucinata lentamente in una salsa di soia, aglio, zucchero e spezie che viene poi sfilacciata.

Jesa. Cerimonia tradizionale di culto ancestrale, praticata per onorare i defunti e rendere omaggio agli antenati per ricevere benedizioni e protezione.

Jjajangmyeon. Piatto sino-coreano costituito da spaghetti accompagnati da una salsa densa a base di pasta di fagioli dolce, maiale a dadini e verdure.

Juk. Porridge preparato bollendo il riso (oppure legumi come fagioli rossi o anche zucca) in abbondante acqua fino a quando diventa morbido.

Kimchi. Uno dei *banchan* basilari della cucina coreana, è realizzato con verdure fermentate in una pasta a base di peperoncino e altri ingredienti. Ne esistono centinaia di varietà, anche non piccanti, ma la più famosa è quella preparata con il cavolo napa.

Muchim. Termine generico che indica piatti di verdure o ingredienti vari conditi con salse e spezie. Può includere *kimchi muchim*, *oiji muchim* (cetrioli conditi) o *gosari muchim* (felci condite).

Mudang. Sciamano o sciamana della tradizione coreana, che pratica rituali chiamati *gut* per comunicare con gli spiriti, guarire le persone o portare fortuna. Ancora oggi, alcuni coreani si rivolgono ai *mudang* per ricevere consigli o benedizioni.

Omija. Un tipo di bacca chiamata anche 'bacca dei cinque sapori' perché ha un gusto che combina dolce, aspro, amaro, salato e piccante. Viene usata per preparare tè e bevande rinfrescanti, ed è apprezzata per i suoi benefici per la salute.

Pansori. Forma tradizionale di narrazione musicale che combina canto e recitazione. Un singolo performer, accompagnato da un tamburo chiamato *buk*, racconta storie epiche e popolari, spesso con forti emozioni e gesti teatrali. Il *pansori* è considerato un'importante espressione culturale coreana, riconosciuta come patrimonio immateriale dell'umanità dall'UNESCO.

Pyeong. Unità di misura tradizionale utilizzata per indicare la superficie di una stanza o di una casa. Un *pyeong* corrisponde approssimativamente a 3,3 metri quadrati.

Pyeonyuk. Carne di manzo o maiale bollita e pressata, tagliata a fette sottili.

Ramyeon. Noodles istantanei.

Samhwangsashim-tang. Rimedio erboristico usato per ridurre il calore corporeo e trattare infiammazioni, irritabilità e problemi legati alla pressione alta. Contiene tre erbe principali note per le loro proprietà depurative.

Samjae. Un concetto della tradizione coreana che si riferisce ai 'tre anni di sfortuna'. Si crede che durante questi anni una persona possa incontrare difficoltà, malattie o disgrazie. Il periodo di *samjae* varia in base alla data di nascita, e molti cercano protezione spirituale durante questi anni.

Sangju. Secondo la tradizione, ruolo ricoperto normalmente dal primogenito o da un nipote maschio che sovrintende le esequie del parente defunto. Il suo compito va dalla scelta degli abiti per il defunto alla buona riuscita della cerimonia nel rispetto di tutti i riti previsti dalla tradizione.

Soju. Distillato di colore trasparente originario della Corea, tradizionalmente derivato dal riso, ma prodotto industrialmente anche dalla patata o dalla tapioca.

Ssanghwa-tang. Bevanda a base di erbe, usata per rafforzare il sistema immunitario e combattere la stanchezza. Viene preparata con ingredienti come la liquirizia, la cannella e il ginseng.

Sukjihwang. Radice di rehmannia glutinosa trattata attraverso un processo di cottura a vapore ed essiccazione. È un ingrediente usato nella medicina tradizionale coreana per migliorare la circolazione sanguigna, rafforzare il sistema immunitario e aumentare l'energia. Viene spesso utilizzato in tonici e rimedi a base di erbe.

Trot. Genere musicale che ha radici nella musica folk ma con influenze moderne. Il *trot* è noto per i suoi ritmi semplici e melodie ripetitive, ed è spesso associato a balli e performance vivaci. È particolarmente popolare tra le generazioni più anziane, ma ha visto un ritorno di popolarità anche tra i giovani.

Tteok. Gnocchi di riso.

Indice

SALANI
LE STANZE

Pablo Maurette
Il tempo è un fiume

Maria Beatrice Alonzi
Noi, parola di tre lettere

Valeria Tron
L'equilibrio delle lucciole

Nicolò Zuliani
Il colore della tempesta

Kristina Ohlsson
Rischio tempesta

Igor De Amicis
'O regno

Nella Frezza
Bugie di famiglia

Giancarlo Piacci
I santi d'argento

Vicente Vallés
Operazione Kazan

Natàlia Romaní
Il tempo della nostalgia

Mattia Villardita
Io e Spider-Man

Camilla Ghiotto
Tempesta

SALANI
LE STANZE

Sophie Haydock
Le fiamme

François Morlupi
Formule mortali

Malin Persson Giolito
Non lasciarmi cadere

Rosangela Percoco
A parte questo tutto bene

Eleanor Ray
Il bello di ogni cosa

Lia Celi
Carolina dei delitti

Stefania Crepaldi
Morire ti fa bella

Defne Suman
Il silenzio di Shahrazad

Florencia Etcheves
La cuoca segreta di Frida

Matteo Lena
L'ossessione del ragno

Luca Trapanese
Non chiedermi chi sono

Carmen Mola
La sposa gitana

SALANI
LE STANZE

Walter Vacchino
Ariston. La scatola magica

Martina Fuga
Diciotto

Kim Ho-Yeon
Il minimarket della signora Yeom

Chiara Bianchi
Il canto della fortuna

François Morlupi
Il gioco degli opposti

Janice Pariat
Tutto ciò che la luce tocca

Patrizia Violi
Il carico da undici

Valeria Tron
Pietra dolce

Ilenia Zedda
Se mi guardo da dentro

Giancarlo Piacci
Nostra signora dei fulmini

François Bégaudeau
L'amore è una cosa semplice

Niccolò Agliardi con Roberto Vecchioni
Prima di essere prìncipi

SALANI
LE STANZE

Kim Ho-Yeon
A Jeju nasce il vento

Franco Mussida
Il Bimbo del Carillon

Giuseppe Sorgi
Mariano Di Gesù al Princess Hotel

Marco Bocci
Nelle tue mani, nella sua pelle

Stefania Crepaldi
Dimmi che non vuoi morire

Maxime Chattam
La pazienza del diavolo

SALANI
LE STANZE
I SAGGI

Aa.Vv.
La tessitura del mondo

Bianca Pitzorno
Donna con libro

Andrea Kerbaker
La vita segreta dei libri fantasma

Alvar González-Palacios
Forse è tutta questione di luce

Salvatore Giannella
Michele Ferrero

Luca Briasco
Il re di tutti

Annarosa Mattei-Strinati
La regina che amava la libertà

Heikki Aalto-Alanen
Aino e Alvar Aalto

Salvatore Settis
Registro delle assenze

Lucy Worsley
La vita segreta di Agatha Christie

Jens Andersen
LEGO

GRAFICA VENETA
CARBON NEUTRAL

Questo libro è stampato da Grafica Veneta S.p.A.
con un processo di stampa e rilegatura certificato 100% carbon neutral
in accordo con PAS 2060 BSI

PEFC
PEFC/18-31-226
Certificato PEFC
Questo prodotto è realizzato con materia prima da foreste gestite in maniera sostenibile e da fonti controllate
www.pefc.it

Fotocomposizione: Alessio Scordamaglia

Finito di stampare
nel mese di maggio 2025
per conto di Adriano Salani Editore s.u.r.l.
da Grafica Veneta S.p.A. di Trebaseleghe (PD)
Printed in Italy